繁花時節

羅孚集

黃子平·編選

中華書局

□ 裝幀設計：洪清淇

□ 責任編輯：舒 非

〔香港散文典藏〕

顧問：劉紹銘 陳萬雄
主編：黃子平

繁花時節·羅孚集

□
著者
羅孚

□
編選
黃子平

□
出版
中華書局（香港）有限公司
香港北角英皇道 499 號北角工業大廈一樓 B
電話：(852) 2137 2338　傳真：(852) 2713 8202
電子郵件：info@chunghwabook.com.hk
網址：http://www.chunghwabook.com.hk

□
發行
香港聯合書刊物流有限公司
香港新界大埔汀麗路 36 號
中華商務印刷大廈 3 字樓
電話：(852) 2150 2100　傳真：(852) 2407 3062
電子郵件：info@suplogistics.com.hk

□
印刷
美雅印刷製本有限公司
香港觀塘榮業街 6 號 海濱工業大廈 4 樓 A 室

□
版次
2012 年 12 月初版
© 2012 中華書局（香港）有限公司

□
規格
大 32 開（210 mm × 153 mm）

□
ISBN：978-988-8181-31-5

《香港散文典藏》出版說明

百年之前，孫中山先生領導同盟會揭竿而起，推翻帝制，建立共和。1912 年元旦，中華書局在上海呱呱墜地。一百年，在歷史長河中，不過是彈指之間，但在這一百年裏，在香港、中國，以至全世界，都發生了天翻地覆的變化。

百年之前，中國才剛剛掙脫了帝制的鎖鍊，蹣跚起步，試圖自立於世界民族之林。

百年之前，中國現代出版業，尚處萌芽階段，無論經驗、設備與水平，皆與西方國家相去甚遠，但一群有志之士，艱苦經營，孜孜矻矻，希望以文化救國，以知識與知性，喚起老大衰弱的祖國，喚起沉睡未醒的民族。中華書局，在這百年之中，篳路藍縷，探索前行，幾經戰火洗禮，數歷政權更迭，始終屹立不倒，成為全國有數的百年企業，也成為推廣中華文化與教育的著名品牌。《香港散文典

藏》，正是為了紀念中華書局成立一百周年而推出的重點叢書。

散文，並非動輒百萬言的煌煌巨著，亦非歌頌時代風雷的史詩，而是個人對所見所聞的描繪，對身邊事物人情的感悟，相比起高屋建瓴的作品，散文也許只能算是文學中的小品。雖屬小品，散文卻自有其獨特的魅力和價值。寫散文，作者通常不會有文以載道，主題先行的心態，多屬抒懷遣興，觸景生情之作。唯其如此，在散文中往往更可見到作者的真性情真胸臆，通過他們的眼睛看到一個與我們自身經驗迥異的天地。

英國詩人布萊克（William Blake）有言：「從一顆沙粒看一個世界。」同樣地，從名家的散文之中，我們可以窺見他們對身處時代的觀察，可以感受到他們對生活和事物的體驗，通過他們的文字認識到作者身處的世界。

我們所選的這些作家，出身背景性格喜好各有差異，但共通的是他們都有着看通世情的睿智目光，有着對歷史和人情的深刻了解，有着對身邊大小事物的奇妙觸覺，有着一枝把所見所聞所感表達得引人入勝的生花妙筆。通過他們的文章，我們可以進入到一個更為廣闊的世界，和他們一起分享生活的經驗與感觸，深入了解他們和我們都生活於此的這個時代。

百年之間，物換星移。國家有盛衰，政權有更替，人物有升沉。風起雲湧，多少英雄，如今安在，但出色的文章，卻能跨越時空，一代又一代地流傳下去，一次又一次地感動讀者。

我們期望藉這套《香港散文典藏》，能夠或多或少地把這些美好文字承傳下去，讓後來者可以和我們一道，分享這個變幻無窮、亦悲亦喜的時代。

中華書局（香港）有限公司編輯部

黃子平　序

「南斗文星高」——你説，最早鼓吹香港散文的「典藏」價值的，是羅孚。早在三十多年前，上世紀的八十年代，他以「柳蘇」的筆名，在北京的《讀書》雜誌連續撰文，紹介曹聚仁的隨筆，葉靈鳳的小品，高雄（三蘇）和梁厚甫的怪論，乃至亦舒、林燕妮的言情專欄，以其曉暢靈動的文筆，彩繪了一幅「鶯飛草長、雜花生樹」的香江文苑風景。像〈你一定要看董橋〉或〈無人不道小思賢〉這樣斬釘截鐵的標題，體現的不僅是向內地讀者力薦佳作的熱忱，而且是身為香港文學的策劃者、實踐者的識見與胸襟。

其實，羅孚本人，更是這不容忽視的，風景中的風景。

膾炙人口的，譬如「新派武俠小説」的催生，《海光文藝》等雜誌的籌辦，《知堂回想錄》的促成，轟紺弩《三草》的印行，等等。其中的任何一項，都值得在香港文化史上濃墨重彩記上一筆。我想説的

v

反而不是這些，而是他自己從四十年代起不懈的寫作。若單從輯成集子的書名看，《風雷集》(1957)、《繁花集》(1972)，自是承襲了「左翼文學」南來一脈；內裏卻有許多「風花雪月」，非主旋律的異質文字。依羅先生錐心坦白，早年的文章不堪卒讀，自己乃是個「粉飾太平」的真誠的「歌德派」：「四十多年來我寫了不少假話，錯話，鐵案如山，無地自容。」蕭乾評論説，這樣的良知、勇氣和自我揭露，自巴金的《真話集》之後，乃屬罕見。

「文章信口雌黃易，思想錐心坦白難」，這是羅孚先生後來一再引述的聶紺弩詩句。文章與思想，口與心，此間的誠偽難易，無論在京在港，都在在彰顯當代知識人的寫作困境，不得不與政治權力進退周旋。讀書人生命與寫作的自由和不自由，成為羅孚念茲在茲，不斷思考與探詢的焦點。是以自 1982 年起，居京十一年，文風丕變。無端覊留京師，成了一個「神州袖手人」，卻也成就了他為人為文的一大轉機。早年無意識的潛在的「異質文字」，轉化為他有意為之特立獨行、自己的「主旋律」。上世紀末的那十年，正是中國社會、政治、經濟、文化轉型的關鍵時分。羅孚此時作為「一個普通的北京居民」，在北京文化界知識界，不好説是「廣交遊」，卻也在某一圈子中，有所見，有所聞，有所憶。發而為文，依陳子善的説法，是為「重現八十年代」，留下了一份難得的「實錄」。這就用得着京中常引用的另一個「當代典故」了，吳祖光家中的橫幅——「生正逢時」。羅先生自己卻謙虛，説這些回憶雜記，不過「野史」而已。

但又立即補充說，野史可補正史之遺，也可能比正史更加真實，「另有一番趣味」，「有些事情，正史不記，只見於野史，就更有意思了」。文氣的抑揚與頓挫，正可見出此公內心的「倔」。不說「抵抗遺忘」，不說「去偽存真」，用的只是「趣味」和「意思」這樣的平常字眼，正是「柳蘇」遠勝「羅孚」多多之處，一種不動聲色的老辣，卻又內蘊了難言的無奈與憂傷。我讀「柳蘇」散文，每於此處為之動容，低徊不已。

彼時羅孚的寫作，循兩個方向展開：其一，「香港作家剪影」系列，其二，「新文藝家的舊體詩」詩話。前者，羅孚把許多失落在港九的文人行蹤重新帶到讀者面前，從徐訏的女兒到蕭紅、蔡元培的墳，盡寫幾代華人顛沛流離、漂泊離散的悲歡。後者，羅孚發展出一種「現代詩話」的文體，抄錄並評述當代北京文化人已發表或未發表的許多「舊體詩」，及時向世界華人讀者「報道」了當代詩歌寫作的一大重要趨向。

我們知道，五四新文學勃興，最「堅貞決絕」的文體非詩歌莫屬。自胡適《嘗試集》之後，寫「新詩」的人才有資格稱作「詩人」了，千百年來中國人寫的「押韻的句子組合」，則被不無貶義地稱為「舊體詩」。舊習難除，朋友酬唱寫幾首，每每「不好意思」，像馮至就自嘲為「屍骸的迷戀」。有趣的是，一個世紀了，迷戀無法袪除，似乎還將迷戀下去。羅孚在北京接觸的舊雨新知，如聶紺弩、

邵燕祥，很多原是寫新詩的，卻都寫起了舊體詩，文革之後，越寫越多，越寫越好。「新文藝家的舊體詩」，這個使文學史家撓頭的現象，卻成為「程雪野」（居京期間又一筆名）開掘不止的寫作資源。由對聶紺弩《三草》的箋注，發展成整本的《燕山詩話》，羅孚闡發了聶紺弩、啟功、楊憲益等一大批「現代打油詩」的「滑稽詩學」（聶紺弩：「寫詩不打油，那是自討苦吃」，程千帆：「滑稽亦自偉」），把專政體制下「笑的功能」發揮得淋漓盡致。羅孚指出，「以雜文入詩」的傳統始於魯迅，他那知名的「自嘲」就是典型的「打油」：「破帽遮顏過鬧市，漏船載酒泛中流」，「躲進小樓成一統，管他冬夏與春秋」——以個體的特立獨行蔑視「正史」的春秋褒貶。羅孚自己也寫舊體詩，詩風不那麼「打油」，卻也時有「滑稽自喜」之作。聶紺弩讚曰：「每三句話賅天下，不七尺軀輕萬夫。惜墨如金金似水，我行我素我羅孚。」

「每三句話賅天下」，這是詩人的誇張，卻也道中了羅孚散文的或一特點。在我看來，資深老報人的新聞敏感，親歷者踐行者的歷史洞識，趣聞逸事的生動細節，曉暢而又睿智的文筆，凡此種種無以倫比地融為一體，最是羅孚散文引人入勝之處。回想柳蘇用過的散文標題，你說，是的，有些句式是具有「專利」性質的，重複、襲用或套用，都難免俗氣；但你還是忍不住，以其人之道反治其人之身，斬釘截鐵，說：香港散文麼，——你一定要讀羅孚！

二〇一二年九月二十一日

目　錄

從胡喬木到喬木

在含冤三十多年之後，武訓也總算得到了公開的平反了。

嚴格地說，還只是半平反，或「猶抱琵琶半遮面」的平反。

有人乾脆就不說「平反」，而只說是「糾左」。

「糾左」？誰的「左」？毛澤東。誰在糾？毛澤東當年的秘書胡喬木。

「中共中央政治局委員胡喬木今天在這裏否定了五十年代對電影《武訓傳》的批判。他是在中國陶行知研究會和基金會成立大會上做出上述表示的。」新華社這麼說。據說，胡喬木指出，一九五一年對《武訓傳》的批判「是非常片面、極端和粗暴的」；「不但不能認為是完全正確的，甚至也不能說它是基本正確的。」

儘管這兩個「不能」説得有些吞吞吐吐，卻還是被認為是對武訓的否定之否定了。

事實上，這只是對《武訓傳》批判的否定，還不是直接為武訓平反。當年武訓被斥為「清朝統治階級的奴才」、「農民起義的對頭」和「帝國主義侵略中國的幫兇」，這三項大帽子還沒有正式摘下來。

這三頂帽子——「奴才」、「對頭」和「幫兇」是跟着一個「主義」而戴上的：「投降主義！」毛澤東在中南海看《武訓傳》時，吐出了這句話，未終場即去。也可以説是終場，他這一走，電影就放不下去，完了。

武訓也就完了。對電影《武訓傳》的批判就跟着展開。主持其事者之一，就是當時擔任中共中央宣傳部副部長的胡喬木。儘管「猶抱琵琶」，今天由他來否定這一場批判，就多少有些自我批判的味道，儘管他沒有提到當年自己如何如何，這也許由於並不是在作「全面的評價」的緣故吧。

陶行知也就完了。由於他生前推崇武訓的辦學精神，也可以説他就是有着「武訓精神」的教育實踐家。自從《武訓傳》挨批，死去了的陶行知也就三十多年抬不起頭來，他也就成了連帶被否定的人物，武訓的異代連坐犯。這也正是為什麼胡喬木要在陶行知研究會

和基金會成立的時刻,來否定對《武訓傳》的批判的緣故。

其實,第一個半公開為武訓平反的,不是胡喬木,而是萬里。萬里也不是在一九八五年六月和老同學張紹虞談話時,才為武訓平反,這場談話一開始他就說:「我已經在全國教育會議上兩次給他平了反嘛。」(見《明報月刊》一九八五年十月號〈武訓平反問題三文件〉)。這個「已經」,不是一九八五,而是一九八四。按說,在有關會議的文件上有記錄,不過一般人看不到,因此只能算是半公開的平反。

萬里的半公開,不等於胡喬木的半遮面。他是毫不轉彎抹角地說,不能把武訓稱為「地主階級的孝子賢孫」、「農民階級的投降派」的。而且,他毫不含糊地說,要平反。雖然不知道他還具體說了些什麼,比起胡喬木的話來,他是快人快語了。

雖然是快語(萬里)和不夠爽快之語(胡喬木),都了無詩意。

但不可不知,胡喬木卻是個詩人,正和毛澤東是詩人一樣。

不「全面評價」對《武訓傳》批判的他,在詩詞的創作上,是比毛澤東更全面的。他不僅寫舊體的詩詞,還寫新體的詩,簡稱新詩的詩。他不僅採用中國古典詩詞的格律,寫新體詩時,還用西洋詩的格律。

記得在「文革」以前,《紅旗》雜誌曾經用過整整一兩頁的篇幅,刊出他好些首詞,都是格律謹嚴的,其中有詠中國第一顆原子彈的:「霹靂一聲春,風流天下聞」的句子;也有詠西湖邊上拆掉那些偽託的古代英雄美人墓的「如此荒唐」的句子。

這兩年,地位高了,他的舊體詩更在《人民日報》主要的版面、顯著的地位,新聞般地刊出了;而副刊上,就刊出他的白話新詩。

據說,他在愛寫舊體詩的胡繩處看到香港出的聶紺弩的舊體詩《三草》,知道人民文學出版社有意出新的補充修訂本。就主動上門,拜訪病榻上的這位老詩人,又主動表示要替這一《散宜生詩》寫序,在序中讚揚這是「熱血和微笑留給我們的一株奇花——它的特色也許是過去、現在、將來詩史上獨一無二的」。

這件事很表現他的詩人的性格。如果能更多地表現就更好了。

胡喬木的送序上門,據說曾經使聶紺弩有過一點顧慮,他怕不知道的人以為是出於他的主動,是他在走上層路線。熟悉他的人當然明白,他不是這樣的人;而不熟悉的人,好像也沒有這樣的誤解。他這才心安理得。

聶紺弩又是怎樣的人呢?有一位年輕的作者,説他是「躺着幹活的

人」。

七八年了，從山西的監牢回到北京的居所，他就一直是躺在床上，近年的一些新作，就是這樣躺在床上寫出來的。其間他也參加過文代會議和政協會議，而他的參加，只不過是從家裏的床上轉移到會議賓館的床上，還是躺着，不開會而自有會，會見朋友。

八五年六月間那首〈弔胡風〉的詩，就是躺在家裏的床上寫出來的。

八四年二月間那篇〈談《金瓶梅》〉的文章，也是躺着寫成的。寫作的時間似乎比文章的內容更使人感到興趣，因為那正是「清除精神污染」之風吹蕩着的時節。

文章一開頭就先在潔或不潔上做文章：「人多不談此書者，因為其中描寫多不潔處。書固不潔，但不談亦不能使之潔，更不能自潔潔之。且科研之下，不分潔否。凡醫院均有檢驗不潔物者，然則談談《金瓶梅》，亦未必志在自求不潔，或使人不潔」——也就是並非志在使人精神污染。

文章的結尾是聶紺弩的坦白認錯。他說，魯迅在〈答徐懋庸〉那篇文章中，有一句提到「像聶紺弩犯的錯誤」，但沒有明言是什麼錯。他說，錯在他當年寫過一篇文章〈關於世界文庫翻印古書〉，一攻

擊了鄭振鐸，二攻擊了翻印《金瓶梅》是「翻印淫書」，而且不以為是世界名著。第二點今天看來真是「無知瞎說」了。

承認《金瓶梅》有不潔的一面，但肯定「它客觀上多少揭露了人中之獸、美中之醜的部分，使人知道了獸與醜，從而轉悟到人與美，或即人的覺醒的前奏的一部分」。這就是聶紺弩的一個主要論點。

有人於是寫了一首訪紺弩的詩：「京塵幾輩同炎涼，八二芳齡一老槍；冷眼對窗看世界，熱腸倚枕作文章；聲名灌耳麻雷子，品藻從頭屎克郎；莫說金瓶淨污染，千秋悲劇屬娘行。」聶紺弩八四年「年方八二」，還抽煙，可以說是老槍，儘管抽的是香煙而不是什麼鴉片。倚枕作文，是躺着幹活，不作文的時候，眼睛時時瞧着窗外，看着吟着「窗外青天兩線交」。麻雷子是一種鞭炮。屎克郎是一種小蟲，愛在骯髒的糞土中穿來穿去，近年澳洲有人研究，發現它居然是益蟲，因此對它也就刮目相看，「品藻從頭」了。這一句可能和聶紺弩並沒有什麼關係，不過作詩的黃苗子要拿屎克郎和麻雷子作對、要拿品藻從頭和聲名灌耳作對罷了，而且自鳴得意，自認是巧對。至於「莫說金瓶淨污染」，那才是讚聶紺弩熱情大膽寫出這篇引人注目的文章，以這讚聲表示對「清除精神污染」的做法作了微微的諷刺。

楊憲益見了這詩，和了一首：「從來客去即茶涼，說理書生怕見槍；

舉世皆批人性論，羨君先讀好文章；願逢縱欲河間婦，不作無能武大郎；潘氏瓶兒皆可愛，小生一向重娘行。」

原詩是遊戲之作，和詩就更是遊戲之作了，有些話不必認真，但字裏行間，卻可以看到對「清除精神污染」的做法有更大的諷意。

一開始頗有一點大搞運動之勢的「清除精神污染」，後來終於不得不收斂而納於正軌了。不過，因此而下台的胡績偉和王若水儘管沒有受到更進一步的「治理」，卻也沒有恢復原來的位子。當然，他們是用不着恢復名譽的，他們的名譽不僅沒有因此而被貶低，反而是更高了。

據說，王若水關於人道主義的文章，包括對胡喬木文章的反駁，不久會有書出版。胡喬木表示對他自己的文章是理所當然的可以爭議。又據說，他還對王若水的生活表示了關心。如果一開始迅雷疾雨少些，關心多些，那就好了。

至於《金瓶梅》，在不那麼運動式的「清除精神污染」之後，人民文學出版社的潔本在八五年終於發行，並沒有加上「內部發行」的標誌。從書中的〈標點說明〉可以看出，這書在一九八〇年就校勘、標點、刪節好了，經過了四年多的等待，才能出書。由於只印了一萬部，書出而引起有人願以十倍於十二元定價的數目以求必得，也

就不足為異；但料想看完了潔本，他們不免要感到失望。潔本真是潔，你想從那裏面接受一下「精神污染」也不可得。不過，它拖到這樣的時節出現，總不禁使人要對那些「清除精神污染」的猛士們發出會心的微笑。

《金瓶梅》潔本的出版是春天的事，此刻是冬天了，人說冬天有寒流，拿筆桿的人又小心謹慎起來，雖然還不能說是戒慎恐懼。

乍暖還寒，乍寒還暖，暖暖寒寒，寒寒暖暖，這就是天道的循環麼？如果否定對《武訓傳》的批判使人感到暖意，這以前，胡風死後的冷冷清清卻是使人感到寒意，而此刻的氣候似乎更寒一些，但願未來會有新的暖意。

此刻，不知怎的想起了另一位喬木，真正姓喬的喬木，喬冠華，而不是姓胡的喬木，胡喬木。也許是因為胡喬木而想起他，也許是因為聯合國紀念成立四十周年而想起他。

他是代表新中國出席聯合國會議的第一位外交部長（出席時還只是副部長）。那是十四年前的事了。

而在四十年前，他是和胡喬木被稱為南北二喬的。兩人都是能文之士。當時他用的喬木這名字，後來在一九四九年從香港回到北京，

為避免和胡喬木混淆，才又用回喬冠華的本名。和胡喬木比起來，長身玉立的他更像是一株喬木。

長身，更有長文。四十年代他寫的那些國際述評的文章，真是如長江大河，這不僅因為往往是洋洋數千言，更由於文章的氣勢磅礡。

那時候，他另有一個筆名：于懷。那篇傳誦一時洋洋數萬言討論中國文化的長文〈方生未死之間〉，就是署名于懷的。文章一開始就是：「大江流日夜，中國人民的血日夜在流……」至今還使人難忘。那時候，正是血和火的日子，是抗日戰爭的年代。那篇文章據說思想意識上被認為有問題，以後就不大提了，也再沒有被印刷出版。

「如所周知」，「形勢比人還強」，更是他創造性的一句話，愛用的人就更多了。這些都像是他的文字中的一些「商標」。

但四十年代末他到了北京以後，就很少見到他的署名文章，于懷沒有了，喬木沒有了，喬冠華也沒有了。

但他不是沒有寫文章，寫的有時還是大文。這裏有詩為證：

逝者如斯舊侶儕，獨於生死念于懷；
搴旗慷慨光壇坫，上轎然疑入釣台；

9

評白皮書文可讀，照丹心語意堪哀；

蓋棺論定終難事，總為蒼生惜此才。

這首題名《逝者》的詩，是書法家、美術評論家黃苗子懷念喬冠華的作品，是喬冠華前年去世後寫的。

詩人常任俠有一首《觀雜技》的七律：「能言鸚鵡毒於蛇，善跳猴兒喬坐衙；反手敲來三棒鼓，轉身捧出一盆花；侏儒慣戴尖頭帽，妖婦忽蒙黑面紗；三十六拍春水蕩，釣魚台下聚魚蝦。」似是寫於「史無前例」期間，寫的是「四人幫」的表演。「妖婦」不必説，「侏儒」大約是那位張姓師爺。「三十六拍春水」，也就是水拍了，胡笳十八拍，水拍倍之，這就成了三十六，這是牽涉到一位著名詩人的。至於「喬坐衙」，恐怕是説「上轎入釣台」吧，黃詩「然疑」，常句「善跳」，也真是「論定終難事」。

詩中的「評白皮書文可讀」，是説當年美國國務卿艾奇遜公佈了對華政策白皮書以後，《人民日報》曾經發表了九篇社論，大加批評，傳誦一時，有「九評白皮書」之稱，這是五十年代初期的事。（後來六十年代又有「九評修正主義」之作，又是九！）九篇文章，兩篇是毛澤東親自執筆的（見於《毛選》五卷），而其餘七篇，據説就都是出自喬冠華之手，真是傳世的大作！這個例子説明：文章還是在寫，只是沒有署名。

這不足為異，使人感到有些訝異的，是他許多時日以後才做了外交部的部長助理，又過了許多時日，才做到副部長，而他富於外交長才卻是「如所周知」的。他當上外交部長時，已是「文革」後期的事了。

他無疑是一表人才的外交部長，站在國際壇上，只是那風度就足以使人喝采。當慷慨陳詞時，就更是為國爭光。

但由於他出任外交部長於「文革」之際，儘管當時的總理是周恩來，還是不免使人懷疑到他和「四人幫」的關係，「上轎然疑入釣台」，釣台是當時江青所住的釣魚台，上轎是有一部《喬老爺上花轎》的影片，他是不是真的上了「四人幫」的轎子呢？然乎否乎？疑乎不疑乎？

在「四人幫」垮下來之後，他也下來了，不聲不響地過了好幾年時光，直到前年，才以對外友協顧問的名義，出面招待女作家韓素音，但沒有多久，癌症卻奪去了他的生命，不許他再展長才。據說，在他臨終的日子，夏衍到醫院探望他，他躺在病榻唸出了文天祥的名句：「人生自古誰無死，留取丹心照汗青。」情景悲涼！

新華社報道了他的死訊，但比報道胡風的死訊還要簡單，並沒有什麼增加死者光彩的詞句。這以後，也沒有進一步的做法和說法。這

麼看來，他到底算是蓋棺論定了沒有？難説、難説！但無論怎麼説，是不免「總為蒼生惜此才」了。

在他以顧問的身份復出的前後，《人民日報》刊出過他一九七六年出席聯合國會議以後，經過英法回國，在倫敦謁馬克思墓的一首舊體詩：「束髮讀君書，今來展君墓……」使人想起黃仲則謁李太白墓的名篇：「束髮讀君詩，今來展君墓……」論詩，當然不能和黃仲則相比，卻顯出原來他也是愛讀黃仲則的。

翻開《兩當軒集》，著名的《都門秋思》中有這樣的句子：「雲浮萬里傷心色，風送千秋變征聲」，如詠「史無前例」的十年；「為語繞枝烏鵲道：天寒休傍最高枝！」可惜這語言當年沒有對喬冠華能起警鐘的作用。不禁使人一唱三歎：「總為蒼生惜此才！」

一九八五年十二月

從俞平伯到胡風

新年以來，北京文化界辦了兩場紅白喜事：一月二十日為俞平伯開了一個從事學術活動六十五周年的慶賀會，是紅；在這之前五天，一月十五日為已經去世半年多的胡風開了一個追悼會，是白。

從新說起，從紅說起。

俞平伯這個慶賀會是中國社會科學院為他舉行的，說得再小一點，是社會科學院下邊的文學研究所為他舉行的。因此，主要由上任不久的兩位新官——院長胡繩和所長劉再復講了話。這可能因為俞平伯至今仍是文學研究所的研究員吧。

僅僅慶賀一番，還算不了什麼，動人聽聞的是胡繩在講話中提出了一個十分重要的批評的批評，否定的否定，批評了、否定了當年對「新紅學」大師俞平伯的「政治性圍攻」是「不正確的」。他沒

有爽爽快快說這是錯誤，更沒有爽爽快快說這是什麼人的錯誤，只是說，「一九五四年因為有人對俞先生的紅學研究有不同意見而對他進行政治性批判，不僅傷害了俞先生的感情，也對學術界產生了不良影響」。此中「有人」，真是呼之欲出。而俞平伯這些年受到傷害的，又豈僅是感情！

雖然是事隔三十多年了，但人們記憶猶新，是自居為「偉大的導師」的人，寫信給中共中央政治局和有關部門，號令他們，「對俞平伯這類資產階級知識份子」應當「批判」。俞平伯被指責為「反動學術權威」的大人物，寫文章批判俞平伯最初碰了壁的李希凡、藍翎被讚揚為應當得到支持的小人物。

李希凡、藍翎當時年紀小小，敢於向大師級的學者進攻，精神是可佩的，文章得不到出路也是值得同情的。因此支持展開學術討論不就行了？然而，胸懷「八億人口，不鬥行嗎？」的偉大人物，卻發動了政治性的圍攻，鬥！

在慶賀會上胡繩有言：「學術界的自由討論是受中國憲法保護的。共產黨對這類學術問題不需要也不應該作出裁決。」這是應該受到熱烈鼓掌的話。報道中卻沒有看到是不是有這種反應。

使人奇怪的是，有關慶賀會的報道，《人民日報》似乎一字未登，而

和知識份子關係密切的《光明日報》似乎也一樣。《人民日報》的海外版是在遲了一天之後才刊出中國新聞社的電訊的。新華社是不是向海內發出了電訊就不知道了。不過,《文藝報》倒是作了較詳盡的報道。

憲法保護,共產黨不要裁決,這些話的重要性不需要說了。學術自由,使人記起前一陣另一位姓胡的,職位更高的胡啟立,在作家協會會議上強調的創作自由。兩位姓胡的都是在作代表性的說話。

人們不禁想問:那麼,有關人道主義的討論又如何?是不是也受憲法保護?是不是也不需要和不應該由共產黨裁決?既然連最高一人的黨中央主席都不應該裁決,等而下之,政治局委員也應該不要作什麼裁決了,是不是?

人們最近聽到:在反精神污染時出了麻煩的王若水,被徵求意見,要貶他的官,從部級貶到司局級,貶到一間書局去。這些日子來,若水一直被「雪藏」若冰。貶官意味着解凍,而解凍卻竟是貶官!

還是回到俞平伯的慶賀會來吧。主要發言人的胡繩,是歷史學家,人們都知道,但許多人未必知道,他對舊體詩也是有功力的。身為主角,但不是主要發言人的俞平伯,卻是有名的詩人和詞學家,更是「倒霉」的紅學家就不須提了。在這一帶有平反意義的慶賀會上,

不僅他在新文學創作、古詩詞研究上的成就受到肯定，而被否定過的關於《紅樓夢》的研究更被肯定為有「開拓性意義」，是「卓越的頁獻」，儘管也有其不足，總算又紅起來了。

不知道俞平伯對這個在他來說非同小可的慶賀會是不是有感而作，寫成詩詞，但他在會上的幾句話卻頗有詩意：「往事如塵，回頭一看，真有點兒像『舊時月色』了。」

「舊時月色，算幾番照我，梅邊吹笛？……何遜而今漸老，都忘卻春風詞筆……長記曾攜手處，千樹壓西湖寒碧……」這是姜白石詠梅的《暗香》。還有一首《疏影》，有「籬角黃昏……化作此花幽獨」的句子。總而言之，在我們這位八十六歲的老人眼中，這一切都是過去了的「舊時月色」了。

我們的老詩人近年最被人傳誦的是這樣一首《臨江仙》詞：

> 周甲韶華虛度，一年容易秋冬，休將時世問哀翁。新裝傳衛里，裙褂擬唐宮。任爾追蹤雉堯，終歸啜泣途窮，能誅褒妲是英雄。生花南董筆，愧殺北門公。

詞作於一九七六年。那一年不是他六十歲，而是他和夫人許寶馴結婚六十周年，是這樣一個「周甲」。詞有自注：「時世，時世裝也。

衛里，天津衛也。」江青曾經在天津推行她的時裝。雉是呂后，嫛是武后（則天）。褒是褒姒，妲是妲己。北門學士是武則天手下的秀才，在這裏就是「四人幫」的寫作班子了。有詞為證，俞平伯雖然受了這麼多年折磨，人已成翁，卻是氣仍未衰。壯哉！「能誅褒妲是英雄」！

想到當年的小英雄李希凡、藍翎，想從慶賀會的報道中找出他們的名字，卻不可得。我以為，他們既然都在北京（都在《人民日報》文藝部），雙雙去參加這樣一個平反性質的慶賀會，並非是「不需要也不應該」的吧。我以為，爭取在會上作一個簡短的發言，以「我雖不殺伯仁，伯仁由我而死」的精神，為由他們的進攻而引起的政治性「圍剿」，使老人受了幾十年的屈辱和磨難，而表示一點歉意，也許還是並非「不需要也不應該」的吧。雖然發動「圍剿」並不是他們的責任，雖然他們至今依然可以堅持自己在《紅樓夢》研究上的意見，而不必違心以從。要服從的只是尊重學術自由的風度。

說完了俞平伯的此際夕陽紅，就要說到胡風身後的白喜事了。

他去年六月初去世後，由於追悼會舉行無期，不能再停屍等待，秋前就作了火化，當時有人歎息：「胡風寂寞身後事！」卻不料新年一到，路轉峰迴，追悼會終於頗為「風光」地舉行了。家人滿意，一般識與不識的人聽說也多滿意。

最初追悼會的擱淺，據說是因為家人不同意悼詞中的一些提法，如說胡風懷着複雜的心情進入新社會，如說他宗派主義和小資產階級立場之類。而這些，在追悼會上由文化部部長朱穆之讀出的悼詞中是沒有了，有的只是稱他為「我國現代革命文藝戰士、著名文藝理論家、詩人、翻譯家」。又特別指出，他在建國初期寫的「嚮往新時代的詩文真實地反映了他當時的精神面貌」，肯定了他「對於發展我國革命文藝的功績」，肯定他的一生「是追求光明、要求進步的一生，是熱愛祖國、熱愛人民並努力為文藝事業做出貢獻的一生」。這一些都和傳說中悼詞原來的某些文字轉了一百八十度。儘管也還有人說，只稱胡風為「革命文藝戰士」，而不是「無產階級革命文藝戰士」。大可玩味，但一般人卻認為「革命文藝戰士」的桂冠也就夠了，這和那頂「反革命集團」頭子的帽子是相去十萬八千里呢。

家人和朋友都安了心，胡風也大可以真正地安息了。

但還是有些人饒有興味地在猜測，原來的悼詞是出什麼人之手。拖了好幾個月不改，可見頗有人堅持。而最後終於改了，又是什麼人動了大筆，這才定稿？

也有旁觀者對追悼會作了微觀的觀察，注意到到場的悼者之中，最高的一位高層人物是中共中央政治局委員習仲勛。人們從他平日的一些公開活動中，看得出來他也在過問文化、宣傳這些方面的工

作。但另外眾所周知這方面的主將和副將——政治局委員胡喬木和中宣部部長鄧力群，卻沒有出現，出現的只是他們送的花圈。而平日在這樣的場合，他們兩人卻總是不怕「曝光」過多而爭取亮相的。那兩天，他們又似乎不是不在北京，去了外地。

另有人注意到，為什麼新華社、中國新聞社和北京幾家主要的報紙，在報道中都沒有提到周揚、夏衍他們呢？三十年代在上海，他們和胡風之間就彼此都不那麼順眼。五十年代在北京，最高統帥一聲令下，奉命向胡風窮追猛打的也正是他們。現在他們又如何？人們的關心是有理由的。遺憾的是這些報道都遺漏了，這可能是無心之失，也可能而更可能是奉命「自律」，從報道文字中清除掉了吧。

《文藝報》是應該受到讚揚的。只有它，報道夏衍也送了花圈，因病未能到會，卻電話表示了哀悼。只有它，還報道了周揚夫人蘇靈揚說，如果重病在醫院的周揚知道悼詞中對胡風的評價，是「會欣慰的」，「周揚和胡風應當是好朋友」。事實上，胡風獲得平反到北京後，周揚和他已經「相逢一笑泯恩仇」了。蘇靈揚的話當然有代表性，代表了周揚。周揚「會欣慰」，作為局外人的我們，又何嘗不因此也有所欣慰呢。

新華社和多數報道把不應該遺漏的遺漏了，卻把不應該寫上的寫上了，都說到場的有聶紺弩，只有《光明日報》獨家正確。聶紺弩這

幾年一直纏綿病榻，雖然躺在床上還幹活——寫作，但早就足不出戶，年來更是連下床走動都不大可能了，又如何能到遙遠的八寶山去？

聶紺弩是幾乎被打成「胡風份子」的人。是周揚保了他，這才免於進入「胡風反革命集團」，後來被打成右派那是另一回事。不過，他和胡風比較有感情（不一定是深交），卻是有詩為證的。

胡風一去世，第一個發表悼詩的就是聶紺弩。當悼詞的問題在僵持時，他就在詩中表示出沉痛而激憤之情了：

> 精神界人非驕子，淪落坎坷以憂死。千萬字文萬首詩，得問世者能有幾！死無青蠅為弔客，屍藏太平冰箱裏。心胸肝膽齊堅冰，從此天風呼不起。昨夢君立海上山，蒼蒼者天茫茫水。

屍藏冰箱，就是因為悼詞僵局而遲遲不能火化的緣故。

胡風是去年六月八日去世的，十日晚上，聶紺弩就寫了悼詩，連同平日送胡風的詩一起送出發表了。他有按語說：「倉卒湊句，未拘格律，亦僅一首。餘均平日贈君者，體皆七律，錄以為弔。」雖說是「平日贈君」，但在八二年版的《散宜生詩》中卻是一首也沒有收入的，直到今年初才問世的八五年的增訂本、注釋本，才補了進去。

四首《有贈》，一首《胡風八十》。而《有贈》的四首中，有一首卻不在後來報上發表的那些悼胡風詩中。

《胡風八十》是：

> 不解垂綸渭水邊，頭亡身在老刑天。無端狂笑無端哭，三十萬言三十年。便住華居醫啥病，但招明月伴無眠。奇詩何止三千首，定不隨君到九泉。

《封神榜》裏的姜太公八十歲了還到渭水邊釣魚。《山海經》中的刑天被砍掉了頭還能活着，堅持戰鬥，陶淵明有句：「刑天舞干戚，猛志因常在。」胡風頭雖未亡而又似乎亡了，因為他有一個時候神經失常，「無端狂笑無端哭」（這是借蘇曼殊現成的句子）。胡風在獄中寫了許多「奇詩」，定可流傳，不會在將來隨之去九泉，身亡也詩亡的。

「無端狂笑無端哭，三十萬言三十年」，就對仗來說，並不工整，就寫事抒情來說，卻沉痛極了。朱穆之在悼詞中提到：「胡風同志於一九五四年七月間向黨中央寫了《關於幾年來文藝實踐情況的報告》（即《三十萬言書》）。對於他的意見是完全可以和應該在正常的條件下由文藝界進行自由討論的，但是當時卻把他的文藝思想問題誇大為政治問題。進而把他作為敵對份子處理，這是完全錯誤的。」

當時是什麼人把他「誇大為政治問題」，並「作為敵對份子處理」呢？有煌煌「御批」在，事在最高一人！

《有贈》四首之一是：

> 齡官戲串牢坑裏，阿 Q 人生天地間。得半生還當大樂，無多幻想要全刪。百年大獄千夫指，一片孤城萬仞山。客子休嗟泥滑滑，河洲定有鳥關關。

《紅樓夢》裏的齡官對要他學唱戲這回事，說是「你們家把好好的人弄了來，關在牢坑裏學這個牢什子」。《阿 Q 正傳》中，阿 Q「他以為人生天地之間，大約本來有時要抓進抓出」的。

《有贈》之二是：

> 談孺子牛俯首甘，見先生饌口涎饞。兒童塗壁書忘八，車馬爭途罵別三。世有奇特須汝寫，天將大任與人擔。買絲若繡平原像，恐使嵇生史不堪。

「書忘八」、「罵別三」據作者說典出魯迅文章。「奇詩須汝寫」，《胡風八十》又有「奇詩何止三千首」之句，可見聶紺弩對胡風的推重，其實他的舊體詩比胡風的要高明得多。「買絲若繡平原像」一作「思

繡」;「恐使嵇生更不堪」一作「八不堪」。嵇康《與山巨源絕交書》自稱性格有七不堪,八不堪是更勝一籌了。

《贈詩》之三是:

> 物無禾馬東西海,人有主賓上下床。驢背尋驢曾萬里,夢中說夢已千場。補天自比通靈玉,畫虎人呼告朔羊。偷比老彭吾豈敢,一山溪水一汪洋。

「驢背尋驢」,滑稽;「夢中說夢」,荒唐。畫虎而像祭祀用的死羊,比畫虎而類活犬就更可笑了。如果「偷比老彭」是和胡風比,「一山溪水一汪洋」就未免太自謙吧。這卻不大像聶紺弩的性格。

《有贈》之四是:

> 豈關風雨故人懷,自挈湖山入夢來。淨掃浮雲瞻玉壘,同騎駿馬覓金台。英雄天下詩千首,花月春江酒一杯。斯是海棠開日夢,至今重盼海棠開。

這首詩是報上發表的平日贈詩中所無的,報上有的是另一首:

> 人有至憂心白髮,詩經大厄句長城。十年暌隔先生面,一夕倉

皇萬里行。最是風雲龍虎日，不勝天地古今情。手提肝膽輪囷血，斜倚車窗站到明。

這首詩卻又是增訂本《散宜生詩》沒有的。從詩意看來，像是當年胡風被遠遠地押解川邊時所寫。

抄了這麼多首聶紺弩寫給胡風的詩，是因為認為他才是頗有奇詩、常有奇句。新舊體詩都寫的胡喬木，就極力稱讚《散宜生詩》是「一株奇花——它的特色也許是過去、現在、將來的詩史上獨一無二的」。這是實事求是的說法。

而胡風終於有了這一場白喜事，也是實事求是的做法。說白喜事，難道不可喜麼？

附記：

上元燈節之夕，讀到了紅學專家周汝昌《滿庭芳》新詞一首，詞前的小序說：「一九八六年一月二十日俞平伯先生學術花甲紀念會上，適與吳小如兄鄰座。追憶前塵，恍然久之。東坡詞起云『三十三年』，今用之以為首句。」

三十三年，再逢同座，相看鬢已全霜。倩誰重認，慘綠少年

郎。多少風煙花月，休回首漫擬滄桑。人間重，晚晴新眺，高
閣瞰微茫。荒唐因一夢，癡人爭說，聖者難詳。況為蝶為周，
何礙平康？忽見滿堂高會，渾不信學術無光。寒燈底，推裘危
坐，有事動詩腸。

學術現在是因自由而有光了，無自由的時候也就黯然無光。學術無
光，學人失色，願這樣「荒唐」的歲月「擲與巴江流到海，切莫回
頭」吧。

前幾天，又讀到俞平伯四年前的一首五絕：

> 憑誰支病眼，真見海為田。
> 荏苒冬春再，天元甲子年。

那一年是壬戌，而前年是甲子。作者說他之所以寫這首小詩，是因
為記起了一九四九年所作的《寒食鳳城行》，詩已失去，只記得結
句是：「共誰留命桑田晚，能見天元甲子年。」當時以為還有三十五
年才是甲子，未必能夠見到，沒有想到荏苒冬春，三十三年過去，
還有兩年就是甲子了，更沒有想到，不僅甲子又一次，而且在緊跟
在後邊的乙丑（八六年一月二十日還是乙丑，未入丙寅），還看到
了對自己的平反，「真見海為田」，惡浪已逝，平疇綠生，未來應是
滿眼芳菲的好光景。那就「恭喜、恭喜」了。

一九八六年二月元宵後一日

秦似悲田漢哭孟超

秦似七月初去世了。這不能不使人想起三月底聶紺弩的去世、五月初王力的去世。聶紺弩是他的好友，王力是他的父親。四月間在廣西大學任教的秦似來到北京，為的就是弔友喪、探父病，沒想到他自己也病倒了，父死而不能守靈，只能在醫院病床上默致哀思。六月底他以重病之身回到南寧，不久就傳來他追隨父親於地下的不幸消息。

秦似原名王緝和，又名王揚，是王力的長子，也是王家第二代中唯一能傳家學——語言學和文學的人。秦似是他的筆名，後來卻成了正名。和他的父親一樣，秦似也是語言學家、教育家、詩人和翻譯家，只是兒子的名氣沒有父親的大。

但若論雜文，名大的卻是秦似。他一直是以雜文家的姿態出現於文壇的。

而他對於自己的舊體詩詞，卻又頗為自負。在他最後臥病之前的一個晚上，朋友們閒聊，聽他談到有人推許他的詞在當代至少是第一流；在他臥病醫院的一個下午，又聽他談到他父親讚許他的詩才「跨灶」——子勝於父。他對這兩點都是既不承認，也不否認。

就個人愛好的來説，我同意王力的説法，秦似的詩，詩味濃些；不同意秦似轉述的説法，他的詞如果不「至少」屬於第一流就可以居於當代的最前列。

秦似説，他早在三十年代後期就寫作、發表舊體詩了，抗日戰爭時期才寫雜文。六十年代以後又恢復寫詩，較多寫詩，而雜文，反而由少寫以至於不寫。那當然是由於「大家都知道的原因」，不便寫了。

談到詩，聶紺弩有着這麼一首「集外詩」：

> 文藝君家久擅場，十年不見話連床。
> 我詩臆造原無法，笑煞邕漓父子王。

這是送給秦似的，「父子王」就是説王家父子都是能詩之人。

談到詩，秦似的絕筆之作就是兩首《弔紺弩》：

> 一代風流未佔春，癖王百事任天真。
> 九年坎壈囚中日，十載支離刦後身。
> 病榻晨昏揮彩筆，幽居寒暑對浮雲。
> 從今便是音容絕，三月花時哭故人。
>
> 早歲從軍黃埔港，壯年留學莫斯科。
> 未憑履歷要高爵，漫把文章降障魔。
> 野草操矛風雨晦，北荒吟冰慨慷多。
> 豔陽普照神州日，痛為先生譜輓歌。

他的絕筆文章也是悼念紺弩之作。本來要寫一萬多字的，寫了八千多字就再也提不起筆了。

由「痛為先生譜輓歌」這一「譜」，使人想到他的另一「譜」：

> 人妖顛倒亂中華，悲劇生於戲劇家。
> 南國風雷猶昨日，北京風雪掩朝霞。
> 光天竟指鹿為馬，暗室難堪尿作茶。
> 安得洛陽紙千卷，為君譜寫斷腸花。

這是《悲田漢》的二首七律之一。注文說：「田漢在上海組織之南國社，乃中國話劇運動之前驅。」「田漢有糖尿病，在獄中備受折磨，

甚至尿脹亦不得解，遂不得已解在臉盆內。監守者竟迫他喝下肚去。」這真是悲劇！使人憤慨的悲劇！

記得王力也有《輓田漢》七絕一首：

> 血肉長城義勇軍，乾坤剩骨傲嶙峋。
> 才高鬼妬含冤死，千古傷心文化人。

詩注說：抗戰期間田漢在貴陽過着極度貧困的生活，為此有詩：「爺有新詩不救貧，貴陽珠米桂為薪。殺人無力求人懶，千古傷心文化人。」

王力詩的一二句也是從田漢的歌詞和詩句化用的。替王力詩作注釋的人說，這樣的借用死者的話悼念死者，「構詩奇巧」。其實並不奇而平常，比起來，秦似的詩就沉痛多了。

秦似是桂林、香港雜文刊物《野草》的主編。這個雜誌是夏衍、聶紺弩、宋雲彬、孟超和他五人合辦的。他先後有《哭孟超》、《悼雲彬》的詩。哭孟超詩是：

> 相交貧賤等輕塵，也共清流欲獻芹。
> 桃李台中搔虱爪，馬房背內揭竿文。

慧娘肝膽曾言我，似道機心終殺君。

八寶山前車為盛，當年誰是解鈴人？

詩注說：「孟超由重慶逃香港，途中備極艱困，久不得浴，到香港後寄住桃李台我之寓所，時全身患疥疾。馬房背，抗日期間孟超住桂林馬房背九號。」逃香港而居桃李台，那是抗戰勝利以後的事。

注文又說：「康生與孟超同鄉，少時同學，曾慫恿孟超謂『李慧娘不出鬼我就不看』。後來又在背後把孟超置於死地。」孟超的《李慧娘》果然有鬼，而翻雲覆雨的康生更有鬼，最後使孟超不得不變鬼為止。在康生，這是陽謀還是陰謀？陰也好，陽也好，總之是「引蛇出洞」的詭計！

這兩天，人們十分有興趣地輾轉相告萬里在軟科學會議上的長篇講話。這是一個強調「德先生」（民主）和「賽先生」（科學）的講話。講話中提到，毛澤東曾經談過霸王別姬的故事，「不讓人講話，總有一天要別姬」，而他自己恰恰在這上面做了霸王。講話又提到，「百花齊放，百家爭鳴」的方針捉出三十年了，長時間基本上沒有真正貫徹實施，而一度甚至把它當作「引蛇出洞」的鬥爭策略。萬里沒有說，人們都知道，說要「引蛇出洞」，幹了「引蛇出洞」的始作俑者，並非別人，正是那終於「別姬」的「霸王」！

這且不說，還是看看秦似的《悼雲彬》吧：

> 相識天南離亂時，文章品格是吾師。
> 麻鞋薄笠臨貧舍，開水花生共快棋。
> 野草揮文心似火，漢書點句髮如絲。
> 但聞咄咄無他語，老死案頭猶蹙眉。
>
> 抗日烽煙大塊燒，相從久訂忘年交。
> 麗君路上憂風雨，獨秀峰前說解嘲。
> 實為國仇遭困頓，誤聞友難走迢遙。
> 蒙冤十載重逢日，對坐書空遣寂寥。

《野草》，宋雲彬是有份的。《漢書》，二十四史標點注釋本的《漢書》是宋雲彬主持標點注釋工作的。麗君路是桂林的一條街，獨秀峰是桂林城中一柱擎天的山峰。

「誤聞友難」，據詩注說，一九四六年春，宋雲彬聽得謠言：秦似在廣西被捕入獄。他不遠千里趕到桂林營救。這件事後來卻被說成是「去搞陰謀活動」。這後來大約是「文革」期間吧，因此才有「蒙冤十載」、「對坐書空」的詩句。當然，這恐怕只是十載繫冤之一，此外還有別的不少誣陷。

31

談到那「文革」十載，秦似的《無題有感》是有感於江青四人的
被捉：

> 人靜風清月上初，釣魚台畔夜何如？
> 擁衾猶作龍飛夢，就綁旋成囚哭圖。
> 炙手當年枯草木，歡顏今日到童孺。
> 平生帽子隨心製，未識曾留一頂無？

詩作於一九七六年十月十二日，到了十四日，就又有了一首《寫在
狂歡聲中》的古風：由「四人幫，亂中華，為首紅都女皇自矜誇。
十年威風號旗手」寫起，直到「忽來霹靂震重霄，全國除奸湧怒
潮⋯⋯京都酒庫一夕罄，狂歡席捲如巨飆。三十年來一老九，推窗
吶喊破寂寥」。

這個「臭老九」到了第二年就是六十歲了，他在《六十自嘲》中自
歎：「歷盡人間奇劫後，更從何處贖華年」。他的「劫」是不限於
十年的。五十年代之初，他在廣西當了文化局的副局長，分工管戲
劇，寫了劇本《牛郎織女傳》，不久《武訓傳》被批，他的《傳》也
成了批的對象。這一案，直到他死後舉行的骨灰安放儀式時，才宣
佈糾正錯誤。他死前的官銜是廣西政協副主席。

秦似是廣西博白人，和綠珠是同鄉。王力有《詠綠珠》之作，秦似

也有《綠珠》詩：

> 夏姬西子事難明，南國偏憐一女生。
> 豈慣管弦歌懊惱，長羞珠玉市恩情。
> 刈餘粉黛嗟顏色，死後芬芳付水名。
> 若問故鄉新景況，漫山花樹足心傾。

綠珠是同里，楊貴妃卻是鄰居，傳說中是鄰近博白的容縣人。秦似說：「閱《永樂大典》，有楊貴妃出自容縣之說。六一年夏，因事過容縣，順道到城東郊楊村訪尋遺跡，果有楊妃廟，村民亦有能述其傳聞者，容縣縣誌記載楊玄琰為容州長史，買同姓貧家女為養女一事甚詳。」他因此發思古之幽情，寫下了《過楊妃村》：

> 千古馬嵬遺恨長，嶺南一角問家鄉。
> 荔枝此處多佳樹，村落於今有姓楊。
> 盡說娥眉工宴笑，誰憐寒女暗神傷。
> 當年蜀道負盟日，憶否門前橘柚黃。

看來秦似是頗有一點同情楊玉環的樣子呢。

秦似在一九四六年到四九年的三年中，曾經在香港工作，除了編過兩年的《野草》，最後還能編過幾個月《文匯報．彩色版》。他的《島

上有感》就是四八年所作:

> 當年甌脫棄如塵,此日萬家同作賓。
> 賭博場中馳駿馬,騎樓底下睡窮人。
> 尊經文字浮銅臭,論世文章映眼新。
> 不寐終宵聞海嘯,冰夷時欲起沉淪。

原題是《亭子間有感》,後來才改為《島上有感》。當時他住在西環桃李台,可能房間不大,或者是尾房吧,但總不是亭子間,亭子間是上海居室的特有名稱,不是香港所有的。

他又有《鷓鴣天‧香港〈文匯報〉三十周年紀念特刊題詞》一首:

> 三十年前憶舊遊,故人青鬢各千秋。攜槳共掃蕭紅墓,帶嘯同登海景樓。思往事,壯新猷,全憑生氣起神州。四凶消滅雲天淨,更逐鵬程上鬥牛。

在他的《兩間居詩詞》中,就只有這一詩一詞是和香港有關的了。這是他印來送人的非賣品,有待正式出書(另有詩話性質的《兩間居詩詞叢話》已出版)。在一百多首的詩詞中,詞大約佔了二十首。壓卷之作是《水龍吟‧晚晴》:

> 一春大半長陰，知他愁雨還風雨。關山迷漫，淹紅埋綠，落花飛絮。寂寞簾櫳，泥濘世界，憮憮情緒。問九鳥消息，義和態度，都不管，人間事。難得晚晴佳美，上高樓，心胸塵洗。遊絲重舞，青山夕照，呢喃燕語。紫陌東頭，綠萍深處，賞心鴛侶。雖黃昏臨近，白日西斜，明朝有，晨曦煦。

雨後晚晴，雖近黃昏，卻沒有憮憮情緒，因為「明天會更好」。作者當時是六三之年，終於還享了六年的晚晴，以六九之年而逝。

六十年代之初，他有過一首《永遇樂‧倫敦博物館送還李秀成劍》：

> 一百餘年，英雄故劍，何處尋覓？一旦歸來，寒光猶帶，舊日風塵跡。若耶溪水，人間美鐵，鑄就青鋒無敵。想當時，大江上下，漫山鮮血流碧。神州沉陸，貪狼引虎，墨面萬家哀寂。憤起金田，群龍怒吼，砥柱將軍力。酸風苦雨，投荒沒草，困頓難埋本色。撫今念萬年基業，當年莫石。

李秀成是他的廣西同鄉。他對忠王李秀成的看法顯然沒有受到「降王」論的影響。七八年他在《遊拙政園思李秀成》的七律中，更對「降王」論有着不以為然的表示：「他年史筆評功過，徒使曉曉議論紛」。

他有一首集外詞《鷓鴣天‧贈克夫》，很可能是他最後一兩年的作品：

> 五十年前意氣盈，文場試馬少年兵，頭顱幾度經刀下，書報一船隨膽行。思往事，記征程，一杯清酒醉羊城，餘年尚可捐餘力，相對休嗟白髮生。

這也是他晚晴心態的另一表現。他病危時也總是說自己不是患的癌症。他是樂觀的。樂觀總是比悲觀好。

他在詩中說自己生得「癡肥」。寫雜文又十分尖銳。但詩詞之中，剛健之外，自有婀娜。他寫了不少桂林山水詩，有「陽朔好山看不盡，於剛健處見婀娜」。他的詩詞中也有着這樣的境界。

一九八六年八月

「飽吃苦茶辨餘味」

——關於《知堂雜詩抄》

周作人是一九六七年五月六日去世的，今年是他逝世二十周年。他死時八十三歲，生於一八八五年一月十六日，如果不死的話，今天就有一百零八歲了。

他生前立過幾次遺囑，最後的定本是死前兩年寫下來的。遺囑有前言：「以前曾作遺囑數次，今日重作一通，殆是定本矣。」正文是：「余今年已整八十歲，死無遺恨，故留一言，以為身後治事之指針。死後即付火葬或循例留骨灰，亦隨便埋卻。人死聲消跡滅最是理想。余一生文字無足稱道，唯暮年所譯希臘對話是五十年來的心願，識者當自知之。」

這遺囑記在一九六五年四月二十六日的日記中，這時他是實際已滿八十，進入八十一歲了。

在這以前的四月八日,他在日記中又寫下了這些文字:「余今年一月已整八十,若以舊式計算,則八十有三矣。自己也不知怎麼活得這樣長久。過去因翻譯路喀阿諾斯對話集,為此五十年來的心願,常恐身先朝露,有不及完成之懼,今幸已竣工,無復憂慮,既已放心,便亦怠惰,對於世味漸有厭倦之意,殆即所謂倦勤歟?狗肉雖然好吃,久食亦無滋味。陶公有言,『聊乘化以歸西』,此其時矣!余寫遺囑已有數次,大要只是意在速朽,所謂人死,消聲滅跡,最是理想也。四月八日,知堂。」

人之將死,其言也不一定都真。如說「余一生文字無足稱道」的幾天之前,他在給香港鮑耀明的信中就又說:「我想把中國的散文走上兩條路,一條是匕首似的雜文(我自己卻不會做),又一條是英法兩國似的隨筆,性質較為多樣,我看舊的文集,見有些如〈賦得貓〉、〈關於活埋〉、〈無生老母的消息〉等至今還是喜愛,此雖是敝帚自珍的習氣,但的確是實情。古人晚年常要悔其少作,我現在看見舊作還要滿意,可見其了無長進了。」

至於所謂「意在速朽」,「人死聲消跡滅最是理想」,恐怕也不是實情,至少並不是本心。晚年的那許多譯著,除了為換來稿費,維持生活,也總還有雁過留聲之意吧,特別是那一部《知堂回想錄》。

《知堂回想錄》是他死後七年才在香港出版的。而《知堂雜詩抄》更

是在他死後二十年的今年才出版。《雜詩抄》是從來沒有出過的他的舊體詩集，是長沙岳麓書社出版的。同一書社去年還出了他的《知堂書話》和《知堂序跋》，那都是他人把他的舊作重新編輯出版，和《回想錄》、《雜詩抄》之為原著有些不同。

岳麓書社曾經在《光明日報》上大登廣告，預告要把周作人所有著譯幾十本之多一一重版，從一大片廣告看來，頗為洋洋大觀。正是為了這個緣故，刺激了某一些「紅眼」，還有人一再寫文章反對。當「反對資產階級自由化」的鑼鼓喧天以後，出版社受到警告：書還是可出，不過不宜大張旗鼓地出。要不然，這一本難得的《知堂雜詩抄》也就很可能「行不得也（發行也）」。說不定又會像《知堂回想錄》那樣，道不行則乘桴浮於海，要在海外才能出版了。

事實上，《知堂雜詩抄》首先是經歷過浮於海的命運的。周作人晚年親自編定了它，在一九五八年到一九六一年之間，分批寄給新加坡的鄭子瑜，在鄭子瑜手裏「雪藏」了二十七年之久，才又通過上海陳子善之手，轉到了長沙岳麓書社。附上了自壽詩，鄭子瑜的跋，陳子善收集的《外編》（早年所作和聯語）和所寫的後記。是這樣的一種出口轉內銷。

《雜詩抄》和《回想錄》有些不同：先完成，然後出口，又內運出書。《回想錄》完成在後，雖然幾經波折，也到過新加坡，終於又回

到香港出書。曹聚仁為這書花了七八年的氣力，比起鄭子瑜的「雪藏」二十七年，他是更可「慰故人於地下」了。

這些雜詩，周作人原來是稱之為打油詩的，後來才改稱雜詩。

對於打油詩，他的說法是：「我自稱打油詩，表示不敢以舊詩自居，自然更不敢稱是詩人，同樣的，我看自己的白話詩也不算是新詩，只是別一種形式的文章，表現當時的情意，與普通散文沒有什麼不同。因此名稱雖是打油詩，內容卻不是遊戲，文字似乎詼諧，意思原甚正經，這正如寒山子的詩，它是一種通俗的偈……」

對於改稱雜詩，他的說法是：「這種詩的特色是雜，文字雜，思想雜。第一它不是舊詩，而略有字數韻腳的拘束。第二也並非白話詩，而仍有隨意說話的自由，實在似乎是所謂的『三腳貓』……正如雜文比較容易寫一樣，我覺得這種雜詩比舊詩固然不必說，就是比白話詩也更為好寫……」他用雜詩之名，看來也是因為有雜文之名在先而想起的。

周作人早年雖然也寫過一些舊體和新體的詩，據他說，真正寫打油詩是開始在一九三一年。那一年，他在無花果的枯葉上寫了二十個字，寄給在巴黎的友人，表明自己的心跡，告訴那人，「他的戀愛的變動，和我本是無關也」。事屬春情，寫成一首五言絕句卻頗有

秋意：

　　寄君一片葉，認取深秋色。

　　留得到明年，唯恐不相識。

同一年，寫得更早些的一首《書贈杜逢辰君》，就更有禪意了：

　　偃息禪堂中，沐浴禪堂外。

　　動止雖有殊，心閒故無礙。

但周作人說，真正的打油恐怕還是從一九三四年那兩首《請到寒齋吃苦茶》開始，就是一般所說的他的五十自壽詩。他說，詩的原題本來是《二十三年一月十三日偶作牛山體》，不過後來林語堂把它在《人間世》上面登出來時，卻給他加上《知堂五十自壽詩》的題目。兩首詩，第一首「前世出家今在家」是十三日作的，第二首「半是儒家半釋家」是兩天後作的。周作人後來也就題為《所謂五十自壽打油詩》。

為什麼叫「牛山體」呢？他說：「我說牛山體乃是指志明和尚的《牛山四十屁》，因為他做的是七言絕句，與寒山的五古不同，所以這樣說了。」志明是明末的和尚，住在南京牛首山，所以外號牛山。他把自己的詩刻印成集，集名就叫《牛山四十屁》。估計是四十首，

但也有人懷疑不止這些，不過，許多人都沒見過，只是從蒲松齡的《聊齋志異》中知道有這個集子。據啟功說，他知道繆荃孫的藏書中曾有這麼一冊。為什麼叫「屁」這樣不雅呢？因為是打油，雖似偈語，卻也自稱是放屁了。這真是《何典》開宗明義所說的：「放屁、放屁，真正豈有此理！」

周作人卻沒有把這兩首當時引起文壇風波的七律編入《知堂雜詩抄》中，這是旁人補進去的。

雖然叫做打油，稱作「牛山體」，周作人其實並沒有菲薄之意，而是頗為自負的。他說：「稱曰打油詩，意思是說遊戲之作，表示不敢與正式的詩分庭抗禮，這當初是自謙，但同時也是一種自尊，有自立門戶的意思，稱作雜詩便心平氣和得多了。」自謙和自尊（也就是自負）是糅合在一起的，自立門戶，還不自負！

但他也確有可以自立的道理。他的詩，是確實可以自成一家的。鄭子瑜在跋文中一開頭就說：「現代留日中國四大作家（魯迅、周作人兄弟，郁達夫和郭沫若），都是新文學運動的健將，但同時也都是舊體詩的能手。」

是的。但卻有高下之分。以詩論詩，周氏兄弟可以說在伯仲之間，郁達夫次之，郭沫若又次之。就書法來說，魯迅和周作人雖然名氣

不如郭大，但實際都比郭更有韻味，他們兄弟也還是伯仲之間。書法上最弱的大約是郁達夫了。這是純粹從藝術性來說，並不摻雜任何其他因素。

周作人的詩就像他的散文，就像他的庵名，是苦茶，而苦茶總是清茶，在清苦以外，也還有清澀和清甜的味道。

　　烏鵲呼號繞樹飛，天河黯淡小星稀。
　　不須更讀枝巢記，如此秋光已可悲。

　　鎮日關門聽草長，有時臨水羨魚游，
　　朝來扶杖入城市，但見居人相向愁。

這些寫得都很苦。有些更是苦而又澀，澀而富有餘味的。例如：

　　禪林溜下無情思，正是沉陰欲雪天。
　　買得一條油炸鬼，惜無白粥下微鹽。

　　河水陰寒酒味酸，鄉居況味不勝言。
　　開門偶共鄰翁話，窺見庵中黑一團。

但也有頗為清甜的，那就多半是兒童雜事詩中的篇章了。例如：

43

新年拜歲換新衣，白襪花鞋樣樣齊，
小辮朝天紅線紮，分明一雙小荸薺。（《新年》）

書房小鬼忒頑皮，掃帚拖來當馬騎。
額角撞牆梅子大，揮鞭依舊笑嘻嘻。（《書房》）

蒲劍艾旗忙半日，分來香袋與香球。
雄黃額上書王字，喜聽人稱老虎頭。（《端午》）

一霎狂風急雨催，太陽趕入黑雲堆。
窺窗小臉驚相問，可是夜叉扛海來。（《夏日急雨》）

《夏日急雨》有小注：「夏日暴雨將至，風起雲湧，天黑如墨，俗語輒曰夜叉扛海來。」一句「窺窗小臉驚相問」，就活活勾畫出「小鬼」們的又喜又怕的神情。

兒童和婦女，是周作人散文中的兩類寫得很有特色的題材，寫在詩中，也一樣有引人入勝之處。他有一首《童話》，就是這樣說的：「平生有所愛，婦人與小兒。委屈殊堪念，況此婉孌姿。聖王哀婦人，周公非所知。又復嘉孺子，此意重可思……迢迢千百年，文化生光輝。婦女與兒童，學問各分支。染指女人論，下筆語枝離。隱曲不盡意，時地非其宜。着手兒童學，喜讀無厭時。志在教與養，遊戲

實始基……何時得還願，補寫童話詩。轉贈小朋友，聊當一勺怡。」
不過他所寫的那些兒童雜事詩卻不是適合兒童讀，只是給大人看的。

至於寫婦女的詩，有《紅樓夢》、《白蛇傳》等等。對於紅樓中的群
釵，他表示「反覆細思量，我喜晴雯姐」；對於白蛇的遭遇，他表示
絕惡法海，兒時掐了彈詞卷中的法海像，雷鋒塔倒後他希望應該由
法海入代替白蛇出，永遠把法海埋葬。這些都說得有意思，有情趣。

> 嘗讀紅樓夢，不知所喜愛。皎皎名門女，矜貴如蘭苣。
> 長養深閨裏，各各富姿態。多愁復多病，嬌嗔苦顰黛。
> 藺蕪深心人，沉看如老獪。啾唧爭意氣，捭闔觀成敗。
> 哀樂各分途，掩卷增歎慨。名花豈不豔，培栽豐灌溉。
> 細巧失自然，反不如蕭艾。反覆細思量，我喜晴雯姐。
> 本是民間女，因緣入人海。雖裹羅與綺，野性宛然在。
> 所惜乃短命，奄然歸他界。但願現世中，斯人倘能再。
> 徑情對家國，良時庶可待。（《紅樓夢》）

> 頃與友人語，談及白蛇傳，緬懷白娘娘，同聲發嗟歎。
> 許仙凡庸姿，豔福卻非淺。蛇女雖異類，素衣何輕倩。
> 相夫教兒子，婦德亦無間。稱之曰義妖，存誠亦善善。
> 何處來妖僧，打散雙飛燕。禁閉雷峰塔，千年不復旦。
> 灤州有影戲，此卷特哀豔。美眷終悲劇，兒女所懷念。

想見合缽時，淚眼不忍看。女為釋所憎，復為儒所賤。
禮教與宗教，交織成偏見。弱者不敢言，中心懷恨怨。
幼時翻彈詞，文句未能念。絕惡法海像，指爪搯其面。
前後搯者多，面目不可辨。邇來廿年前，塔倒經自現。
白氏已得出，法海應照辦。請師入缽中，永埋西湖畔。（《白蛇傳》）

他又有一首《打油》寫自己為什麼要寫打油詩的：

昔讀寒山詩，十中了一二。亦當看語錄，未能徹禪味。
但喜當詩讀，所重在文字。吟詩即說話，此語頗有致。
偶爾寫一篇，大有打油氣。平生懷懼思，百一此中寄。
搯臂至見血，搖頭作遊戲。騙盡老實人，得無多罪戾。
說破太行山，亦復少風趣。且任潑苦茶，領取塾師意。

詩注說：「太行山事見趙夢白《笑贊》中。甲乙爭太行山，甲讀泰杭，乙讀大行，就塾師取決焉。塾師左袒讀大行者，甲責之。塾師曰，你輸一次東道不要緊，讓他一世不識太行山。」塾師的話當然是騙人的，但騙他一世不識太行山也並非沒有一點可笑的道理。笑話不宜認真，說破了就一點趣味也沒有了。

但《知堂雜詩抄》中，也並非沒有使人不敢恭維之作。例如：

46

倉卒騎驢出北平，新潮餘響久銷沉。

憑君篋載登萊臘，西上巴山作義民。

詩注說：「騎驢是清朝狀元傅以漸事，此乃謂傅斯年也。南宋筆記載有登萊義民浮至臨安，時山東大饑，人相食，行旅者持人肉臘為乾糧，抵臨安尚有餘剩云。」

這是《老虎橋雜詩補遺（忠舍雜詩）》的第一首，不是在老虎橋監獄，就是在入獄前夕寫的。他以漢奸罪名入獄，卻在嘲諷義民，那總是使人難於接受的吧。

他說，「其比較尖刻者」是刪去了。這《為友人題畫梅》是被他刪了卻又由陳子善補人《外編》中的：

墨梅畫出憑人看，筆下神情費估量。

恰似烏台詩獄裏，東坡風貌不尋常。

把他的入獄比作蘇東坡的烏台詩獄，無論如何是擬於不倫的。也許他自己也覺不妥。這才刪去。

有人記得，在老虎橋獄中他還有一首悼林柏生被處決的詩，「□□未聞憐庾信，今朝又見殺陳琳」。自比庾信，且不說它，把汪偽政權

47

宣傳部長的林柏生之死比為曹操殺陳琳，就更是豈有此理了。

當年曾經勸過他出任「華北教育總署督辦」，以免被惡名甚著的繆斌搶去這一偽官的許寶騤，不久前為一《知堂詩稿》書冊題跋時說：「……中有在南京獄中之作，余摩挲吟詠，根觸萬端。世歷滄桑，人隔明冥，時逐逝水，事付煙塵。翁之學術文章自是昭傳久遠，而出處節操且由後人評說。至於余之於翁，竊自以為論公差得兩害取輕之理，於私殊失愛人以德之道。言念及此。愀然傷懷矣！」

當年到過日軍佔領下的北平，見過周作人的唐弢，最近寫了一篇〈關於周作人〉，提到周作人在一九五四年寫過一封六千字的長信給周恩來。毛澤東在看過這封信以後說，「文化漢奸嘛，又沒有殺人放火，現在懂古希臘文的人不多了，養起來，讓他做翻譯工作，以後出版。」

養起來的費用先是一月二百，後是四百，算是譯文的稿費。以後出版了他的一些譯作和關於魯迅的一些著作，但他自稱償了五十年心願的希臘路喀阿諾斯的《對話集》，似乎至今還未見出書，不知何故。

一九八七年五月

楊憲益詩打一缸油

「百萬莊中窮措大，外文局裏土詩人」，是荒蕪的自嘲詩，也是他《和憲益》的詩。這兩句對楊憲益來説，是更加用得上的。荒蕪在外文出版局工作過，後來到了外國文學研究所，因此後一句他又改為「外文所裏土詩人」。但楊憲益多年來一直在外文局工作，沒有動過，也多年來以窮措大而長住在百萬莊中，怡然自得，彷彿他就是百萬富翁。事實上，他恐怕的確是一個精神上的百萬富翁，或者説，是酒的百萬富翁。

他藏酒甚多，中西名酒俱備。而更多的是把它們藏在胸中。

三年前的一九八四，他年方七十，請丁聰畫了一幅像，自己題了一首五律：

少小欠風流，而今糟老頭；

> 學成半瓶醋，詩打一缸油；
> 恃欲言無忌，貪杯孰與儔？
> 蹉跎慚白髮，辛苦作黃牛。

他傲然自得地問：「貪杯孰與儔？」是很難有人比得上他的。他自稱可以兩瓶茅台不醉，雖然有一年訪問澳洲歸來過香港時，不到一瓶茅台就把他打倒了，但那只是屬於旅途勞頓後偶然的失態——失去狀態。平日裏，他就不是輕易打得倒的。他雖然是翻譯之家——和夫人戴乃迭都是譯林高手，又是翻譯名家——兩人都負盛名數十年，但他的酒名至少不比譯名為小，如果不是更大的話。吳祖光說他「酒狂思水滸，饌美譯紅樓」。他夫婦二人是英文本《紅樓夢》的合譯者。

他「言無忌」。黃苗子為他的畫像題詩：

> 何用楊雄賦解嘲，憲章酒業尚無條；
> 狂言偶發非無益，像個癟三轉更糟。

詩的前三句中，一句藏一字：楊憲益。詩注說：「楊雄，應作揚雄，此借用。『語言無味，像個癟三』，見《毛澤東選集》。」楊憲益的「狂言」是有味的。

信手拈來，就是一例：「楊子豐慢慢地站了起來，他端起酒杯，看了看杯中的酒，高聲說道：『我不要童年，不要青春，我願意一生下來就是老年⋯⋯』」。

這是諶容的中篇小說《散淡的人》的結束語。有人看了這篇小說後說，這是寫楊憲益。問過他，他沒有否認，只是說，我倒沒有什麼，不過有人不大滿意她這樣寫法。那麼，如果把楊子豐的話當做楊憲益說的，大致也就不會差得太遠吧，雖然沒有聽到他說不要童年，不要青春，只要老年，但這的確很像他的話。

聽到的是他一邊喝酒一邊和家人談《紅樓夢》，談到諶容和張潔這兩位女作家，談到有人說張潔是林黛玉而諶容是史湘雲。他自己呢？是電視連續劇《紅樓夢》一大堆顧問裏頭的一位。

在他客廳的牆上，掛着一幅華君武的漫畫，畫面是許多人都見過了的：曹雪芹挑燈寫作，在他身後，一位現代人物拉住了他的長長的辮子，細細觀察，要作考據文章。但題字就不同了，不是一句話式的標題，而是這麼一段文字：「乃迭同志囑畫《曹雪芹提抗議》，此畫原是反對搞煩瑣考證，故曹雪芹說：『你研究我有幾根白頭髮幹什麼？』不意發表後有些紅學家神經過敏。今紅學家楊副會長寓有此畫，足見會長風度非凡。」

楊憲益指點着畫幅說，我不是什麼副會長！但他並沒有說，我不是紅學家！沒有問他，如果江青的「半個紅學家」的地位能夠確立，他還要不要否認自己是個紅學家呢？

他如果是紅學家，當然是由於夫婦合譯了《紅樓夢》的緣故。至少孤陋寡聞如我，就記不起他發表過什麼有關《紅樓夢》的權威學術著作。

他否認過自己是什麼「翻譯權威」，說是頂多可以稱為翻譯匠。

他倒是有一首有關翻譯的詩：

　　一從胡羯亂中華，學語解卑亦足誇；
　　　多譯只能稱譯匠，橫通未必是通家；
　　莫嫌留學西方貴，總怪投生本國差；
　　夢獲獎金諾貝爾，奔馳取代自行車。

「奔馳」就是香港的「平治」汽車。詩並不是諷刺哪一個人的，譯匠云云，甚至於說是自嘲也未嘗不可以吧。

他有這樣一首自嘲詩：

> 左傾幼稚尋常病，樂得清閒且賦詩；
> 致仕懸車開會少，入冬貪睡起床遲；
> 青山踏遍人將老，黃葉聲繁酒不辭；
> 久慣張弛文武道，花開花落兩由之。

「左傾幼稚尋常病」，平凡的事情，精彩的詩句！但在楊憲益來說，他雖說尋常，這病卻又有點不尋常。我是從黃苗子一首詩的注文中才知道的：「公病暈，覺一切事物向左旋轉。」是這樣的左傾病！

黃苗子有詩，《擬集成語為詩，忽接羊公佳什，糊裏糊塗，湊成一律》：

> 自碰燈桿自拐彎，有心出岫卻還山；
> 左傾幼稚尋常病，右劃年光特別閒。
> 車到山前必有路，事非經過不知難；
> 白蘭地續茅台酒，今古奇觀一啟顏。

「左傾幼稚尋常病，右劃年光特別閒」，好對！比喝罷白蘭地再喝茅台更好。而這樣進酒，正是楊憲益貪杯的好習慣！

左傾幼稚，但啟功認為這並不是幼稚，而是老成──年老成病。他說：「楊公所患，正美尼爾氏綜合症也。無方可醫，只能任其自癒。」

這也是詩注，啟功和詩的自注。和詩如下：

> 宛然立愈頭風檄，卻是輕鬆七律詩，
> 美疢備嘗憐我早，奇方無效獻公遲。
> 天旋日轉回龍馭，地動山搖悟戲辭。
> 但作笨牛隨孺子，任他齋主問何之。

楊憲益似乎很歡喜魯迅的詩句，「花開花落兩由之」，和明末清初某人的詩句，「黃葉聲繁酒不辭」。在「左傾幼稚」的七律中借用了，在另一首七絕中又借用了。

> 黃葉聲繁酒不辭，花開花落兩由之。
> 何當更覓千杯醉，便是春回大地時。

這裏是莫管它花開花落，喝酒吧。前邊的「久慣張弛文武道，花開花落兩由之」，使人感到：運動來時緊一緊，運動過了鬆一鬆，又緊又鬆，鬆鬆緊緊，緊緊鬆鬆，這就是毛澤東引用過「文武之道，一張一弛」的成語，來說明中國這些年的景象，習慣了，也就管不得那許多，任它「花開花落兩由之」了。這是平靜道來，並非「狂言」，可以說是深得溫柔敦厚之旨。

這首絕句還有另一個版本：

咫尺天涯繫夢思，雪深路滑客來遲，
何當更盡千杯酒，便是春回大地時。

雪深路滑，使人想到他另一首寫天寒、地凍、冰滑，和丁聰開玩笑
的詩：

東瀛載譽乍歸來，又得喬遷亦快哉！
王粲登樓能作賦，屈平去國自成災；
七軍溺水悲關羽，滿地和泥笑老萊；
幸喜天寒堂易凍，書房改作滑冰台。

當時丁聰的新居以高樓而鬧水災，受到水浸，成了話題，成了詩題。

這些詩篇，油是打了一缸缸，但其言卻不見得怎麼「狂」。也許有
人會這麼說的。或者會更說，好像言多不及義呢。

酒，可以常喝，言，總不能常「狂」的。「狂言偶發」才「非無益」。
「張弛文武道」，不能總是張，也要弛。打油詩自娛娛人，輕鬆是它
主要的藝術特色，就是正經的道理也是用輕鬆的語言來表達的，過
分正經，就不成為打油了。楊憲益也有這樣的詩：

拍馬吹牛易，由奢入儉難，

　　可憐敗家子，斷送好江山。

這就一點打油的味道也沒有了。沒有了打油，也就沒有了味道。並不是説非打油不可，但那卻是另一條路子了。

楊憲益這個「散淡的人」，並不是沒有嚴肅題材的吟詠之作，但既談打油，就姑且從略。

「人過花甲未入黨，事非經過不知難」，他曾經有過這樣的兩句，他晚年的大志之一，就是成為中國共產黨的黨員。這不是很能表現他嚴肅的一面麼？散淡而又嚴肅，統一在這位學人、詩人、酒人的身上了。

「不辭千日醉，長共百年心。」在他的客廳裏掛着這樣一副對聯，十個大草字寫得龍翔鳳舞，那「不辭千日醉」的五個字，真是神彩飛動，筆力千斤。我認為，那是黃苗子寫得最好的大字草書之一。

用在楊憲益身上，那也是最合適的。

「長共百年心」！

一九八七年六月

附記：黃苗子新出《牛山集》

和楊憲益經常唱和打油的黃苗子，他的詩集《牛山集》在寧夏出版了。和他的雜文集《千字文》並在一起，書名《敬惜字紙》。

《牛山集》基本就是《無夢盦詩稿》，加上了一九八二到八四年的近作，內容更豐富了。從丙辰到甲子，前後九年。

有一首《西江月·題醉鍾馗圖》是點到了香港的：

> 嫵媚偏憐臉暈，風流愛露胸膛，憊憊病酒似嬌娘，只是鬍鬚不像。妹子家歸香港，孩兒走讀西洋，妖魔鬼怪任披猖，老子醉鄉放蕩。

把鍾馗說成似嬌娘，已經是妙想，妹嫁香港，兒走西方，就更是奇想出人意外了。

《菩薩蠻·題寒山詩意圖》也很妙，首先妙在引述的寒山詩：「柳郎八十二，藍嫂一十八，夫妻共百年，相憐情狡獪。」其次妙的是這《菩薩蠻》詞的本身：

> 一池春水干卿底？豐乾饒舌何如你！該打是寒山，抽他一竹

竿。相憐情狡獪，和尚偏明察。不做打油詩，凡心佛也知。

俗語有三個和尚沒水吃，他做了兩首消渴偈，題《三個和尚圖》也很有趣：

> 阿彌陀佛，好勞惡逸，渴死活該，消除衝突。
> 如何是好，渴死拉倒。月子彎彎，照伊煩惱。

據說三個和尚沒水吃的故事，起於浙江千島湖的蜜山島。島上有蜜泉，這就是三個和尚沒水吃的水，島上還有僧塔三區。黃苗子的《千島湖紀遊詩》有《蜜山》一首：

> 山頭僧塔真耶幻？齊東野語傳村漢。
> 扯皮推諉鬧不休，只因吃慣大鍋飯。

由三個和尚而想到大鍋飯，雖然扯得遠了一點，卻也正是點破了癥結。如此打油，卻是打出了一點古為今用來了。

有一首《卜算子‧啼鶯》：

> 春氣霎時消，秋肅連天困，自在嬌鶯盡日啼，啼得千山悶。人道不堪言。我說提它甚！野渡無人舟自橫，寂寞魚龍遁。

這是幾年前的作品，今天讀來，又感親切。嬌鶯「啼得千山悶」，一個「悶」字，十分精彩！「野渡無人」，魚龍也不免要寂寞了。

一九八七年六月二十五日

陳邇冬十步話三分

聶紺弩有個筆名：耳耶。耳耶就是三耳，就是聶。

有些相似的是陳邇冬，邇冬就是耳東，耳東就是陳。聶耳耶，陳邇冬。

聶紺弩是有名的雜文家、有名的詩人。他的詩被稱為「奇花」，被認為「也許是過去、現在、將來的詩史上獨一無一二的」，由於自有特色。但他卻把陳邇冬說是他做詩的老師，和鍾敬文（鍾敬文）並列。他說：「我有兩個值得一提的老師，陳邇冬和鍾敬文。邇冬樂於獎掖後進，詩格寬，隱惡揚善，盡說好不說壞……敬文比較嚴肅或嚴格，一三五不論不行，孤平孤仄不行，還有忘記了的什麼不行……我的多麼可愛的兩個老師，一個是李廣，一個是程不識；一個是郭子儀，一個是李光弼。一寬一嚴，從他倆我都學得了不少東西。」程不識帶兵，刁鬥森嚴，李廣卻是解鞍縱逸的。陳邇冬並不

比聶紺弩年紀大（相反是小了整十歲），也並不比聶紺弩更早知名於文壇或文名更大，在工作關係上，他還有相當長一段時間是聶紺弩的下屬（聶在人民文學出版社任副總編輯主管古典文學部門時，陳是分管其中的古典詩詞的），但在學做舊體詩詞上，聶卻的確是後進，比陳為晚，儘管後來居上，詩名更大。

聶紺弩毫不自大，真是謙虛：陳邇冬受到推崇，自有成就。

> 題詩今已滿江湖，高適此年句有無。
> 天下文章幾人好？桂林山水一峰孤。
> 慣將新酒舊瓶意，畫出滄江紅日圖。
> 自捋虎鬚嗟弱小，誰云大事不糊塗。

聶紺弩的這一首《邇冬五十》就把陳邇冬推許為天下幾人，桂林一峰。陳邇冬是桂林人，聶紺弩把他看成桂林城中的獨秀峰。聶紺弩又在《題邇冬詩卷》中用「逢茲百煉千錘句，愧我南腔北調人」來讚他：還在《邇冬七十病胃》中，說「世人望子如神仙，我借佛光作普賢」，把他奉之如師尊。

這首《七十病胃》的起句很有趣：「松風水月唐三藏，綠臉紅鬚竇二墩」。聶紺弩自注說：「竇二墩者陳邇冬也。」二墩和邇冬一樣，都是陳字拆字諧音。但實際上陳邇冬雖然頷下有鬚，卻不是紅鬚（當

然更不是綠臉），他的鬍鬚加上一根煙斗、一副眼鏡，使他像足了俄國作家契訶夫。這是熟識他的人都深有印象的。

更有趣的是聶紺弩的另一七律，《九日戲柬邇冬》：

> 十年已在人前矮，九日思知何處高。
> 風雨滿城曾昨夜，江山如畫又今朝。
> 嵩衡泰華皆○等，庭戶軒窗且Q豪。
> 湖海元龍樓百尺，恰逢佳節不相招。

這十年，是「文革」以前的十年。從「胡風反革命集團」案到反右，聶紺弩一次比一次在人前矮下來了，類似而矮下來的又何止他一人。平日低人一等或不止一等，到了登高的重陽節，就難免「九日思知何處高」了，可以去登一下，使自己能高一點。這樣的詩句看起來有趣，實際上包含着多少辛酸！「風雨滿城曾昨夜」，就是「人前矮」的昨夜；「江山如畫又今朝」，總算熬出了今天的好日子。「○等」就是等於零，不在眼中；「Q豪」就是阿Q的精神勝利，雖說是「阿Q精神」，到底是樂觀主義。這是一首典型的紺弩體，充分發揮了他獨特的藝術特色，也充分表露了他曠達的人生境界。

還是說回陳邇冬吧。他也曾經是「十年已向人前矮」的人，和許多知識份子一樣，經歷過反右和「文革」的磨難。

陳邇冬雖然早有詩名，但他的詩詞卻一直還沒有出版過單行本的冊子。說沒有，也不完全確切，四十年代，他是出了《最初的失敗》的，不過，那是新體詩的結集，這裏說的是舊體詩詞。他給自己的詩詞加上了一個名字，《十步廊韻語》，只是作為九人《傾蓋集》的一部分，印在書中。

為什麼叫十步廊？他的一首詞中有一「李廣橋邊煙月，十步廊前風露」的句子。他曾經住過北京西城的李廣橋，十步廊顯然就在那裏。聶紺弩把他譽為李廣，可能就是因為李廣橋的緣故。十步廊又是什麼意思呢？他說，是由「十步之內，必有芳草」而來。「文革」當中，他被質問到時，就是這樣說的。想不到這也增加了他的罪名：把社會主義的天地說得這麼小，把社會主義的前途看得這麼短，只有十步，真是反動透頂！

真是可笑之至！

可惜在《十步廊韻語》中，找不到什麼有關「文革」的篇章。這首水仙辭可能是少有的作品之一：

> 不與山礬同放落，不因山谷著仙才。
> 冰心已化一春雪，玉骨何須七寶臺。
> 江上縞衣方送別，潮頭駟馬待還來。

63

愁根白髮三千在，更枕清泉沐一回。

自注說：「此詩寫成，適值周公恩來逝世，焚於遺像前，以代私誄。」詩是句句寫水仙，而情是深深讚頌和悼念周恩來，經這一注，就完全可以體會得到了。

程千帆在評論《傾蓋集》談到《十步廊韻語》時說：「邇冬這卷詩中，直接涉及時事的較少，但讀了『一局走殘皆破眼，九州鑄錯未全消』這兩句，知道他不但未能忘懷時事，並且很有遠見。」

程千帆又指出：「作者故鄉山水甲天下，山川靈秀清峭之氣對他的創作不能沒有影響，所以他的詩詞，明麗奧峭，兼而有之。其詩設想遣詞都擺落凡近。『夜氣醼人如中酒，坐看星斗落牆隈』，『微覺歌塵搖大氣，慎將斷句染斜陽』，極近散原老人句法。其詞如『秋正低徊三尺水，我來平視六朝山』，『一塔刺天搖碧落，千山縮腳讓延河』則名雋集豪放兼而有之，無愧其鄉先輩王半塘、況蕙風。」

晚歸行步擬生客，怕踐廊沿一片苔。
蜜葉霸窗成大國，壁蛇斷尾是奇才。
受燈柏樹懸銀幕，墮地藤丁似鬼媒。
夜氣醼人如中酒，坐看星斗落牆隈。
（晚歸）

　　湖上春風昨到堂，惜無雄快供披當。
　　抗顏桃李作紅白，壓岸煙波接莽蒼。
　　微覺歌塵搖大氣，慎將斷句染斜陽。
　　壯夫小病能柔語，城市山林似未剛。
　　（病起涉園隨至湖上）

這就是「極近散原老人句法」的兩首。「密葉霸窗成大國，壁蛇斷尾是奇才」，可謂奧峭！而《自頤和園後湖登萬壽山步重禹韻》卻是明麗之作：

　　才從斷壁分山處，來倚危欄百尺空。
　　出谷鳥嚶應有譜，刺天螭吻倘能雄。
　　欺花媚柳聽宵雨，作冷吹溫四月風。
　　斜照欲高波自落，滿湖沉碧一樓紅。

說到桂林山水對他的影響，不妨看看他寫桂林山水的詩。

　　三到南溪濯足來，冥搜想像金蓮開。
　　相看不厭同蒼色，過雨停雲轉蟄雷。
　　千筆皴山大斧劈，一間夕室小蓬萊。
　　年年洞口石巢燕，猶啄岩花帶蕊回。

這是《三過南溪山》。南溪山在桂林南郊，舊名金蓮港，但早已沒有蓮花了。山半有小岩，刻有「夕室」二字。「千筆皴山大斧劈，一間夕室小蓬萊」，寫山、寫洞，寫得有氣勢，有境界。

> 延淵勸誘還臨桂，欲往從之治氣功。
> 山水長懷天下甲，車書已見九州同。
> 且攜咕咕偏憐女，來貌亭亭獨秀峰。
> 八角塘邊缽園路，借居為我謝林公。

自注說：「小女咕兒習畫，屢思歸寫故鄉山水。」用咕咕對亭亭，用偏憐女對獨秀峰，情趣盎然於山水之外。

說到「無愧其鄉先輩王半塘、況蕙風」的詞，這兩首是曾經傳誦一時的：

> 故國神京宿草芊，雨花台上血痕丹。百年風雨抱江寒。
> 秋正低徊三尺水，我來平視六朝山。囪煙雄篆寫晴天。
> （浣溪沙・登台城作）

> 周道齊平似砥磨，臨街窰洞半依坡。轔轔車馬畫中過。
> 一塔刺天搖碧落，千山縮腳讓延河。嬰心勝境不須多。
> （浣溪沙・延市夜京）

66

一塔刺天，千山縮腳，寫出了延安的氣象，使人感到不僅「勝境不須多」，文字也不須多，兩句十四字就已經抵得上千百句了。而秋正低徊，我來平視的句子，真是俊逸之至！何況此水又是秦淮水，此山又是六朝山！

說到六朝山，就不能不想起，最早在南京建都的三國東吳的孫權。孫權從孫策手中接過了東吳的江山後，先在吳（蘇州），後在京口（鎮江），更後在秣陵（南京）建都，南京有名的石頭城就是孫權修建的，還把秣陵改名為建業。中間雖然一度遷都武昌，最後還是又遷回建業。孫權的孫子孫皓也一度再遷都武昌，但後來還是又回到建業，直到「金陵王氣黯然收」被滅為止。當然不願意遷都武昌的官僚還製造了「寧飲建業水，不食武昌魚」的謠諺。這一段掌故，陳邇冬在他的《閒話三分》中曾細說端詳，由左思的《三都賦》寫起，聯繫到當時的戰爭形勢。說明了東吳何以一再遷都，又何以由長江下游的南京遷到過長江中游的鄂城（武昌），遷都時的祥瑞——黃龍、鳳凰現，黃龍很可能是揚子鱷，鳳凰很可能是長尾雞。

《閒話三分》是陳邇冬以三國時代的話題所寫的一本文史的書。書名不用《閒話三國志》或《閒話三國演義》，就是因為它所談的不僅有文（章回小說《三國演義》），而是有史（三國志），是把文史融會貫通來寫的。用史實做依據，對《三國演義》作藝術的分析，深入淺出，趣味盎然，卻又不是脫離史實的信口開河。這對於欣賞《三

國演義》的讀者，特別是把《三國演義》當做歷史教科書的讀者，在明辨是非上是很有幫助的。

陳邇冬在這上面有很多根據歷史事實而來的創見。如指出怒鞭督郵的不是張飛，其實是劉備。如指出董卓雖有九十九分的惡，也有一善，一上台就替陳蕃、竇武平了反，又起用了蔡邕等一批清流。如指出周瑜其實是很有雅量，很能謙讓的，一點也不是氣量狹小、疑心大、手段辣的人，而且劉備還在孫權面前讚過周瑜「器量廣大」。如指出赤壁之戰，火攻本來是黃蓋的計謀，借箭是孫權的急智，而且是赤壁戰後的事，至於蔣幹也是既有儀容，也有辯才的，一點也不「飯桶」。如指出大喬、小喬其實姓橋，曹操並沒有打過二喬的壞主意，他建銅雀台是赤壁之戰以後的事，不但羅貫中的《三國演義》是虛構，連杜牧的詩，「東風不與周郎便，銅雀春深鎖二喬」的詩也是靠不住的，只是成了有詩為證的偽證。如指出所謂魏延謀反，其實是一場冤、假、錯案，真正想背叛和悔不早叛的，是以謀反罪名加於魏延，足踏魏頭，叫他永世不得翻身，而又滅魏三族的楊儀。

諸如此類精闢的分析很多。端木蕻良說：「邇冬治學，旁搜冥求，常能在燈火闌珊處，驀地發現出不尋常。」

他在〈孫權與台灣〉這一篇中，指出了孫權曾派兵到東海的夷洲，而夷洲就是今天的台灣。根據《後漢書・東夷傳》，秦始皇時代就

曾有人到過夷洲，又回到大陸，從此夷洲就內附了。而根據《三國志·孫權傳》，孫權在黃龍二年（公元二二八年）「遣將軍衛溫、諸葛直將甲士萬人，浮海求夷洲及亶洲」（亶洲可能是琉球或日本附近島嶼）。又據《三國志集解》錄沈瑩《臨海水土志》：「夷洲……土地無霜雪，草木不死，四面是山……土地肥沃，既生五穀，又多魚肉……地有銅鐵，唯用鹿角為矛以戰鬥，磨礪青石作弓矢……」此外，東吳還「以兵三萬討珠崖儋耳」，遠征及於海南島，可見他們的水軍是很強的。陳邇冬有詩：「東吳諸葛直，渡海入夷洲，今即台灣島，世稱美麗尤……」

在這本《閒話三分》的寫作期間，已過七十高齡的陳邇冬幾度病入醫院。有考據，要分析的文章本來就不大好寫，這就更可以想見書成之不易了。

> 搶救幾番偷活久。似戀人間，猶愛黃花瘦。待得秋來籬落後，倘能會飲重陽酒？錦瑟年華都已負。寂寞還堪，再話三分否？老去談詞揮左蠡，密窗新比高坡舊。

這是陳邇冬的新作《鵲踏枝》，是在今年七月下旬的高溫悶熱中住醫院時寫成的。「再話三分否」，顯然還有話可說，可以繼續寫下去的。至於「老去談詞揮左蠡」，是他的《宋詞縱談》今年已經出版。有人說，他的詞勝於詩；他自己說，這本《宋詞縱談》是他得意之

作。那就再看看他的「老去填詞」的新作《惜往日》吧：

> 百尺樓高人繾綣。老去填詞，半是空中怨。遠志還山成小卉，
> 小人懷土依誰戀？無意傷春傷別也。太上忘情，只是尋常見！
> 盛鬋豐容新覿面。蕭然回首緋顏現。

一九八七年八月

鐵骨錚錚邵燕祥

劉賓雁三月中離開北京，到美國加州大學講學十週，到哈佛大學進行研究一年。希望這遠離故土的一年多時光，能使他擺脫這十年來一直糾纏着他的那一股晦氣。

去年是晦氣如磐的日子，他被又一次開除了中共黨籍。

去年一年中，他幾乎成了啞巴，沒有自辯的機會，也沒有新作發表。

去年一年中，在他所立身的國土上，也沒有什麼替他辯護的聲音，直到一年將盡。

十二月十日，詩人邵燕祥終於仗義執言，替他說了話，在中國作家協會主席團會議上說了話。邵燕祥和劉賓雁都是中國作協主席團的成員。

邵燕祥在直言無忌地指出一九八七年中國文學界「灰暗的陰影」後，在義正辭嚴地揭開對作協無以復加的控制造成極其惡劣的影響後，又毫不畏懼地說：

> 而在中國作家中，在這方面做得最好的（指和各種妨害四個現代化的思想習慣進行鬥爭，批判剝削階級思想和小生產守舊狹隘心理，批判無政府主義、極端個人主義，克服官僚主義──引者），我認為應推在十一屆三中全會以後，恢復了寫作報告文學的劉賓雁。他從《人妖之間》開始的大量作品中，表現了高度的無產階級、共產黨人的黨性（不管他現在有沒有黨籍）。為什麼這樣說呢？我認為是因為：他毫不隱蔽自己的觀點，敢於面對事實，講真話，披露和解剖社會的真相，並且總是從黨的利益和人民的利益的一致性的觀點出發，來伸張正義，打擊邪惡，維護黨和社會主義的原則，抨擊一切與此相背離的壞事和弊端；從他的作品中，我們看到，那些損害人民利益的官僚、腐敗現象，怎樣嚴重損害了黨的政治信用和社會主義的聲譽，只有維護人民的利益才是保衛黨的領導的唯一的途徑。

這使人想起了劉賓雁的文章：〈畢竟有聲勝無聲〉；這也使人想起了邵燕祥的詩句：「鴉雀無聲雁有聲。」邵燕祥的另一個名字是雁翔。當然，也可以說是燕有聲。

這是邵燕祥送給劉賓雁的詩：

> 年少頭顱擲未成，老撐鐵骨意縱橫。
> 長空萬里書何字？鴉雀無聲雁有聲。

萬里長空，可以看到的是雁字，而雁所排成的，是「人」字。劉賓雁的文章不都是在為人道主義、人的正當權利而大聲疾呼麼？

邵燕祥是很器重劉賓雁的，一再有詩送他。那首「從來冠冕總堂皇」的七律，其實也是邵燕祥贈劉之作。

> 暮雲入望凝蒼茫，已報孤狍中冷槍。
> 不必犧牲皆壯烈，從來冠冕總堂皇。
> 滿城風雨重陽酒，九死生平兩鬢霜。
> 忽憶當年柳亞子，千夫仰首一夫狂！

這首詩以前談過了。還要補一筆的是，去年重九之日，北京城中，頗有人聞訊舉杯，浮一大白，重陽酒因此有了新的意義，而不是古人白衣送酒的故事。

王若水不久後也得到了邵燕祥的贈詩：

> 問君何事最難忘？此是平安舊戰場。
> 未必文章真似土，不圖批判竟如槍。
> 爬剔假理出真理，懷抱愁腸攬熱腸。
> 家事國事天下事，肯從妾婦話滄桑！

若水不若水，是硬骨頭！「家事國事天下事」，雖然平仄不調，但如勉強改了它而不用古人原句，卻要削弱力量了，還不如就讓它平仄失調為好。前邊的第二、三句，是從魯迅詩「寂寞新文苑，平安舊戰場」和「文章如土我何之」而來。

如土如槍，「批判竟如槍」是可以致人於死地的。這使人想到邵燕祥的一首七絕：

> 一聲指控出西廂，唾玉噴珠已血腥。
> 我亦曾經滄海客，文章雖賤骨非輕。

作者自注：「西廂原作丁玲。丁在（一九八四年）九月四日京西賓館會上，指我〈農民到大飯店訂酒席〉一文（三日《人民日報》八版）為『反黨反社會主義』云。」其實那是一篇談消費並非不道德，主張給消費恢復名譽，批評那些身居高位的「道德的偽善」者的雜文，向這樣的文章拋出「反黨反社會主義」的大帽子，實在荒唐！這樣的帽子竟然由飽受極「左」之苦，戴了多年「右派」帽子的丁玲拋

出，更是可笑又可悲！「我亦曾經滄海客」，邵燕祥也被打成為「右派」；「文章雖賤骨非輕」，真是擲地有聲了！

「左」風吹處，不僅有人會上講，也有人紙上寫。這是一年以後邵燕祥的兩首七絕，題目是《讀蕭乾文章用其意》：

> 梁效先生不姓梁，曾經賞賜百千強。
> 只今風動鵝毛管，新曲依稀入舊腔。
>
> 舊時梁效寫新章，一變搖身亦擅場。
> 莫道城深人未識，菩薩為面鬼肝腸。

蕭乾在一篇文章中說，梁效現在不姓梁了。邵燕祥有感寫下這兩首詩。自然有一些「本事」，但也不必勾勒而出，反正是極「左」文章又來了。

梁效是「四人幫」的寫作班子。「四人幫」粉碎以後，邵燕祥有兩首《時事》七律：

> 忽聞白日沒神州，太液波興逐淚流。
> 禍在蕭牆芒在背，士心沉痛黨心憂。
> 九重可畫生前策？一舉能拘階下囚。

> 豈有蛟龍愁失水，共隨鷹隼與高秋。

> 以屈求伸四十年，鼠偷鴉舞續新篇。
> 半家紅學伊誰信，一襲烏衣空自憐。
> 權柄寧如談柄久，化名應許臭名先。
> 沉舟妒看千帆過，無復妖星犯日邊。

前一首詠一舉粉碎「四人幫」，後一首是單獨詠江青的，因為她自稱是「半個紅學家」，在詩裏就成了「半家紅學」。

到一九八一年「四人幫」受審、宣判時，邵燕祥又有《聲聲慢·斥江青》詞：

> 暮年蹤跡，庭上獄中，不掩舊時本色。西望東張作態，慣還撒潑。國中更無知己，最恨它，皆曰可殺。頻顧影，最傷情，原較西施美煞！傘下無天無法，俱往矣，如何把天來遮？兩手血污，和尚你能比得？而今勸君莫舞，看玉環飛燕寥落。說醜化，你化也不必化過！

「和尚你能比得」，這和尚自然是老和尚，以前是不可說，現在是不必說了。

76

在這以前的一九七八年，他又有《點絳唇》兩首，小序説：「林彪、四人幫都是『萬歲不離口』，而居心叵測，群眾刺之為『塗口紅』。流毒所及，不可低估。」這「塗口紅」之説海外聽來倒是新鮮可笑的，雖然那已是十幾年前的事。

> 俯仰隨風，畫眉深　淺臨妝鏡。唇紅如腫，一種邀人寵。不用含沙，能射河邊影。黃粱夢，八方齒冷，靠的吹拍捧。
> 搖唇鼓舌，賊咬三分　入骨疼。血口噴紅，害人便是能。風雲變色，出些變色龍。現原形，脂粉失靈，畫皮畫不成。

差不多時候還有兩首五律：

> 何為喑萬馬？咎在四人幫。
> 傳統歸塵土，人民罹禍殃。
> 音容猶昨日，歷史已新章。
> 言路通兼德，千流匯大江。
>
> 民主集中制，昭昭在黨章。
> 群心殊可用，眾口豈須防。
> 鳥是爭鳴好，人因自勝強。
> 欲除兩面派，不要一言堂。

以兩面派對一言堂,對得好!有一言堂,就難免不出兩面派;有兩面派,就更易捧出一言堂。

有一首不知作於何年的《詠史》:

> 一呼眾諾金鑾股,萬馬齊喑青草坡。
> 十步芳菲芟可半,千秋忠藎已無多。

又有一首作於「文革」中的《詠雞》,是因「幹校節日聚餐有雞」而作:

> 盪氣迴腸不自哀,依稀燈火下樓台。
> 豈知今日刀頭菜,曾叫千門萬戶開。

芳菲半除,忠藎無多,這和「曾叫千門萬戶開」的雄雞卻變了刀頭菜,都是可哀的事。在這樣不正常的日子裏,得意的就是那些兩面派了。

「文革」中,他有《自贈》和贈人——《寄京中友人》兩律:

> 十年歲月亦崢嶸,塞馬臨歧失所從。
> 禍大何曾疑日遠?身微今更覺恩隆。

飛蛾甘死光明願，寸草猶期葵藿功。
人貴自知兼自勝，一生低首向工農。

少年哀樂總滄桑，斷句何須詠鳳凰。
「放眼天涯龍捲水，吃人世界虎拖羊。」
塗鴉枉借春秋筆，求友應從生死場。
節近重陽堪把盞，丹楓如畫未凋傷。

自贈的飛蛾甘死，寸草猶期；贈人的節堪把盞，楓未凋傷，都顯出詩人的樂觀情緒，在那樣折磨人的日子裏，還是不失希望。

同一時期，還有兩首絕句，《半生》和《攬鏡見脫髮》：

半生飛倦不知還，城郭平蕪各有天。
前路莫愁無慰藉，青山嫵媚白雲閒。
只牽一髮動全身，魂繞江河湖海濱。
自信情根生熱土，人間有味是紅塵。

「青山嫵媚白雲閒」，心境是何等寧靜！「人間有味是紅塵」，入世又唯恐不深吧？這裏是沒有消極的。

這些詩篇都反映了詩人的精神境界，使人們因此能夠明白，他在作

協會議上何以能那樣一士諤諤地大放正聲，無畏無悔。

我們的詩人曾應美國詩人安格爾和夫人聶華苓的邀請，於一九八六年去衣阿華參加了那裏的國際寫作中心的活動，逗留了好幾個月。他有詩《贈聶華苓女士》：

> 天涯風木傷寥廓，忍使琴簫委路塵。
> 怕見渡頭餘落日，欲書花葉寄朝雲。
> 女兒筆有男兒氣，去國情兼愛國心。
> 芳草萋萋江畔道，當時明月照歸人。

「我是夢中傳彩筆，欲書花葉寄朝雲」，是李義山的詩。這裏借了一句來詠聶華苓的彩筆——一枝有男兒氣的筆，一枝有中國心的筆。

他又有《賀安格爾先生七八大壽》的七律：

> 七九春秋安格爾，身如大樹嗓如鐘。
> 風雲閱歷筆猶健，茶火情懷心尚童。
> 到處桃紅還李白，只今石破已天驚。
> 不聞簷下風鈴動，欸欸階前慰浣熊。

石破天驚句下有注：安格爾「有《文化大革命》一詩，寫人躲入石

頭中，令人震撼」。那是一首四行詩：「我拾起一塊石頭，／我聽見一個聲音在裏邊吼：／『不要惹我，／讓我在這裏躲一躲。』」

慰浣熊句下也有注：「每晚有浣熊三五隻到後門就食，安必先此守候輕喚，『欷，欷』，浣熊聲音也，慰，猶喂。」

就在那一年，邵燕祥在衣阿華會見了台灣作家王拓，相見恨晚，有詩相贈：

> 去留肝膽幾昆侖，壯士心猶赤子心。
> 海內何妨存異己，人間難得是知音。
> 文章久重春秋筆，得失遙聽山水琴。
> 執手相期重見日，為君舉酒祝銀婚。

「去留肝膽兩昆侖」是譚嗣同的名句，這裏換了一個「幾」字。「海內何妨存異己」，是借用當代詩人陸煥頤的詩句，原詩下一句是「人間難得是真情」，借用時改成了「知音」。邵燕祥說，他當時以為大陸和台灣的形勢不會發展得很快，預料再見到王拓時，當是王拓慶祝銀婚的日子了，因此有最後的一句。

沒想到形勢的發展超出了人們的預想，時隔一年多一點，王拓就跟了台灣的第一個還鄉探親團來了北京。在一個歡聚的集會上，邵燕

祥朗誦了這詩，並且講解了這個「銀婚」的典故。

必須再注解一下。詩人邵燕祥是以寫新體詩出名的，已經出版的詩集有：《歌唱北京城》、《到遠方去》、《給同志們》（以上五十年代），《獻給歷史的情歌》、《含笑向七十年代告別》、《在遠方》、《為青春作證》、《如花怒放》、《遲開的花》、《歲月與酒》和《邵燕祥抒情長詩集》等（以上一九八〇年以後），都是新體詩集。

但他也寫舊體詩，而且一樣寫得好，只是至今還沒有出過一本集子。

他還寫雜文、隨筆，出版有《蜜和刺》、《憂樂百篇》、《綠燈小集》、《當代雜文選粹邵燕祥之卷》等和詩話《晨昏隨筆》、《贈給十八歲的詩人》等。他的一些雜文被認為「使他列入當今雜文強手之林而無愧」。

他，被譽為是「一個真實的有風骨的人」。「文章雖賤」，是自謙；「骨非輕」，完全是真的，珍珠一般的真！

一九八八年二月

「至今人厭說秦皇」

獨坐池塘如虎踞，綠楊樹下養精神；

春來我不先開口，那個蟲兒敢出聲？

這是這些日子在流傳的一首《詠蛙》詩，作者據說是毛澤東。

這首七絕不見於一九八六年新編本的《毛澤東詩詞選》。編者說，有些詩詞沒有編選進去，是因為作者生前表示過不願意拿出來發表，推想是作者自己也認為不很滿意的緣故。

這首詩是不是也在不很滿意之列呢？

詩作於一九一○年，毛澤東當時只有十七歲，正在湘鄉高等小學堂讀書。難道是悔其少作了？

人們卻很有興趣在傳誦它，有些高級知識份子在轉述這麼一首「不見經傳」的詩時，往往還要加上一句：五六年就知道有這首詩就好了，也就可以免開尊口，免去一場災難。我不先開口，那個敢出聲。說得明明白白，出聲，就要有你的麻煩！

五六年的鳴放，五七年的反右，反過來，很可以證實這首詩的作者是毛澤東。

由於是少作，也就可以看出他早就具有「帝王氣象」了，口氣好大！也好霸！

這霸，更可以從一九五三年他對待梁漱溟的態度上看到，梁漱溟不過說了要看他有沒有容言的雅量，他就在會場上大罵梁漱溟是偽君子，以筆殺人。罵詞都見於《毛選》五卷，這一卷書現在雖然收回不發行了，但那些罵詞卻是早已深印人心，再也收不回了的。

而今天，就算不盡同意梁漱溟意見的人，也都同情他當年那種威武不能屈的堅定。毛澤東是沒有人同情的。

聽說，毛澤東曾說，秦始皇的焚書、坑儒算得了什麼？只不過坑了那麼一點點！

如果從廣義看「坑」，只是被戴上右派帽子，受到坑害的知識份子就有五六十萬之眾。由於各種各樣的原因丟掉性命，真正被「坑」的，説數以萬計是絕對不會誇大的。

曾經流傳過一首七律，説是毛澤東對給郭沫若的：

> 勸君少罵秦始皇，焚坑事業待商量。
> 百載都行秦政法，十批不是好文章。
> 祖龍雖死言猶在，孔子名高實秕糠。
> 熟讀唐人封建論，莫從子厚返文王。

郭沫若雖然在「文革」之初自我糟蹋，説他過去的著作全部要不得，都應該燒掉（有人説這些話是康生加過工的），後來還寫了迎合上意的《李白與杜甫》一書。尊李而貶杜，但他卻沒有參加批孔，也沒有參加揚秦，沒有為焚坑事業大聲叫好，總算是不幸中的大幸。

人們看到的是別的作者寫的詩：

> 坑士焚書事可傷，至今人厭説秦皇。
> 孟姜祠下車如水，始信英雄是女郎。

在這位詩人的眼中（在一般人也一樣），焚坑事案是沒有什麼好商

量的，可傷之事也！巧辯也沒有用，焚書就是摧毀文化，坑儒就是殘殺知識份子，焚坑越多越反動！因此，對於始作俑者的秦始皇，厭惡到連提也不願提他。

詩人後來把他的這首《孟姜女廟》的七絕作了改動：「不見東巡秦始皇，孟姜祠廟冠高崗。長城到此照遺跡，方信英雄是女郎。」詩意當然是改了的更明白，更渾成，但我還是喜歡「至今人厭說秦皇」的句子。

說到秦皇，今天最使人們睹物思人的，當然是萬里長城和兵馬俑坑了。長城雖然是前有古人也後有來者，但一提到它，人們卻總是首先要想起秦始皇來。兵馬俑坑雖然也有人認為可能是秦始皇先人幹的。但大多數專家依然肯定那是出於秦始皇的大手筆。

寫《孟姜女廟》的詩人荒蕪，也有《觀驪山兵馬俑三首》。

> 海濱驅石血殷鞭，北築長城近塞邊。
> 徒使李斯除逐客，空教徐市訪真仙。
> 沙丘落日風吟樹，博浪驚魂月墜天。
> 地下本來無敵國，何需兵馬俑三千。
>
> 車文空見九州同，好大從來更喜功。

萬世徒憐胡亥馬，卅年終失楚人弓。
焚書坑上傳黃石，偶語河中出祖龍。
一炬咸陽三月火，至今禾黍怨秋風。

東臨渤海射蛟還，一輛輼輬向陝關。
鑿地早通驪谷下，置身先在臭魚間。
阿房宮裏笙歌絕，萬里城邊烽火寒。
十二金人無片語，看他勝廣揭長竿。

詩是把長城和兵馬俑聯在一起的，秦始皇當年雖有許多作為，幹得好事也幹得「好事」，但今天人們可能看到的巨構，以前就只是長城，而近年來又添上了兵馬俑，就只是這兩大件了。

長城和兵馬俑，受到的是一片又一片讚聲，也有人表示了「歷史的困惑」，說這些當然偉大，但當年的能工巧匠和尋常百姓，要為它們付出多少血淚和苦辛？這些無疑都是暴虐帶來的產物，是不是我們這些千載以下的人，要去為千載以上的暴政唱讚歌呢？

我以為這是故作困惑。事情很清楚，人們讚頌的不是暴政，而是暴政帶來的偉大成果，那些成果的創造者並不是暴政主，而是千千萬萬受到暴虐的下民。這正像人們歌頌侵略戰爭中的英勇反抗，被歌頌的哪裏是侵略者，而不是反抗侵略的勇士呢？

除了在那個「史無前例」的時期，是沒有人再那樣一味迎合上意，不分青紅皂白地去歌頌秦始皇的了。

一個有興趣的事實是：毛澤東到了北戴河、秦皇島，卻不提秦皇，只說魏武。有詩為證，就是那首《浪淘沙》：「大雨落幽燕，白浪滔天，秦皇島外打魚船，一片汪洋都不見，知向誰邊？往事越千年，魏武揮鞭，東臨碣石有遺篇。蕭瑟秋風今又是，換了人間。」這裏也有秦皇，只不過是島名；提到魏武，那才有懷古之意。

至今沒有發表的詩篇中，像「勸君少罵秦始皇」那樣的作品還有多少，一般人就不得而知了。

在新編本的《毛澤東詩詞選》中，時間最晚的作品是一九六五年的三首詞。三首中，作於秋天的《念奴嬌》就是那首「詩無前例」，以屁入詞，痛責林魯曉夫的「不須放屁，試看天地翻覆」。罵得是很痛快，只是總覺得有些不雅。不過，後來也譜成曲子，唱了起來。這就不僅是屁來筆底，更是屁出於口了。

三首中有兩首都是重上井岡山之作，一首是《水調歌頭》，一首是《念奴嬌》。前一首是早就發表過的「久有凌雲志，重上井岡山」，「鶯歌燕舞」的句子就是在這當中的。後一首直到前年出新編本時才發表，大約是作者不很滿意之作吧：

> 參天萬木，千百里，飛上南天奇嶽。故地重來何所見，多了樓
> 台亭閣。五井碑前，黃洋界上，車子飛如躍。江山如畫，古代
> 曾云海綠。彈指三十八年，人間變了，似天淵翻覆。猶記當時
> 烽火裏，九死一生如昨。獨有豪情，天際懸明月，風雷磅礴。
> 一聲雞唱，萬怪煙消雲落。

這首詞也像他評陳毅的詩所説，「你的大作，大氣磅礴」，其實不必
不滿意。

他自己表示過滿意的，有《登廬山》那首七律。他在一封信中，要
胡喬木送這首詩和《到韶山》七律，給郭沫若「加以筆削」。他説，
兩首詩「主題雖好，詩意無多，只有幾句較好一些的，例如『雲橫
九派浮黃鶴』之類。詩難，不易寫，經歷者如魚飲水，冷暖自知，
不足為外人道也」。這倒是説得謙虛的。

> 一山飛峙大江邊，躍上蔥蘢四百旋。冷眼向洋看世界，熱風吹
> 雨灑江天。雲橫九派浮黃鶴，浪下三吳起白煙。陶令不知何處
> 去？桃花源裏可耕田？

這首毛澤東自己頗為滿意的《登廬山》，正是他上去開那有名的廬
山會議，彭德懷在會中向他上書言事，對大躍進和人民公社提了意
見，他卻不能虛心傾聽，而是「魏武揮鞭」，一棍子打過去，把彭

德懷他們打成了「反黨集團」。這時候，大躍進和人民公社正把神州大地搞得天翻地覆，還有什麼「桃花源裏可耕田」呢？

一九八八年七月

回想《知堂回想錄》

《知堂回想錄》是周作人一生中最後的一部著作。一九六○年十二月開始寫作，一九六二年十一月完成。這以後他雖然仍有寫作，但作為完整的書，這卻是最後的、也是他晚年著作中最重要的一部。

這部書最初的名字是《藥堂談往》，後來改成《知堂回想錄》。

書是曹聚仁建議他寫的。當時我們都在香港工作，有一次曹聚仁談起他這個想法，我是說這是個好主意，可以在香港《新晚報》的副刊上連載。曹聚仁於是寫信給周作人。在周作人看來，這是《新晚報》向他拉稿，儘管也可以這樣說，但說得準確些，拉稿的其實是曹聚仁，因為立意和寫信的都是他。

周作人晚年的一些著譯能在香港發表、出書，都是曹聚仁之功。曹聚仁一九五七年第一次到北京進行採訪工作，訪問了周作人，表示

可以通過他，把周作人的文章拿到香港發表。這以後，周作人就開始寄稿給他，由他向一些報刊推薦。

周作人晚年和香港（也可以說是海外）的兩個人通信最多：一是曹聚仁，一是鮑耀明。但文章基本上都是寄給曹聚仁的。曹聚仁長期擔任《南洋商報》駐港特派員，後來又參加了《循環日報》的工作，和朋友辦過刊物，又替好幾家報紙寫過稿，是香港文化界中活躍的人物。鮑耀明長期在一間日本商行工作，雖然也寫、譯一些東西（筆名成仲恩），但到底是商界的業餘，不像曹聚仁是文化界的專業人士。他近年已移民到加拿大，不做「香港人」了。他和曹聚仁一樣，手頭上保留有周作人不少信札，也一樣都在編印出書。曹出的是《周曹通信集》，鮑出的是《周作人晚年手札一百通》（影印）。

經曹聚仁之手出周作人的書，前有《過去的工作》和《知堂乙酉文編》，後有這《知堂回想錄》。

《知堂回想錄》前後寫了兩年，但開始在《新晚報》上連載時卻是完成一年多以後──一九六四年八、九月的事。香港報紙習慣邊寫邊登的做法，一般都不是等全篇寫完才登。對於周作人這一著作之所以拖延刊出，一個原因是我還有顧慮，怕他這些儘管是回憶錄的文章依然屬於陽春白雪，不為晚報的一般讀者所接受；另一個原因是要看看他對敵偽時期的一段歷史是如何交代的。後來見他基本上是

留下了一段空白，這才放了心，認為他很「聰明」，沒有想到他是另有自己的看法這才「予欲無言」。

經不住曹聚仁的不斷催促（曹又是受到周的不斷催促），終於在拖了一年零八個月以後，開始了《知堂回想錄》在《新晚報・人物志》副刊上的連載。《新晚報》的這個「人物志」副刊，是因為要連載溥儀的《我的前半生》而創辦的。這時這個長篇早已結束，正在連載一個字數較少的中篇《綠林元帥外傳》，是寫張作霖的一生。《知堂回想錄》開始登載時，它還沒有連載完，兩個連載就同在一個版面上刊出。周作人在給鮑耀明的信中說：「知《新晚報》通告將從八月登載《談往》，在宣統廢帝以後，又得與大元帥同時揭載，何幸如之！唯事隔數年連我寫的人也忘記說什麼了，其無價值可知。報上既經發表，譯載亦屬自由，唯不知係何人執筆……」這裏的「譯載」是聽說日本某一大報要譯載全文，但後來似乎並無其事，只是有節譯在日本報刊發表。

對於拖延了這麼久，周作人顯然是感到不愉快的；但終於能連載卻還是使他表示了「何幸如之」的一點快意。不料沒有多久就又是不幸來了，才不過一個多月，它就受到了「腰斬的厄運」。我是奉命行事。「這個時候還去大登周作人的作品，這是為什麼？」上命難違，除了中止連載，沒有別的選擇。

周作人在另外給鮑耀明的信中說:「回想錄想再繼續連載,但或者因事關瑣屑,中途曾被廢棄,亦未可知。」也許他在北京聽到什麼風聲才這麼說罷,我們遠處海隅的人當時卻是茫無所知的。當停載成為事實,周作人又給鮑耀明寫信說:「關於回想錄的預言乃不幸而言中了,至於為什麼則外人不得而知了。」他當然明白,這絕不是因為「事關瑣屑」而不被繼續登載。

那時候,離「文化大革命」雖然還有一年多,但北京文藝界已經有了一點不同的氣氛,有些文藝界的領導人已經開始受到批判,包括一個月預支四百元稿費給周作人也似乎成了問題。當然,這些都是後來才聽說的。

一九六五年,我受朋友的委託,協助黃蒙田辦《海光文藝》,想把它辦成一個中間面貌低調子的月刊,爭取台灣有稿來,刊物能銷台。它在一九六六年一月創刊。《知堂回想錄》停載後曹聚仁一直在另謀出路,卻一直找不到適當的出路。這時就想到把它在《海光文藝》上連載,但由於每期篇幅有限,近四十萬字不知要多久才能登完,因此就打算由曹聚仁選出一部分作為節載。這還有另外一個原因,它已交書店出單行本,怕書出了而全文還不能連載完。不料事與願違,《海光文藝》才出了半年,「文化大革命」就驚天地而來,香港雖在海隅,屬於「化外」,誰還有膽辦那樣的刊物,登知堂其人的文章?勉強拖到那年年底,《海光文藝》就自動停刊了。《知堂回想錄》

的節載於是又成為泡影。周作人也就在《海光文藝》停刊後的幾個月去世。在他生前，他只看到了《知堂回想錄》在《新晚報》上連載了不到兩個月。

周作人的去世並沒有使曹聚仁放棄爭取這部書的刊印和出版，相反的，他感到只有更努力使這一願望實現，才能對得住他的故友。他一方面繼續讓書店慢慢在排書，一方面又設法使它在海外的華文報紙上刊出。他的努力並沒有白費，《知堂回想錄》終於在那一年秋天開始在新加坡的《南洋商報》刊出，用了十個月的時間，連載完畢。又過了一年多，一九七○年，這部歷盡坎坷的書稿終於由香港三育圖書文具公司出版了。這時已是周作人一瞑不視的三年以後。

《知堂回想錄》從寫成到出書，歷時八年。這使人想到周作人的另一著作——《知堂雜詩抄》成書更早，寄到海外更早，掌握在星洲的一位學者手中二十多年，終於還是「出口轉內銷」，今年才由湖南的岳麓書社出書。白跑了一趟海外，經歷了二十七年。比起《知堂回想錄》只歷時八年來，就不免使人感到曹聚仁的難能可貴了。他這時已走到了自己生命的晚年，一九六七年還大病了一場，從死亡邊緣掙扎而回，《浮過了生命的海》，是他病後記下病中心情的書。他以病弱之軀，親自擔負起校對《知堂回想錄》的責任。書出了兩年之後，他再一次受困於病魔，終於在澳門撒手人寰。回想整個過程，就不能不使人對這位離開我們已經十五個周年的老作家，有更

深的懷念和更深的敬意！

周作人在《知堂回想錄》的〈後序〉中，對曹聚仁深表謝意，「因為如沒有他的幫忙，這部書是不會得出版的，也可以說是從頭都不會寫的」。這是事實。但曹聚仁在〈校讀小記〉中，卻說是我「大力成全的」，他「不敢貿然居功」。真正不敢貿然居功的是我，因為他說的不是事實。而且，書出版時的一九七○年，「文化大革命」還在高潮之中，早已奉命「腰斬」這書的我，又怎麼當得起這「大力成全」的稱讚呢？書一出，他就送我，我一看，就連忙找他，希望他能刪去這一句，儘管這只是一句。同時，書前印出的周作人的幾封信中，有一封談到他認為上海魯迅墓前的魯迅像，有高高在上、脫離群眾的味道，此外還說了幾句對許廣平不敬的話，我也勸曹聚仁最好刪去。這封信後來是照刪了。提到我的那句話可能因改動不易，還是保存至今。我當時這樣的「戒慎恐懼」，完全是出於個人的小心謹慎，並不是受到了什麼壓力，當時有權力可施壓的大人先生，正在北京忙於「鬧革命」，無暇過問這遠在海隅的區區小事了。

我還要說一下自己。年輕的時候，我是對周氏兄弟雙崇拜的，既愛讀魯迅的文章，也愛讀知堂文章，不僅愛讀，還暗中在學，當然，都學不像。後來由於抗日戰爭期間參加了報紙工作，又由於時世和工作的需要，我就一心一意學魯迅，寫雜文，慚愧的是沒有什麼成就。至於周作人，因為他做了漢奸，也就成了我筆伐的對象，這就

使我不再學他，那時的時世也沒有心情去寫作什麼閒適的小品。抗戰過去了，生活在政治運動之外的香港，比較有一些閒情逸致去接觸各種各樣的文學作品，於是又漸漸恢復了對周作人散文的愛好，儘管愛讀魯迅的雜文的熱情不減。因此，到後來有機會刊發周作人的文章時，我是樂於採用的。由於知道內地報紙上已經刊登了不少他的散文，而寫魯迅的一些文章更是出了好幾本書，還聽說他每月可以固定預支四百元的高額稿費，使我就更加沒有什麼顧忌。正是這樣，《知堂回想錄》給《新晚報》發表，我很願意接受，儘管後來看了原稿，覺得材料是豐富，但文章的光彩卻已不如早年，這支筆到底是老了。周作人晚年的不少文章，也多半使我有這樣的感受。不過，還是認為有它的可讀性。總的說來，周作人的散文是十分具有吸引人的藝術力量的。

最近偶然看到自己在一九四五年寫的一篇雜文〈周作人和吳承仕〉，說周作人不僅比不上當年在日軍佔領下的北平不屈死節的學者吳承仕，也比不上明末清初有所失節的詩人吳梅村，吳梅村後來是有悔意的，而周作人看來卻並沒有什麼後悔。二十年後，從《知堂回想錄》的避談敵偽時期，從他的書信中的一些自辯，而似乎直到臨終，也沒有多少悔悟。

不以人廢言，周作人在散文上所立的言，所達到的高度，所具有的光彩，數十年以下，依然動人。不以人廢史，「五四」新文化運動

中周作人作為一員主將的歷史，也是不可能被抹去，而需要保存下來的。

一九八七年十月於北京

曹聚仁在香港的日子

一

打開三聯新書《中國學術思想史隨筆》，看到的是作者曹聚仁在滿
架圖書前清癯的半身像。那是我曾經熟悉的形象，那書架所在的天
台小屋，也是我曾經開坐過的地方。在「曹聚仁」三字的簽名之下：
注着「一九○○年至一九七二年」，它提醒我原來他也是世紀同齡
人，和為他說過公道話的夏衍同一年出生；再過大半年，到明年七
月，就是他去世的十五周年了。

第一次見到他，大致是四十四年前一九四二年的事。在桂林東郊星
子岩邊的《大公報》編輯部裏，那一天來了一位身材矮小的軍人模
樣的客人，一身舊軍裝，腰間束了一條皮帶，普通一兵，貌不驚
人。聽別人說，這就是曹聚仁。因此就不免刮目相看了，這是我已
經知道的一個作家兼教授的名字。這時又知道，抗日戰爭開始後他

就投筆從戎，做了中央通訊社的戰地記者。後來更知道，他還在蔣經國的「新贛南」主持過《正氣日報》。既是中央社，又是蔣經國，在我那年輕而又單純的頭腦想來，不敢恭維是理所當然的事。何況那時我只不過是管收發兼管資料的練習生，也不可能去接近這樣一位作家、教授、大記者。雖然如此，他那一身軍裝和一條皮帶，卻給我留下了一個較深的印象，幾十年後的今天回想起來，還是如在眼前，儘管那在抗戰的當年並不是少見的形象。

再見到他卻是在十三四年以後的香港了。軍裝當然已經卸下，在上海當教授時的陰丹士林藍布長衫自然更不復見，而是洋裝在身，卻經常有一個布袋在手，是北京街頭常見的那種布袋，塞滿了報紙和書刊，有點他自己所說的「土老兒」的味道，形成了「土洋結合」。

二

曹聚仁是一九五〇年從上海到香港的。夏衍在《懶尋舊夢錄》中說，「抗戰勝利後，他一直住在香港」，顯然是記憶有誤。

抗戰勝利後曹聚仁回到了上海（這以前，他離開了《正氣日報》，去了上饒的《前線日報》），一邊教書，一邊還替香港的《星島日報》寫通訊文章。按他自己說，上海解放後，他對中共的城市政策感到「驚疑」，最後終於下了「乘桴浮於海」的決心，到海外做一個不在

「此山中」的客觀的觀察者。

他一到香港,就在《星島日報》上用特欄的形式,發表引起左派迎頭痛擊的《南來篇》連載文章,大談解放後的內地形勢,主要是上海。以「不偏不倚」的「中立派」自居,以史家之筆自命的他,對建國初期的新氣象有讚有彈,自然是應有之義。今天回想起來,那些議論儘管未必都很恰當,卻是可以理解的。但在當時,在左派人士的眼中,這還了得,分明是一個「反動文人」,逃亡到海外,大發「反動謬論」,這頭「烏鴉」真是無法容忍!於是紛紛寫文章反擊,其中最尖銳的當然是早些年已經點名叫他「看箭」的雜文名家聶紺弩。我當時也在學寫雜文,也不免拿了曹聚仁充當箭靶子。

雖然如此,右派也並不怎麼能接受他,對他是戒懼而存疑的。他雖然對中共諸多批評,但並不像別的一些反共文人只作誣衊謾罵,而且在筆底也從來沒有什麼「共匪」出現,這在那些國民黨的「忠貞之士」看來,就帶有幾分「非我族類」的氣味了。因此,他也就難於避免來自右派的譏嘲。

就這樣,他是左右不討好,但於右較近。因為他畢竟在抗戰期間做過中央社的戰地記者,畢竟在蔣經國手下替他辦過幾年《正氣日報》,畢竟從大陸的「竹幕」中出走南來。他和右派是有往來的,和左派就只是「雞犬之聲相聞」而已。

後來，他在《星島日報》的客卿地位也失去了。卻和一家親國民黨的晚報《真報》接近起來。

這其間，他和徐訏、朱省齋以及後來到了新加坡當起那個國家外交官的李微塵一起，辦了創墾出版社。出叢書，還出了一個雜文、散文的小型刊物《熱風》。

儘管他又成了新加坡《南洋商報》的特派記者，在香港寫觀察大陸的通訊，還有李微塵這樣的關係，卻始終去不了新加坡。在香港的二十多年中，除了五十年代中後期多次回大陸進行採訪工作外，他哪裏都沒有去，包括台灣。

這裏特別提到台灣，是曾經有一種流言，說他要去台灣做說客，說服他的舊日上司蔣經國走和平統一的路。流言後來又變了，說蔣經國移樽就教，坐了一艘軍艦，開到香港海外，接他上去商談。他所接近的《真報》，還刻了雞蛋大的標題字，當做頭條新聞刊出。

這件事也使熱衷於和平統一的我，鬧了一次笑話，犯了一次錯誤。我在《新晚報》上，轉載了一些無中生有的「消息」，發表了一些一廂情願的議論，推波助瀾，煞有介事，直到後來受到來自北京的嚴厲制止，這才停了下來。這就是所謂「和談宣傳」。在這件事情上，原來怒目而視的兩個人，這時卻似乎有了一些共同的語言，因「和

談」而講和了。事實上，我們的交往要在那以後好幾年才開始。

近年從《懶尋舊夢錄》中看到，原來周恩來當年曾對夏衍說過，曹聚仁「終究還是一個書生」，「把政治問題看得太簡單」，「他想到台灣去說服蔣經國易幟，這不是自視過高了嗎？」

他雖然既不能去台灣，也沒有在香港見過蔣經國，卻是早就在上海寫下了一本《蔣經國論》的，儘管沒有後來江南的《蔣經國傳》影響大，卻成了江南為蔣立傳時的一份參考資料。不過，現在知道有這本書的人是很少的了。

三

我不知道他是怎麼和左派開始接近的，只是猜想，五十年代中期，周作人的一些文章在「形中實左」的刊物上發表，又結集出版，可能有他的穿針引線的功勞。後來終於從《周作人年譜》中得到證實。

我也不知道是怎麼樣的穿針引線，使他終於在一九五六年開始了「北行」，以《南洋商報》記者的身份，到北京和其他地方進行採訪。他會見過周恩來、毛澤東，他直到鴨綠江邊去歡迎中國志願軍的凱旋歸國……以後的幾年中，他幾乎每年都要北行一次或不止一次。這些旅行，使他寫成了《北行小語》、《北行二語》和《北行三語》

這三本書。這些都是發表在《南洋商報》上的文章的結集。

「他愛國，宣傳祖國的新氣象」，這是周恩來對他的評語。

作為記者，他有過一次獨家新聞。一九五八年炮轟金門，開始了好些年的海峽炮戰，這是一件大事。他較早得到這一消息，把電訊發到《南洋商報》，報紙顯著刊出這一獨家消息之後幾小時，預定的炮彈才從大陸上發出震天動地的聲音，射向金門。在北京看來，這當然是並不愉快的洩密事件。

老牌的《循環日報》以新的姿態復刊（其實是全新的創刊），使他的新聞工作重新面對着香港的讀者。他擔任了主筆性質的工作，從評論、專欄到副刊文章都寫，多的時候一天要寫四五篇，夠他忙的。這家報紙的主持人林靄民，曾經長時期在《星島日報》工作過，廣州解放時，以「廣州天亮了」的特大字頭條標題，不容於星系報紙的主人胡文虎。這雖然是編輯部的事，作為負責人，他不得不和編輯部中有進步傾向的朋友們離開了《星島》。新出的《循環日報》是以中間面貌出現的，定下來的方針是「中間偏右」，辦起來卻是「右」則不足，而「左」則有之。

作為同行，曹聚仁既在「形右實左」的報紙工作，我們也就很自然地有了交往，翩然一笑，不談往事。也許這以前就接觸而漸漸接近

了，因為他雖然還是標榜「中立」的自由主義者，時時要發些和我們不同的議論，但他的文章早已告訴我們，實在不能稱他為「反動文人」了。

我們早已不再罵他。從嘲諷到罵他的是右派。嘲罵他最多的是：他說過如有機會，他願意到北大荒勞動，改造自己。他說這話是誠懇的，真心的，儘管他當年到過北大荒作採訪旅行，卻沒有看到戴上右派帽子下放到那裏的那些知識份子們實際上是怎麼樣過日子，不以為那是折磨，只相信那是「修身」。

我們成了朋友。就年齡，特別是就學問來說，他實在是我的前輩。但我就是沒有把他當老師對待，甚至對他送給我的那一本本他的新出的著作，也沒有好好地閱讀過。對其中的一些，如《魯迅評傳》還是用懷疑的眼光相看的，沒有好好看它。以為那是一定充滿了歪曲，儘管不是惡意的；不以為那裏面自有他可取的見地，和一些被別人捨棄了的關於魯迅的真材實料。

他也替我們這些左派報紙寫文章了，不過不多。就是後來《循環日報》由於虧蝕太多，辦不下去，只留下了《循環》派生出的《正午報》，他寫作的地盤大大減少了，也只是在左派報紙當中調子最低的《晶報》上寫些《聽濤室隨筆》之類每天見報的專欄。他以前在上海辦過《濤聲》週刊，這時在香港，離海更近，聽濤聲就更易了。

儘管參加過《循環日報》的工作，他還是願意和左派報紙表面上保持一些距離，以顯中間；而左派報紙對他的一些中間性的議論，也有些敬而遠之，怕惹麻煩。

六十年代以後，他就似乎不再北行，「文革」狂潮一來，當然就更是行不得也，不可能再揮動他的「現代史筆」，夾敘夾議，而只能談談生命，講講國學了。

四

不記得在一個什麼場合，我們談到了周作人的文章，彼此都認為，如果由他來寫回憶錄，那一定很有看頭。就這樣，曹聚仁就向北京的苦雨齋主人催生了那部《知堂回想錄》。

一九六○年前後，溥儀的《我的前半生》在《新晚報》上發表，吸引了廣大讀者的注意。當時《新晚報》把它當做爭取讀者的王牌，特別增加了一個每天見報的《人物志》副刊，連載這篇「宣統皇帝自傳」。後來《知堂回想錄》也就是在這個副刊連載的，同時刊出的還有另一較短的連載，寫「綠林元帥」張作霖的一生。因此周作人在談到這件事情時說：「在宣統廢帝以後，又得與大元帥同時揭載，何幸如之！」

不幸的是開始刊出還不到兩個月，它就不得不停下來了。這倒不是作者預言過的，「或者因事關瑣屑，中途會被廢棄」，而是因事關大局，奉命腰斬。人在香港，雖然在做宣傳工作，照理應該信息靈通，但我當時卻實在懵懵懂懂，不知道作為「文化大革命」的前奏，對一些文藝作品和學術觀點，對一些文藝界、學術界的代表人物，一九六四年的秋天就已經在醞釀嚴酷的批判了。像《新晚報》那樣大登周作人自傳式的文章，當然是非常不合時宜，非勒令停刊不可的。

在刊出以前，我還不是完全沒有顧慮的，但想到這裏面有關五四以來文藝活動的資料相當豐富，頗有價值，就捨不得放棄；而且這原名《藥堂談往》，後來改名《知堂回想錄》的幾十年回想中，抗戰八年那一段是從略的，基本上不發生作者自我辯解的問題。考慮又考慮之後，終於不忍割愛，還是決定連載。這裏說的愛，是認為資料可貴，而文章卻已不如以往的可愛，缺少盛年所作的那一份文字上的雋永和光彩。

周作人是一九六〇年底在曹聚仁鼓動下開始寫這一回憶錄的，到一九六二年十一月底寫完，前後差不多兩年。原稿輾轉到我手上，至少在一年以後。再加上我的躊躇，刊出時就是一九六四年秋天八九月的事了。寫了兩年，拖了又幾乎兩年，刊出不過兩月就被「廢棄」，作者的不高興是可想而知的，從曹聚仁寫給他的信中要他

不要「錯怪」我就可以知道。

我也打算過，轉到在我有份參加編輯工作的《海光文藝》中連載它，但這一月刊只在一九六六出了一年就停了，那是間接死於「文革」之手的。因此連載的願望也沒有實現。

後來，在曹聚仁的努力下，《知堂回想錄》又從頭到尾在新加坡《南洋商報》上連載，由香港三育圖書公司出書。他在〈校讀後記〉中還提到我的「大力成全」，而他「不敢貿然居功」；儘管他是寫作這部回想錄的原始建議人。實際上，我才真是「不敢貿然居功」呢。他建議，我不過附議而已，這是一；出書之日，正是林彪、「四人幫」猖狂之時，就算真是對這書有功，誰還敢居？這是二。我曾經建議他刪去這句話，同時建議刪去卷首的周作人一封信，裏面對魯迅墓有意見，對許廣平也有意見。後來再印時撤銷了那封信，卻沒有刪去關於我的這句話。今天回想起這些前因後果，還不免有些歉然。

五

作為一個在國門之外的自由主義者，曹聚仁並不怎麼顧忌「四人幫」。

在「文革」初期，他所編著的一本大型的圖文並茂的《現代中國劇曲影藝集成》出版了，正是集「帝王將相，才子佳人」的大成，彷彿在和江青她們力捧的樣板戲大唱對台戲。書裏面保存了不少「四人幫」所要消滅的戲劇、電影、曲藝的資料，是他花了不少心力才搜集整理得那麼豐富的。

這使人想起，抗戰勝利後他在上海編輯出版的《中國抗戰畫史》，也是一本以圖片取勝的書。

在他一生的著作目錄上，《中國抗戰畫史》差不多是一個轉折點。這以前，是在上海出書；這以後，《蔣經國論》以後，就轉到香港出書了。

上海出的，有抗戰前的《筆端》、《文思》、《文筆散策》和《中國史學》；有戰時的《大江南線》（不在上海，是上饒前線出版社出的）；有戰後的《中國抗戰畫史》和《蔣經國論》等。

香港出的，有《酒店》、《到新文藝之路》、《國學概論》、《中國剪影》、《中國剪影二集》、《亂世哲學》、《中國近百年史話》、《蔣經國論》、《火網塵痕錄》（這是馬來亞出的）、《蔣畈六十年》、《採訪外記》、《採訪二記》、《採訪三記》、《採訪新記》、《北行小語》、《北行二語》、《北行三語》、《萬里行記》、《魯迅評傳》、《魯迅年譜》、

《蔣百里評傳》、《現代中國通鑑》、《現代中國報告文學選》（分甲編和乙編）、《秦淮感舊錄》（分一集和二集）、《浮過了生命海》、《我與我的世界》、《現代中國劇曲影藝集成》和《國學十二講》等。

這三十多部書（據說全部編著有七十多種，但我只知道這些書名），只有六種是在上海出的，把《大江南線》算上去也不過七種。而在香港出的，就不算馬來亞出的《火網塵痕錄》，也還有二十四種以上。

這樣一排比，很容易就看出，人們熟知的上海作家曹聚仁，實際上可以說是香港作家。他一生的著作有五分之四是在香港完成的。而從一九五〇到一九七二，他在香港生活、工作有二十二年之久（最後的大約一年在澳門養病）。

曹聚仁二十多歲就在大學教國文，是學者。他對國學，也就是中國古代和近代的學術思想有研究，早年記錄過章太炎的演講成為《國學概論》，晚年自己又寫出了《國學十二講》。這是他最後的一部著作，是他去世一年後才出版的。此外，他又以史人自命，有志於做一個中國現代史的史學家。著作中有史學、史話、畫史、評傳、現代通鑑、中國剪影，就是這方面的反映。

在上海活躍的時期，他是和魯迅很有過來往的作家。《酒店》和《秦

淮感舊錄》都是小說，都是後來在香港寫作的。早年在上海寫的多是散文，《筆端》、《文思》、《文筆散策》都是那時的作品。晚年的《浮過了生命海》是他一九六七年大病後出的散文集。

抗戰開始以後，他就成了一名戰地記者，《大江南線》就是戰時寫下的記者文章。這以後，他一直對新聞工作有興趣，《北行》三語，《採訪》四記這些就都是他辛勤工作的記錄。戰後在上海的大學裏，他還教過新聞學。

他留下的著作在四千萬字以上。作為學者、史人、作家和新聞記者，他的一生真是辛勤的一生！

六

一個人的一生，有些言行引起人們的爭議，那是很自然的事。

曹聚仁三十年代在上海，既接近魯迅，也受到一些接近魯迅的人的責難。如聶紺弩，就因為辦《海燕》而對曹聚仁大為不滿，在這件事情上和別的事情上，對他以尖銳的雜文相加。直到六十年代，還在一首題自己的雜文集的七律中，寫下了「自比烏鴉曹氏子，騙人階級傅斯年」的句子。不過，後來紺弩了解了曹聚仁在香港的情況，也認為應該筆下留情了。

和紺弩同是《野草》鬥士的秦似，在七十年代末期，寫文章稱曹聚仁是「反動文人」，而在八十年代之初寫的詩篇中還有「骨埋梅嶺汪精衛，傳人儒林曹聚仁」的嘲諷。把他和汪精衛對比，更超乎「反動文人」之上，就更要使人驚異了。今年夏天秦似到北京弔紺弩之喪，有機會和他兩次閒談，酒後聽他談詩詞，病榻前聽他談寫作，可惜並沒有談到我所知道的曹聚仁。那時候，我還不知道他有這樣的詩句，要不然就不會放過這一話題而不展開爭辯的。

此刻曹、聶、秦都已經先後成為逝者，除了傷逝，就不可能在他們任何一人面前有所評說了。

汪精衛，不能比。反動文人，上海時代恐怕不能這麼說，香港時期就更加不能這麼說了。儘管他的文章可能有這樣那樣的缺點，人們對它不免有這樣那樣的異議，事實俱在，到香港而又北行後，五十年代中期起，他是努力宣傳新中國的新氣象的。在今天看來，由於當時主客觀的局限，他也還有過過左的議論呢。他筆下可能有無心之失，卻沒有惡意誣衊。

在為和平統一事業的努力上，儘管他有過不切實際的書生之見，因此而產生什麼具體的活動我不知道，但明白內情的當局卻並沒有對他作出嚴重的否定。六十年代以前，他的夫人鄧珂雲得到批准，從上海到香港探親；七十年代之初，他臥病澳門，鄧珂雲又帶了女兒

曹雷到澳門看護，直到他去世。這些當時一般人不大容易辦到的事，也可以使人思過半矣。他死後，也是左派為他公開治喪的。

還需要提一提，他的大兒子在參加三線建設中犧牲。對這一不幸他表現得平靜，沒有什麼怨言。這也是使人對他不能不起敬佩之情的。

曹聚仁在他「未完成的自傳」《我與我的世界》中，開宗明義就說：「我是一個徹首徹尾的虛無主義者。」又在給別人的信中說，他是共產黨的同路人。經過希望、失望之後，晚年卻是對國家的前途感到樂觀的。不講什麼虛無的話，說他是一個愛國主義者總是不會錯的吧。

他被譏為「烏鴉」（我也這樣譏諷過他），不以為有什麼不好。「烏鴉」之來，是因為他早年辦《濤聲》週刊時，用烏鴉做它的「圖騰」，當時恐怕有就是要講不怕人厭惡的話之意吧。許多年後，他說這是報喜也報憂，不取喜鵲不報憂只報喜。總之，原來是《濤聲》標誌的這個「不祥之物」，後來卻成了他的別號，而他也就承受了下來。記得他有一次北行到了東北，回來後寫了一個斗方給我，上面寫的是他的一首七絕：「松花江上我的家，北望關山淚似麻，今日安東橋上立，一鴉無語夕陽斜。」就是以烏鴉自況的（第三句可能記憶有誤。第一句是說當年流行的抗戰歌曲「我的家在東北松花江上」）。

平日在一些約會上見面，閒談中他這金華人總愛談他們家鄉的名產火腿，説是金華火腿之所以味美，是因為每做一批火腿時，中間一定有一隻狗腿夾雜在內，這樣才能使所有豬腿味道更加美好。他説得一本正經，聽的人有信有不信。但他每一次有機會時，就總不放棄他這狗腿論。以至於他還未開口，在座的兩位上海老作家的另一位葉靈鳳就搶先説：「聽啦，聽啦，我們的曹公又要談他的狗腿了。」儘管如此，他並不因此而把話縮回去，還是照談不誤。

他另外又愛談自己做鹹菜的技術，説那也是美味，一定要用腳踩踏才夠好。他還做了送人。這表現了他在「未完成的自傳」中所説的，「我永遠是土老兒」的風格。真是土老兒！

他晚年的住所，是香港島上胡文虎花園旁邊一座四層樓天台上搭的臨時居室——陋室，三間相連的小房，是客廳、睡房、廚房，也全都是書房，處處都堆了書，他人在書中，一個人度過了一個個春秋，「人不堪其憂，回也不改其樂」。真是書生！

七

面對着《中國學術思想史隨筆》，我是應該説一聲「慚愧」的。

當年以《聽濤室隨筆》的專欄在報上發表時，我沒有看它；他身後

由旁人整理，用《國學十二講——中國學術思想新話》的書名出版，我也還是沒有讀過。直到北京三聯再加整理，出了新書，這才讀了。

從隨筆到隨筆，現在恢復了隨筆之名，不過不是《聽濤》，而是《中國學術思想史隨筆》。說是新書，因為它已經大加增訂，把香港出《十二講》時刪節的三十段文字和未被編入的十八篇文章都補進去了。使它更加豐富。

說來有趣，曹聚仁早年聽章太炎作國學十二講，詳細記錄，整理成為《國學概論》一書；而現在這本曹聚仁的《國學十二講》，卻由章太炎的孫子章念馳增訂整理成為《中國學術思想史隨筆》。這中間，相隔了一個甲子——六十年。章念馳說這是歷史的巧合。實在是文壇佳話。

所謂「國學」，曾經也被稱「國故」之學，也就是中國傳統的學術思想。現在「國學」這名字已經不大有人用了，越來越少人知道了，明明白白地稱為中國學術思想是適當的。不過，我總覺得現在這個書名可以刪去一個「史」字，就叫《中國學術思想隨筆》也是可以的，而且更加簡單明瞭。

曹聚仁以史家自命，也很以國學自負。他的第一部著作就是那本

《國學概論》。當年他聽章太炎演講而作記錄時，只有二十一歲。他是替邵力子編的《國民日報》的《覺悟》副刊做這一工作的。由於演講者是國學大師，內容深奧，一般記者根本記不下來，他卻佔了原來就有國學根底的便宜，勝任愉快。後來他因此受到賞識，成了章太炎的私淑弟子，但在《覺悟》發表這些記錄時，還加上了批注，他說那是對當時的復古運動消毒。他還因此被陳獨秀稱為國學家。而他晚年寫這些隨筆時，由於思想更成熟，也就更自負，說這「是有所見的書，不僅是有所知的書。竊願藏之名山以待後世的知者」。

他說，他是以唯物辯證法的光輝，把前代的學術思想重新解說過；批判那些腐儒的固陋，灌輸青年以新知。

他在講國學，但他清楚表示，反對要青年人去讀古書，尤其反對香港教育當局對中學生進行不合理的國學常識測驗。他嘲笑那些在香港大中學裏任教的腐儒，這使人如見五四新文化運動鬥士的英姿。

他在講國學，用的是新觀點，他的文字也是清新的，雅俗共賞的。能把艱深的舊學講得通俗易懂，不枯燥，吸引人。讀着它時，頗有當年讀《文心》的那種樂趣。《文心》是他的老師夏丏尊和葉聖陶合作談文章作法的書；這本《隨筆》談的是學術思想，而講得這樣深入淺出，就更不容易。

讀這《隨筆》，一邊感到樂趣，一邊又感到慚愧。真是十年深悔讀書遲！

通過讀書（不僅僅這一本《隨筆》），對這位可以為師，終止於友的前輩，有了更多的認識。忍不住寫下這些我所知道的一鱗半爪，希望對他後半生不盡了解的人能增加一些了解。就算是對他去世十五周年預先作一點紀念吧。

他和別人一樣，當然不是完人，這裏只談他的大處和晚年，並不求全，就恕我不作烏鴉，不報憂，只報喜了。

一九八六年十月

我所知道的葉靈鳳先生

一

寒風，冷雨，黃昏。

一間本來寬大的客廳，一半以上被書櫃、書架、書枱佔領，構成了書的城堡。四壁都是書櫃，四壁之間，縱橫排列的也還有書櫃和書架。窗前有一張小小的書枱，另一角落有一張大書枱，上面也堆了滿滿的、高高的書，那本來是屋子主人平日寫作閱讀的地方，現在已經用不着了，早就用不着了。

書櫃上放着大大小小好幾十件藝術品，泥塑、木雕、石膏像、石刻頭像、石灣花瓶……書櫃上方的牆上，還掛着《蒙娜麗莎》、《母親》、畢加索、馬蒂斯、齊白石、石魯……的畫，還有老作家施蟄存寫的一個條幅。這一切都卻是平日的舊觀。

窗前的鸚鵡不時叫着，聽來並不成話。大廳裏的一隻狗和另外的小廳裏的一隻狗此呼彼應地叫着，除非有人制止，就不肯清靜。大廳裏的狗是有來歷的，老作家曹聚仁前幾年遷去澳門養病，不久就去世了，這隻狗似乎他行前的託孤。這裏是有名的貓犬之家，狗至少還有兩隻，貓不下六隻，極盛的時代還不止此數。曾經有一狗因病弱很得主人憐惜，死去時主人為它灑下了一把老淚。不過，擁有這許許多多貓犬卻只是出於女主人的愛好，主人只是不反對這樣的愛好而已，但他還是為一隻狗的長逝而流下淚來。這時不見貓，為了有客人要來，貓已經被藏起來了。

不見主人，主人已經離開了這書屋。真是書屋，除了這大客廳是書的城堡，這屋子裏大大小小的房間無一不是書的堆棧。

客人們坐在因書而顯得小了的客廳裏，「昏昏燈火話平生」，聽女主人和家人們談主人的近幾年、近幾月、近幾個星期的一些瑣事。心頭有風雨的敲打，也有點寒冷，也有點陰暗，比這間屋子還顯得陰暗。

主人不在，還在的只是他微含笑意的大照片。兩旁有鮮花伴着。客人們臨走時，站成一排向照片中的他肅敬行禮，黯然告別。

早在二十一天以前，主人就和這個世界，和他的家人、朋友，和他

的這許多藏書突然永遠告別了。

主人是有名的藏書家，更是有名的老作家。但他再也不能翻閱自己這些藏書，我們再也不能閱讀到他的新作品了。

這一天是他去世後的「三七」，我們特別到他生前讀書、寫作、生活的地方憑弔。憑弔霜崖老人，憑弔葉靈鳳先生！

二

葉靈鳳，「小說作者。南京人。曾主編《幻洲》、《現代小說》、《現代文藝》、《萬象》、《文藝畫報》。小說集印行者有《菊子夫人》、《女媧氏之遺孽》、《鳩綠媚》、《紅的天使》、《處女的夢》、《白葉雜記》、《天竹》、《靈鳳小品集》等。」這是《中國新文學大系‧作家小傳》中他的小傳。在《大系》的「小說三集」裏，還選有他的一篇《女媧氏之遺孽》。

以《大系》來說，他當然是小說作者，由於只選了他的小說。但以「大系」的「小傳」來說，也可以看出他不僅僅是小說作者，還是小品作者。《靈鳳小品集》當然不是小說，《白葉雜記》也不是，《天竹》也有可能不是。他這些早年的作品我們沒有機會看到，只能這樣猜想了。

到了晚年，他就更不是小説作者而只是小品散文作者了。

他也翻譯，《故事的花束》可能是他最後出版的一本翻譯的集子。他晚年翻譯了黎巴嫩作家紀伯倫的一些散文，好像還沒有結集出書。

他早年還歡喜作畫。在《創造月刊》和《洪水》半月刊這兩本創造社的雜誌裏，既有他的畫，更有他的插圖。中年以後好像就一直擱下畫筆，不再作畫了。

他早年的筆名是靈鳳，晚年是霜崖，中間也用過林豐。

靈鳳這名字往往被人誤會為女性，就在他工作多年的那間報社裏，也有過這種誤會。事實上這的確是一位女性的名字。作家葉靈鳳的原名葉韞璞，為了紀念一位女性的的故人，就以她的名字為名了，不僅用來做筆名，乾脆做了自己的名字。據説他也曾有過一個印章「雙鳳樓」。家人解釋，靈鳳之名出於李商隱的詩，「身無彩鳳雙飛翼，心有靈犀一點通」。

他晚年的一篇小品文章〈桂花〉中提到：「年輕的時候喜歡讀宋詞，更喜歡讀那幾首《憶江南》。有一年秋天遊西湖，住在西泠橋邊上的一個寺院裏，寺前有幾棵大桂樹。夜晚秋月當空，在桂樹底下踏着樹影和自己的影子漫步低誦那幾首《憶江南》裏的月下尋桂子的

詞句，簡直覺得像《陶庵夢憶》裏所寫人間仙境了。

> 前幾年，又去遊杭州，恰巧又住在那附近。可是，寺院早已沒有了，桂樹也已沒有了，人也沒有了，獨自站在湖邊，實在不勝感慨！

> 今夜，嗅着窗口飄進來的鄰家桂花香氣，在燈下不覺又模模糊糊的想起了這一切。人老了，不僅視力差了，就是記憶力也差了。當年熟讀的那幾首《憶江南》詞，已經不能再背誦，只是有些事情仍無法忘懷，這使我想起了放翁晚年所寫的幾首詩中的兩句斷句：「此身行作稽山土，猶弔遺蹤一泫然。」

讀了這些，不免使人感到此中有人，此中有事。不過這已是「夢斷香銷五十年」的舊事，也就不必呼之使出了。

一般人都說他是三十年代的老作家，其實二十年代他就已經有作品發表。在一篇〈讀少作〉的小品中他提到，一九二五年《洪水》創刊號上有他的小說〈曇花庵的春風〉，他說那時自己還是二十歲的少年。

不久他就參加了創造社，在門市部工作，同時寫作甚勤，他算是開始踏上了文壇。《中國新文學大系》中所列出的那些作品，幾乎都是

一九二五到一九三五這十年中寫的。

抗日戰爭爆發後，他從上海經過廣州，來到香港，從此就在這個他眼中的海隅異地住了下來，一住是四十年，直到離開人世。

在他的下半生中，小說是不寫了，寫的只是散文隨筆，也翻譯些文章，寫得較多的是有關香港風物和掌故的文章。

他是南京人，小時在安徽的宿松、江西的九江、江蘇的昆山住過，在鎮江唸中學，在上海唸美專，踏上文壇，南來香港，雖然是這樣簡單的經歷，當中卻似乎是走過一些曲折的道路的。

三

> 走六小時寂寞的長途，
> 到你頭邊放一束紅山茶。
> 我等待着，長夜漫漫，
> 你卻臥聽海濤閒話。

「我」是詩人戴望舒，「你」是女作家蕭紅。戴望舒走了六個小時的路，大約是從香港或九龍的市區走到淺水灣的吧，去探望躺在一株獨棵的紅影下的蕭紅，而寫下了這《蕭紅墓畔口占》的四行詩。

戴望舒第一次探望蕭紅墓卻是由葉靈鳳陪了去的。那時是一九四二年秋天，蕭紅死後大約半年，淺水灣還是禁區，香港還在日本軍隊的佔領下。

十五年後一九五七年的秋天，戴望舒已經不在人世了，葉靈鳳卻和別的朋友，從快要湮沒了的蕭紅墓中，掘出骨灰，送回廣州，安葬在銀河公墓裏。葉靈鳳有一篇〈蕭紅墓發掘始末記〉，似乎並沒有收進他的散文集子中。

四

葉靈鳳晚年的小品散文多半是用霜崖的筆名，用《霜紅室隨筆》的名義在報紙上發表的，而在將其中一部分結集出版時，又取名《晚晴雜記》。

霜，使人想到生命的秋深冬至，在時間上，是和晚晴的晚符合的。「停車坐愛楓林晚，霜葉紅於二月花」，霜紅都有了，晚也有了。「天意憐幽草，人間重晚晴」，晚晴也有了。晚晴還使人想到「雨後復斜陽」的，儘管晚了，卻還是好的景色。

《晚晴雜記》中有一篇〈新的鄉思〉，就記下了一些江南好風景。

「最近，客從故鄉來，為我談了許多故鄉的新事物，其中一位更送了我一罐故鄉新出品的茶葉，稱為『雨花茶』。

「從故鄉來的朋友，如果送我一包雨花石，固然會使我高興，但是現在送的卻是雨花茶，則除了高興之外，更使我詫異，因為我的家鄉是從來不以產茶著名的。

「僅是這一罐『雨花茶』，已經足夠勾起我的鄉思。家鄉這幾年的變化真是太大了。鹹板鴨和花生米雖然依舊有名，但是同時卻增加了不少新的出產。這裏面小如茶葉，大如汽車，都包括在內。家鄉居然有了汽車廠，正如家鄉有了茶園一樣，那是使遊子要刮目相看的事實。」

還有「大如一座城市的工廠，另一座比武漢長江大橋更大的大橋，也在下關與浦口之間完成了。這些可喜的消息，在啜着『雨花茶』的時候，自然更增加我的新的鄉思了。」

這些隨筆雜記，也正像雨花茶一樣，「味在碧螺春與龍井之間」，雖然清，卻有味，而且能使人回味。寫來看似不用什麼力，讀來卻使人感到一種力量，形成了他自己的風格。

燈下翻他的一本一本的集子，翻到了這篇〈新的鄉思〉，彷彿又看

到他親切的笑容，昕到他娓娓的談話。當年送雨花茶給他使他歡喜讚歎的神情如在眼前。想到他的故鄉又有了許多可以引起他新的鄉思的新事物，而他卻再也看不到、聽不到了，就不禁黯然。

他退休的這幾年來，由於眼病和別的病，不大願意出門走動，幾位朋友的不定期餐敘到後來他也很少參加，再三請他欣然命駕他也不為所動。頗有些擔心會像電影鏡頭一樣，漸漸地「淡出」而淡欲無，這個世界再也沒有他的存在。

現在果然是「淡出」了，儘管他的最後像是睡去，儘管他可以安心長眠，我們卻不能不動哀思。尤其可哀的是他把許多可珍貴的記憶都帶走了，除了一些散篇，竟沒有留下一部完整的回憶錄。這是作為讀者的我經常勸他快執筆寫的。

儘管似乎走過了曲折的道路，他晚年有機會訪問魯迅先生的故居，低頭默默地訴說了自己的心事；儘管似乎走過了曲折的道路，他的下半生卻能放眼、放懷面前光明寬闊的地方，魯迅先生所指出過的地方。這也就不必泫然，應該欣然了吧。

寫於一九七五年十二月，近百年最冷之日

繁花時節懷紺弩

——《聶紺弩傳》代序

和紺弩雖説有着三十多年的交情，但對他所知其實是不多的。

桂林、重慶、香港，我們曾經先後一同在這三個城市裏工作過，而且許多時候幹的是相同的工作，然而，在桂林、重慶並不相識，直到了香港才有來往。抗日戰爭期間，在桂林、重慶，我們都在編報紙的副刊。紺弩是桂林《力報》，重慶《商務日報》和《新民報》的副刊編輯，我從桂林到重慶，都在編《大公晚報》的副刊。在桂林，那時他已是著名的作家，而我只不過是剛剛出道的後生小子，還不習慣到外邊去結交文壇的前輩先生，只有一些經常替我寫稿的，我才認識。紺弩雖説是「同行」，但他自有園地，從不在我打理的《小公園》裏涉足，我們沒有什麼機會相互認識。在重慶，有了寫稿的關係，卻沒有什麼直接的交往。抗戰勝利後，一九四八年我到香港《大公報》編副刊《大公園》，紺弩比我先到香港，卻在兩年多以後才擔任《文匯報》的總主筆，當沒有報紙在手上時，他就以作者的

身份替我寫稿了，再加上別的原因，我們就由相識而逐漸變得很為熟識。

從認識他開始，直到他去世以前，這中間幾乎有四十年之久，但除了最初的三年在香港，最近的三年在北京，我們又是地北天南，不在一起的。只是我有時有事情到北京，才和他見過十次八次而已。當他戴着「右派」帽子到北大荒勞動，後來又套上「反革命」帽子到山西坐牢時，自然是相見無由了。

儘管我們的年齡相差了幾乎二十歲，儘管對他的文章一直都很欽佩，我卻從來沒有像一些朋友那樣，口頭上叫他「聶老」（只有近年筆下有時稱之為「紺翁」），這和他從來不擺老作家的架子有關，也和他雖已七老八十而衰病卻又並沒有什麼龍鍾之態有關，更和他的精神狀態一直保持着鬥士的軒昂有關。他四十多時，我固然沒有叫他一聲「聶老」，他八十多時，我還是沒有想到要叫他一聲「聶老」。

在抗戰時期「文化城」的桂林，在他主編的副刊上，更主要在他有份的《野草》雜誌上，讀到了他一篇又一篇總是很精彩的雜文，我總是很欽佩，也總是很羨慕。羨慕，是因為自己那時正在學寫雜文。像〈韓康的藥店〉、〈兔先生的發言〉都是他傳誦一時的名文。後來到了重慶，讀到那篇不足七百字的〈論申公豹〉更是叫絕，他只用了這麼幾句話，就把反動派的尊容勾畫出來了：「他的頭是向後

的，以背為胸，以後為前，眼睛和腳趾各朝着相反的方向，他永遠不能前進，一開步就是後退。或者說，永遠不能瞻望未來，看見的總是過去。」寥寥數筆，寫意而又傳神，深刻而又生動！

在香港和他相識後，知道他很愛下棋。當他在《文匯報》擔任總主筆時，就常到《大公報》向梁羽生他們挑戰。作為總主筆，他每天要寫一篇時事評論的文章在新聞版刊出，有時棋下得難解難分，從下午一直下到晚上，有那麼一兩次，他乾脆就不回去上班寫文章，卻怕我們說他偷懶，和梁羽生約好，要他不要告訴我們，事過境遷，他人已經到北京工作，梁羽生才說出來，引得大家哈哈大笑。梁羽生有一年蜜月旅行到北京，兩人又下棋下得忘乎所以，這回是梁羽生傳出了丟下新婚夫人在旅館空房獨守的佳話。而梁羽生又把另一佳話帶回香港，說紺弩有一次雪夜進中南海下棋，居然把等候在外他的司機忘了，而司機終於在深夜自行駕車離去。

我們後來才知道，他原來是有名的「大自由主義者」。

一想起他當年在香港鬧市街頭，那種旁若無人，閒庭信步式的走路的姿態，就不免想起那句戲詞：「我本是臥龍崗散淡的人……」他這京山人，家住鄂北，離豫西南的南陽諸葛廬也就不遠。

但他不要「散淡的人」，卻取了「散宜生」做他的別號。先前只記

得，這和申公豹一樣，也是對《封神演義》的人物，後來看他的《散宜生詩》自序，才知道是借這個周文王的「亂臣」九人之一的名字，寄託「無用終天年」（適宜於生存）之意。《莊子》有散木以不材終天年的說法，舊知識份子有不材，無用而自稱散人的習氣。他有這樣的深意，我卻往往想得很淺，想到他的那一點散漫，想到他的那一份自由主義。當然，也想到他對名利的十分淡泊，全不在意。

說到《散宜生詩》，就不能不提到它的前身，香港出版的《三草》了。

紺弩回憶，我那年從香港到北京，看到他油印了送人「意在求人推許」的他的舊詩小冊子，就說「這種東西在港複製只需幾分鐘」，他就請我拿去複製或印刷，沒想到卻費了兩三年工夫，才印成《三草》。我說幾分鐘，並不假，當時北京複印機少，不像現在到處都有，印起來很方便，但在香港，卻先進一些，複印機之多，當年就像現在的北京（但也還沒有可以放大縮小，可以印彩色的），因此我自告奮勇拿走了他的詩冊。

那當然不僅僅因為複印方便那麼簡單，主要更因為我十分歡喜那些詩，很願意它們能廣為傳佈。因此，就從原來設想複印幾冊，而改變為印它三千。幾分鐘當然不行，前後三年沒有，兩年卻是花了的。本來不需要這許多時間，由於我的拖延，這就遲了。由於我的粗疏，印出來後才發現還有好些錯字，這對自認為「編輯雖不行，

校對還可以」，因而也負起了校書之責的我來説，自信心是大受打擊了，也覺得有些愧對故人。但看到「文章信口雌黃易，思想錐心坦白難」，「吾民易有觀音土，太后難無萬壽山」，「昔時朋友今時帝，你佔朝廷我佔山」，這些詩句終於成了書頁，成了書本，也還是掩不住那一份十分歡喜的心情。

在接觸到這些油印詩冊以前，我們一些在南方的朋友就已經傳誦着他的若干名篇，而談論起他的「以雜文入詩」，為舊體詩開新境界了。

這以前，我們只知道他是個雜文家、古典小説研究家，從沒有想到他是詩人，更沒有想到他會成為奇峰突起的舊體詩人，在他的晚年大放異彩，由於他過去只寫新體詩，還表示過擁護白話，反對文言，不寫舊體。儘管在香港時他也偶有舊體詩詞的吟詠，嚴肅的，或嚴肅的打油的，也真是偶一為之，那首「欲識繁花為錦繡，已傷凍雨過清明」的《浣溪沙（蕭紅墓）》就是僅存的了，排在《散宜生詩》的最末部分，卻是留存下來的他最早的舊體之作。後來忽然詩興大發，那是北大荒奉命集體做詩，挑燈夜戰的結果，「左」的結果，卻有了好的詩篇，在「遵命文學」以外，於是又有了「遵命詩詞」，在「憤怒出詩人」以外，又有了「命令出詩人」。

十年浩劫後第一次進京，去東郊新源里探望躺臥在床上的我們的詩

人（從此就只是見他躺着、躺着，而很少站起、走動），當時只想到他的病、他的窮（每月只有十八元生活費），只想到留下很少的一點錢給他以濟燃眉。第二次相見是四次文代會期間在西苑賓館裏，雖說他是去開會，卻幾乎整天躺在床上，好像就是這一次接受他「託孤式」的委託，帶走了《三草》回香港。這時他已不是那麼窮，已經恢復了地位名譽，衣食既足，可以「興禮樂」，出詩書了。他在談笑中說過，不知道為什麼，見了我就一點詩意也沒有，寫不成詩（指沒有給我以「酬答」之作）。但偏偏卻把出詩的任務交了給我，雖然拖了兩年，卻總算是不辱使命。這就是我在他去世後悼詩中所說的：尊前長逐繆思神，三草偏從海角伸；論世最欣文字辣，讀詩更愛性情真；百年咫尺成虛語，五日蹉跎失故人；淺水垂楊風景異，同傷凍雨過清明。他八十後我在一次祝壽詩中願他活到百年；他去世前五天我本來要去探望卻改了期，從此就再也見不到他了。每次到他勁松的家裏，總要經過一個叫垂楊柳的地方，這地名和另一處芳草地的名字同樣叫人有春天的想望。但卻是一個並無垂楊只有塵土的市區，叫人失望而想笑。

最後一次見他是他的《散宜生詩》（增訂注釋本）出版以後不久，我拿了一冊精裝本請他簽名，一支筆在他顫巍巍的手裏已經不聽使喚，只是勉強寫了一個「作」字，就叫人不忍要他再寫「者」字了，而那「作」字其實也不大成字。後來他的家人說，那可能是他最後寫下的一個字。

雖說很想再見他一面，哪怕那只是一個已無知覺的人面。但由於朋友們都知道的原因，我沒有去參加遺體告別，只是要了周伯（跟着一些晚輩這樣叫周穎大姐）的那張別致的謝帖：「紺弩是從容地走的。朋友，謝謝您來向他告別。」

我只是寫了幾首七律（包括前面那一首）向他告別，其中之一是：聞君此去甚從容，蝶夢徐徐逐午鐘；劍拔弩張曾大勇，神閒氣定自高風；枕邊微語魚堪欲，棋裏深談我願空；春水冰心徒悵望，羅浮山色有無中。

就在那最後一筆簽寫「作」字的前後，他和往常一樣閉目不語，只是在我臨走時說了一聲，「帶點吃的東西來」，經過周穎的傳譯，知道他想吃南安板鴨和香港的曹白鹹魚，但鹹魚由我的家人帶來後，由於那五日之誤，他已經再也看不到、嚐不到了。我很有興趣學圍棋，有意和他下棋以消永日，但一直沒有好好學，直到這位對手消失於人間世，我還是「坐觀垂釣者，徒有羨魚情」。吹皺春水、玉壺冰心是他寫了送我的詩句，卻又一直沒有送，甚至把這事忘了，還是本書作者保留下來，在他去世後才轉到了我手中。這是一首七絕：「倘是高陽舊酒徒，春風池水底乾渠？江山人物隨評騭，一片冰心在玉壺。」他說見了我就沒有詩意，從來沒有送詩給我。其實他曾經送過「半世新聞編日晚，忽焉文字愛之乎，每三句話賅天下，不七尺軀雄萬夫」這樣幾句，只是在我提醒他以後，他才湊足

八句，成為七律，請書法家黃苗子寫成條幅相贈。他自己的書法也很不錯，小楷甚至顯得有些嫵媚。他就是這樣健忘的，就是一「散」如此的！而在他《散宜生詩》增訂本的自序中，我的名字又多了三點水，「浮」起來了。

寫下這些小事，本來是沒有多大意思的，只不過表明，我們之間有着雖長期卻並不能算十分深厚的交情，我不可能在他死後謬託知己。

寫那些悼詩和這些文字時，我也沒有太多的感傷之情。傷逝、惋惜、黯然，那是當然的，但想到他走得那麼從容，而最後的日子卻已接近於油乾燈盡，那就還是「不如歸去」，讓「塵土的歸於塵土」吧。

在我的惋惜中，有一點是沒有來得及在他生前，向他請教一些讀不懂的他的詩篇，一些不大清楚的他的往事。他的詩雖不晦澀，但有些本事不知，就會讀之難明。

而他的一生，我知道得其實很少，有許多還是靠了這本《聶紺弩傳》這才明白。這當然要怪我就是對朋友也往往「不求甚解」。因此也就很高興有這樣的一本傳記了。它是可以使和紺弩識與不識的人，都能對他有更多更密切的了解的。

這書原來是紺弩口述（在他生命最後的幾年裏取得的第一手資料），而由作者整理成《庸人自傳》。紺弩自稱「散人」，又謙稱「庸人」。從一些遭遇來是說，他是奇人（注）；從一些行事來看，他是妙人。但後來他改了主意，不想要這樣的自傳，於是就又由作者改成了現在這個樣子。

你看下去就知道是怎麼一個樣子和有着怎麼一種可讀性了。

一九八六年九月

注：我還有一首悼詩，用了四個「奇」字：奇人奇遇有奇聞，更以奇詩宇閃聞；一帽憑誰分左右，十年累汝困河汾；北荒失火魚猶在，南國從軍夢早湮；歷史老人應苦笑，繁花時節又憐君。

他戴着「右派」帽去北大荒勞動時，因失火燒去棚屋，被判刑下獄。「文革」後又被加上「反革命」罪名，判無期徒刑，到山西坐牢。他早歲參加革命，是黃埔軍校第一期學生；晚年由太原釋還北京時，雖早已是共產黨員，卻夾雜在釋放原國民黨縣團級人員的名單中而獲赦，真是奇不可言！「一角紅樓千片瓦，壓低歷史老人頭」，是他詠《寶玉和黛玉》的詩句。

俠影下的梁羽生

在香港、台灣、南洋、北美、西歐的華人社會中，有着兩位「大俠」，一位是「金大俠」金庸，一位是「梁大俠」梁羽生，儘管他們都是西裝革履之士，一點也不像人們想像中短衣長劍的英雄人物。

他們之有「俠」名，不在於劍，只在於書，在於那一部又一部的「新派武俠小說」書。他們都是各有等身著作的作者。金庸大約有十五部四十冊，而梁羽生卻有接近四十部之多。一個是《金庸作品集》，一個是《梁羽生系列》──取名「系列」，真夠新派！

談新派武俠小說，如果不提梁羽生，那就真是數典忘祖了。金、梁並稱，一時瑜亮，也有人認為金庸是後來居上。這就說明了，梁羽生是先行一步的人，這一步，大約是兩年。

梁羽生的第一部武俠小說是《龍虎鬥京華》，金庸的第一部武俠小說

是《書劍恩仇錄》，都是連載於香港《新晚報》的。一九五四年，香港有一場著名的拳師比武，擂台卻設在澳門，由於香港禁止打擂而澳門不禁。這一場比武雖然在澳門進行，卻轟動了香港，儘管只不過打了幾分鐘，就以太極拳掌門人一拳打得白鶴派掌門人鼻子流血而告終，街談巷議卻延續了許多日子。這一打，也就打出了從五十年代開風氣，直到八十年代依然流風餘韻不絕的海外新派武俠小說的天下。《新晚報》在比武的第二天，就預告要刊登武俠小說以滿足「好鬥」的讀者，第三天，《龍虎鬥京華》就開始連載了。梁羽生真行！平時口沫橫飛坐而談武俠小說，這時就應報紙負責人靈機一動的要求起而行了——只醞釀一天就奮筆在紙上行走。套用舊派武俠小說上的話，真是「說時遲，那時快」！

梁羽生其所以能如此之快，一個原因是平日愛讀武俠小說，而且愛和人交流讀武俠小說的心得。這些人當中，彼此談得最起勁的，就是金庸。兩人是同事，在同一報紙工作天天都要見面的同事；兩人有同好，愛讀武俠，愛讀白羽的《十二金錢鏢》、還珠樓主的《蜀山劍俠傳》……很有共同語言。兩人的共同興趣不僅在讀，也在寫，當梁羽生寫完了《龍虎鬥京華》時，金庸也就見獵心喜地寫起《書劍恩仇錄》來了。時在一九五五，晚了梁羽生一兩年。

頗有人問：他們會武功麼？梁羽生的答覆是：他只是翻翻拳經，看看穴道經絡圖，就寫出自己的武功了。這樣的問題其實多餘。有誰

聽說過施耐庵精於武功？又有誰聽說過羅貫中是大軍事學家的？

正像有了《書劍恩仇錄》才有金庸，梁羽生也是隨着《龍虎鬥京華》而誕生的，他的本名是陳文統。金庸的本名是查良鏞，金庸是「鏞」的一分為二。梁羽生呢？一個「羽」字，也許因為《十二金錢鏢》的作者是宮白羽吧。至於「梁」，這以前，他就用過梁慧如的筆名寫文史隨筆，還有一個筆名是馮瑜寧，馮文而梁史。

梁羽生在嶺南大學唸的卻是經濟。金庸在大學讀國際法，梁羽生讀的是國際經濟。但他的真正興趣是文史，是武俠。他們兩人恐怕都沒有料到，後來會成為武俠名家，而且是開一代風氣的新派武俠小說的鼻祖。

新派，是他們自命，也是讀者承認的。平江不肖生《江湖奇俠傳》之類的老一派武俠小說，末流所及，到四十年代已經難於登大雅之報了，或者不說雅就說大吧，自命為大報的報紙，是不屑刊登的，它們就像流落江湖賣武的人，不太被人瞧得起。直到梁羽生、金庸的新派問世，才改變了這個局面，港、台、星、馬的報紙，包括大報，特別是大報，都以重金做稿費，爭取刊登，因為讀者要看。南洋的報紙先是轉載香港報紙的，由於你也轉載，我也轉載，不夠號召力，有錢的大報就和香港的作者協議，一稿兩登，港報哪一天登，它們也同一天登出，這樣就使那些不付稿費只憑剪刀轉載的報

紙措手不及，而它卻可以獨家壟斷，出的稿費往往比香港報紙的稿費還高。

新派，新在用新文藝手法，塑造人物，刻畫心理，描繪環境，渲染氣氛……而不僅僅依靠情節的陳述。文字講究，去掉陳腐的語言。有時西學為用，從西洋小說中汲取表現的技巧以至情節。使原來已經走到山窮水盡的武俠小說進入了一個被提高了的新境界，而呈現出新氣象，變得雅俗共賞。連「大雅君子」的學者也會對它手不釋卷。

港、台、美國的那些華人學者就不去多說了。這裏只舉著名數學家華羅庚為例，他就是武俠小說的愛好者，一九七九年到英國伯明翰大學講學時，在天天去吃飯的中國餐館碰見了正在英國旅遊的梁羽生，演出了「他鄉遇故知」的一幕，使兩位素昧平生的人一見如故的，就是武俠小說，華羅庚剛剛看完了梁羽生的《雲海玉弓緣》。而華羅庚的武俠小說無非是「成人童話」的論點，也是這時候當面告訴梁羽生的。

「成人的童話」，用這來破反武俠小說論者，真是不失為一記新招，儘管它有其片面性，因為不僅成人，年長一點的兒童也未嘗不愛武俠如童話。

華羅庚當然是大雅君子了。還可以再提供例子，廖承志對這「成人的童話」很有同嗜，這已不是什麼秘密。秘密也許在於，比他更忙或更「要」的要人，也有「不失其赤子之心」的——對「成人的童話」感興趣的「童心」。這就無可避免地也就成了金、梁的讀者。

比起既寫武俠，又搞電影，又辦報，又寫政論，進一步還搞政治的金庸來，梁羽生顯得對武俠小說更為專心致志。他動筆早，封筆遲（兩人都已對武俠小說的寫作宣告「閉門封刀」），完成的作品也較多。武俠以外，只寫了少量的文史隨筆和棋話。

梁羽生愛下棋，象棋、圍棋都下。金庸是他的棋友，已故的作家聶紺弩更是他的棋友。說「更」，是他們因下棋而有更多佳話。聶紺弩在香港時，雖有過和他下得難分難解而不想回報館上晚班寫時論的事；梁羽生到北京，也有過和聶紺弩下棋把同度蜜月的新婚夫人丟在旅館裏棄之如遺的事。香港象棋之風很盛，一場棋賽梁羽生愛口沫橫飛地談棋，也愛信筆縱橫地論棋，他用陳魯的筆名發表在《新晚報》上的棋話，被認為是一絕，沒有人寫得那樣富有吸引力的，使不看棋的人也看他的棋話，如臨現場，比現場更有味。

當然，棋話只是梁羽生的「俠之餘」，正像文史隨筆也是他的「俠之餘」。他主要的精力和成就不可避免地只能是在武俠小說上。從《龍虎鬥京華》、《白髮魔女傳》、《七劍下天山》、《江湖三女俠》、《還

劍奇情錄》、《聯劍風雲錄》、《萍蹤俠影錄》、《冰川天女傳》、《雲海玉弓緣》、《狂俠‧天驕‧魔女》、《武林三絕》、《武當一劍》……以部頭論，他的作品是金庸的兩倍多以至三倍。

說「俠之餘」，是因為梁羽生有這樣的議論：武俠小說，有武有俠。武是一種手段，俠是一個目的。通過武術的手段去達到俠義的目的。所以，俠是最重要的，武是次要的。一個人可以完全沒有武功，但是不可以沒有俠義。俠就是正義的行為。對大多數人有利的就是正義的行為。

不可無俠，這是梁羽生所強調的。就一般為人來說，他的話是對的，可以沒有武，不可沒有俠——正義。但在武俠小說上，沒有武是不成的，不但讀者讀不下去，作者先就寫不下去了，或寫成了也不成其武俠小說了。他之所以如此說，有些矯枉過正。因為有些武俠小說，不但武功寫得怪異，人物也寫得怪異，不像正常的人，尤其不像一般欽佩的好人，怪而壞，武藝非凡，行為也非凡，暴戾乖張，無惡不作，卻又似乎是受到肯定，至少未被完全否定。這樣一來，人物是突出了，性格是複雜了，卻邪正難分了。這也是新派武俠小說中的一派。當然，從梁羽生的議論看得出來，他是屬於正統派的。而金庸的作品卻突出了許多邪派高手。

梁羽生還寫過一篇〈金庸梁羽生合論〉，分析兩人的異同。其中說：

「梁羽生是名士氣味甚濃（中國式）的，而金庸則是現代的『洋才子』。梁羽生受中國傳統文化（包括詩詞、小說、歷史等等）的影響較深，而金庸接受西方文藝（包括電影）的影響則較重。」這篇文章用佟碩之的筆名，發表在一九六六年的香港《海光文藝》上。當時羅孚和黃蒙田合作辦這個月刊，梁羽生因為是當事人，不願意人家知道文章是他寫的，就要約稿的羅孚出面認賬，承認是作者。羅孚其後也約金庸寫一篇，金庸婉卻了。去年十二月，香港中文大學舉行了一個「國際中國武俠小說研討會」（主持其會的是著名學者劉殿爵），任教美國威斯康辛大學的劉紹銘在參加會議後發表專文，還把這篇〈合論〉一再說是羅孚所作，又說極有參考價值。二十多年過去，這個不成秘密的秘密也應該揭開了。

梁羽生這〈合論〉可以說是實事求是的，褒貶都不是沒有根據。他說自己受中國傳統文化如詩詞等等影響較深，這在他的作品中也是充分顯示了的。他的回目，對仗工整而有韻味；開篇和終篇的詩詞，差不多總是作而不述。信手拈來，這些是從《七劍下天山》抄下的幾個回目：「劍氣珠光，不覺坐行皆夢夢；琴聲笛韻，無端啼笑盡非非。」「劍膽琴心，似喜似嗔同命鳥；雪泥鴻爪，亦真亦幻異鄉人。」「生死茫茫，俠骨柔情埋瀚海；恩仇了了，英雄兒女隱天山。」還有：「牧野飛霜，碧血金戈千古恨；冰河洗劍，青鬟鐵馬一生愁。」可能是他自己很歡喜這一回目的境界，後來寫的兩部小說，一部取名《牧野流星》，一部就取名《冰河洗劍錄》。

「笑江湖浪跡十年遊，空負少年頭。對銅駝巷陌，吟情渺渺，心事悠悠！酒冷詩殘夢斷，南國正清秋。把劍淒然望，無人招歸舟。明日天涯路遠，問誰留楚佩，弄影中洲？數英雄兒女，俯仰古今愁。難消受燈昏羅帳，恨曇花一現恨難休！飄零慣，金戈鐵馬，拼葬荒丘！」這一首《八聲甘州》是《七劍下天山》的開場詞。收場詞是一首《浣溪紗》：「已慣江湖作浪遊，且將恩怨說從頭，如潮愛恨總難休。湖海雲煙迷望眼，天山劍氣蕩寒秋，峨眉絕塞有人愁。」他的詩詞都有工夫，詞比詩更好。

他在少年時就得過名師指點。抗日戰爭期間，有些學者從廣東走避到廣西。梁羽生是廣西蒙山人，家裏有些產業，算得上富戶，家在鄉下，地近瑤山，是遊歷的好地方。太平天國史專家簡又文（三十年代在《論語》寫文章，辦《逸經》雜誌的大華烈士）、敦煌學及詩書畫名家饒宗頤，都到梁羽生家寄居過，梁羽生也就因此得到高人的教誨。簡又文那時已是名家，饒宗頤還未成名，和梁羽生的關係多少有點在師友之間的味道。

簡又文和梁羽生之間，後來有一段事是不可不記的。抗日戰爭勝利後，梁羽生到廣州嶺南大學讀書，簡又文在嶺南教書，師生關係更密切了。一九四九年，簡又文定居香港，梁羽生也到香港參加了《大公報》的工作，一右一左，多少年中斷了往來。「文革」後期這往來終於恢復，梁羽生還動員身為台灣方面立法委員的簡又文，獻

出了一件在廣東很受珍視的古文物給廣東當局。一向有「天南金石貧」的說法，隋代的碑石在廣東是珍品，多年來流傳下來的只有四塊，其中的猛進碑由簡又文收藏，他因此把寓所稱為「猛進書屋」。廣州解放前夕他離穗到港時，說是把那塊很有份量也很有重量的碑石帶到香港了。台灣在注視這碑石。大約是七十年代初期，他終於向梁羽生說了真話：碑石埋在廣州地下。梁羽生勸他獻給國家。他同意了，一邊要廣州的家人獻碑，一邊送了一個拓本向台灣應付。「中央社」居然發出報道，說他向台灣獻出了原碑。當時梁羽生還不知情，以為他言而無信，後來弄清楚真相，才知道是「中央社」故弄玄虛，也許他們想使廣州方面相信簡家獻出的只是一面假碑石。但有碑為證，有人鑒定，假不了。這件事當時認為不必急於拆穿，對簡又文會更好些。現在他已去世多年，這個真算得上秘密的秘密，就不妨把它揭開了吧。

老師是太平天國史的專家，家又離太平天國首先舉起義旗的地方很近——蒙山西南是桂平，金田起義的金田村就在桂平。蒙山有金秀瑤，容易使人想到金田村，朋友們或真以為或誤以為梁羽生就是金田村的人。因此有人送他這樣一首詩，

　　金田有奇士，俠影說梁生；
　　南國棋中意，東坡竹外情；
　　橫刀百岳峙，還劍一身輕；

別有千秋業，文星料更明。

這裏需要加一點注解。「俠影」和「還劍」是因為梁羽生著有《萍蹤俠影錄》和《還劍奇情錄》。「棋中意」說他的棋話是一絕。「竹外情」就有趣了。蘇東坡「寧可居無竹，不可食無肉」，其實是既愛竹又愛肉的，竹肉並重，但梁羽生愛的就只是肉。他已長得過度的豐滿，卻還是歡喜肉食如故，在家裏受到干涉，每天到報館上班時，在路上往往要買一包燒乳豬或肥叉燒帶去，一邊工作或寫作，一邊就把乳豬、叉燒塞進口裏，以助文思。這似乎不像一邊為文一邊喝酒的雅，但他這個肉食者也就顧不得這許多了。這還不算，有時他飢不能等，在路上一邊走就一邊吃起來，也許這就是他自己所說的「名士氣味甚濃」吧。

「橫刀百岳峙」，說他寫出了幾十部武俠小說；「還劍一身輕」，說他終於「閉門封刀」，封筆不寫了。這就可以有工夫去從事能夠流傳得更加久遠的寫作事業，寫朋友們期待他寫的以太平天國為題材的歷史小說了。這是千秋業，而他是可以優為之的。他應該寫，誰叫他既是「金田人」，又是搞歷史的呢？他應該寫得好，經過幾十部小說磨煉的筆，還愁寫不好麼？

梁羽生是中國作家協會的會員。他出席過作協第四次代表大會。在會上，他為武俠小說應在文學創作中佔有一席地位，慷慨陳辭。這

在港、台、南洋一帶，早已不成問題。不少學者看武俠小說，有的學者更是作古正經地在研究、討論武俠小說。一九七七年，新加坡的寫作人協會還邀請梁羽生去演講《從文藝觀點看武俠小説》呢。寫了幾十年武俠小說的他（當然也還有金庸），是不會對武俠小説妄自菲薄的。不知道他們同意不同意，武俠小說在許多人看來，只能是通俗文學，儘管有了他們以新派開新境，似乎還沒有為它爭取到嚴肅文學的地位。歷史小說就比較不同了，它像是「跨國」的，跨越於通俗文學和嚴肅文學之間，可以是通俗，也可以是嚴肅，嚴肅到能夠成為千秋業。勸梁羽生寫太平天國的朋友，大約是出於不薄通俗愛嚴肅的心情吧。

增訂本的《散宜生詩》有《贈梁羽生》一律：「武俠傳奇本禁區，梁兄酒後又茶餘。昆侖泰岱山高矮，紅線黃衫事有無？酒不醉人人怎醉，書誠愚我我原愚。尊書只許真人賞，機器人前莫出書。」對最後兩句作者自注：「少年中有因讀此等小説而赴武當少林學道者，作此語防之。」要防，其實「此語」也防不了。而事實上，世間雖有「機器人」，到底是少而又少的，多的總是「真人」，不會自愚，不會自醉。聶紺弩雖然在打油贈友，卻未免有些嚴肅有餘了。

一九八八年一月

梁厚甫的寬厚和「鬼馬」

長得有點寬，有點厚，不怎麼高，這就是梁寬，也就是梁厚甫。

梁寬，字厚甫。不少人都知道梁厚甫，知道梁寬的人就不多了，除非是老香港，而且是新聞界中人。

儘管二十多年來梁厚甫都住在美國，已成美籍華人，只有不多的時間才回香港走走，但香港認識他的朋友，依然把他當香港人。

和大多數香港人一樣，他原是廣東人，而且是「嶺南人」──三十年代中期他在廣州嶺南大學讀書。大約是日軍佔領廣州後他就到了香港，參加了香港《大公報》的工作，主要是翻譯英文電訊，好像也編過報，寫過評論文章。他間接在張季鸞、胡政之，直接在徐鑄成領導下工作。那時候他不過二十多，現在是年過七十了。

和許多香港人一樣，日軍來，他們走，日軍走了，他們又回來。抗日戰爭結束後他重回香港，進了一家一度和桂系有關的報紙，和三蘇也就是「小生姓高」的高雄一起工作，一時瑜亮，輪流編副刊，輪流做總編輯。就在這家報紙的晚報上，梁寬——那時他寬而不厚，六十年代左右去了美國才厚而不寬——以梁厚甫之名而大行其道，他首創了文言、白話加廣東話的「三及第」文字的怪論，又帶頭寫了每天一篇的「偷情小說」，不久就主要移交給高雄去寫，自己只寫少量。他當然還有大量的寫作，也都是些不足道的為稻粱謀之作。可以提一提的，是他用「宋敏希」的筆名寫新聞說明。提它，只是因為這可以說明，他早就具有一點「梁厚甫」的萌芽，寫政論文章的萌芽了，雖然那些新聞說明算不得什麼政論文章。

梁寬和高雄同被稱為「鬼才」。這「鬼才」用廣東話來解釋也許更恰當：「鬼馬之才」。廣東話的「鬼馬」有古靈精怪之意，有時更有比古靈精怪更古靈精怪之意。怪論就是他們「鬼馬」之作的典型。寫怪論的時候，高雄用得多的筆名是「三蘇」，梁寬用得多的筆名是「馮宏道」。馮道是有名的五朝長樂老，他的道有什麼可宏？居然宏之，當然怪了。

當時他們工作所在的報紙是《新生晚報》，和抗戰勝利後在香港復刊時的《大公報》同在一座鬧市的樓房中，同用一間印刷廠。《新生》在下，而《大公》在上。兩報的人天天見面，當然很熟，何況梁寬

又是《大公報》舊人。朝鮮戰爭爆發後，《大公報》辦了一張初期以中間面貌出現的《新晚報》（後來面孔逐漸紅了），副刊的主要設計者就是梁寬，兩個主要副刊《下午茶座》和《天方夜談》的刊名也是他想出來的，一直沿用了三十多年才因改版而換了別的名字。作為一張下午出版的晚報，先讓讀者在《下午茶座》喝下午茶，然後漸入黃昏，作「天方夜」時的閒談，這豈不很好？這兩個副刊上，先後出了唐人、梁羽生、金庸這幾位海內外都比較知名的作家。梁寬、高雄也在這上面寫過不少小說和怪論《橫眉語》，這個專欄名字也是梁寬取的。

朋友間還傳說有這麼一件梁寬的「鬼馬」事。一次他到一處香港人所謂的「鳳閣」（也就是古人所謂的秦樓楚館）去逢場作戲，臨走時故意留下一張名片，叫那裏的人有事可以打電話找他。事後他對人談起這事，別人都覺得奇怪，一般人都不會在那樣的地方留下真姓名的，他不但留了，而且還留下地址和電話，不怕「手尾長」（廣東話麻煩多）？他卻笑着說，那是某某人（一家報館的負責人、香港的太平紳士）的名片，不是他的。事情是不是真的如此，難說，不過把這樣的事情說在他的身上，而不說別人，也就可見他在朋友心目中的「鬼馬」了。

梁寬在香港新聞界雖然有些名氣，但在那樣的報紙，寫那樣的文章，也實在是很難有所作為的。他真正成為海內外都知名的新聞記

者、政論名家，還是去了美國，以梁厚甫之名寫文章以後的事。

他大約是六十年代開始的前後移民去美國的。這是婦唱夫隨，他太太早已入美籍，他是作為家屬移民去舊金山的。朋友們都感到有一點怪，他怎麼丟得下香港的繁華？又怎麼能適應唐人街的淺陋？不過，無獨有偶，有一位署名「特級校對」，專寫下廚文章的星系報紙的總編輯，在他之前就移民去了。

出人意料，到了美國，雖然不再過報館生涯，他卻找到了一片新的用武之地，以「自由記者」、「自由作家」的身份，替香港、新加坡的報紙，寫起特約通訊和特約評論來了，這就是梁厚甫文章。

這一片天地要比原來局限於香港一地大得多，不僅是港、星，還有中國內地，大《參考》、小《參考》上的轉載，更使他聲名大起，使他的知名度大得要以億計，可能是他自己先前也沒有想到的。

他成功了，卻也不是偶然的。他本來就有這方面的才能，不過一直處於「潛在」的狀態。到他成為「自由」之身後，才在認真的研究工作中解放出生產力，創造出使人刮目相看的高質量的產品。據了解他的人說，在美國他有一個很有利的條件，可以到五角大樓或別的什麼官方機構，定期翻閱一些最新的資料，使他在分析當前的國際形勢時，能有更寬的廣度和更高的深度，寫出來的東西富有新的

信息和新的見解。當然，使他有獨到見解的，主要不是這些資料，而要靠他自己的識見。

他行文精簡明快，說理清晰，不堆砌什麼術語名詞，不像一些分析時事的論文。他常說，近來中國的文風有兩種腔，一種是「文藝腔」，一種是「學術腔」。文藝腔是用直譯的文體來寫小說；學術腔是他所謂的「教科書文體」。「教科書文體」的始作俑者是美國的華裔學人。他們所寫的談時事的文章，百分之九十九是從教科書上譯下來的。他們遇到了一個問題，就先翻教科書，找到和所談的問題相近的理論，就照譯，然後費盡九牛二虎之力，勉強拉到要談的問題上，拉到當前的時事上。他說的是美國，而且說得也誇張了些，不過，難道擺在我們眼前的一些皇皇論文中，就沒有這樣能夠嚇人的「教科書文體」麼？

「文藝腔」就更多了。不說別的，我們每天所接觸到的電視劇裏就頗不缺乏，特色是大老粗也在用知識份子腔來說話。

談到知識份子，他有怪論。他說，近年許多人到中國大陸，他並不起勁，為什麼？為的是怕到了大陸被人稱為「知識份子」，因為他向來討厭「知識份子」這個名詞，這使人聯想起「恃才傲物」，「萬般皆下品，唯有讀書高」之類不中聽的話。他不起勁是事實，至今還未聽說他回過大陸（回香港倒較為經常）。如果他回來過，不必特

別去進行什麼採訪，隨便耳聞目睹，就會修正那「唯有讀書高」的老話了，說這話，就反映出他的某些「無知」。

這是他在小文章中發的怪論。就是他的大文章，雖然經常都有些獨到的見解，但有時也還是不免有些不大實在的議論，或甚至怪論。到底是寫怪論出身，興之所至，筆之所至，有時就不免技癢而流露出來。

他的小文章就是在香港報上連載的專欄。在他的專欄裏他談過中外社論之不同，說外國人寫社論，是幫助讀者對當天所發生的事作進一步的理解，指出幾種可能的趨勢，讓讀者自行判斷，而不作論定；中國人寫社論，就一定要論定，不論定，好像就對不起那個「論」字似的，這是對讀者的不尊重，等於侮辱讀者。他主張用新聞說明來代替社論為好。但一兩年後他又有一篇文章談新聞說明，說這是外國報紙所無，中國（香港）報紙才有的。外國人寫新聞夾敘夾議，說明已經寫在新聞當中，不須另作說明；中國報紙的新聞說明其實是對讀者的侮辱，等於說你們水平低，對新聞未必看得懂，讓新聞說明來告訴你吧。他在寫這些否定新聞說明的後語時，忘記了自己說過那些肯定它的前言了。

這是標新立異走偏鋒。但這些偏鋒怪論並不能沖淡他許許多多細緻的觀察，深刻的見地。就像前面談到的怕被人呼為驕傲的「知識份

子」，並不表示他不知道中國大陸上「臭老九」的不妙處境。他借用「臭老九」這個詞來談學問保鮮，說信息時代，知識更新得快，如不隨時吸收新知保持學問的新鮮，那就會變臭，這樣的知識份子就真要成「臭老九」了。這就說得很有意思。

他這是有感而發的。在一個雞尾酒會上，他接到了一位擔任大學教授的老太太的名片，上面印着：「哈佛大學哲學博士（一九五四），哈佛大學哲學博士（一九六二），哈佛大學哲學博士（一九八一）」。他覺得奇怪，不好意思問她，就問她的理學博士的丈夫。那位理學博士說，她是搞數理經濟的，近三十年新興學問不斷出現，一個博士學位過了幾年就會「縮水」，必須補充，她就再去攻讀，再拿新的學位。

知識保鮮，這是大問題，小的地方他也能觀察入微。他發現吃金山橙（美國橘子）最好是在香港，其次是新加坡，不是原產地的美國。原因是老樹產的橙就甜，美國出口商包下了老樹的橙，美國內銷商卻不管老樹新樹都要，這樣就使得出口的一定甜，內銷的就靠不住。他因此說，香港最大的好處就是可以吃到好的金山橙，好到令美國人羨慕。他又發現，香港超級市場有比美國先進的地方，顧客買完東西奉送塑料袋，又輕，又韌，又有挽手；而美國卻只送沒有挽手的紙袋，要捧着才行。他不僅看到這樣的現象，還看到了因何如此的道理。

在美國，他有過三次奇遇。

一次是他去見大通銀行的主持人。主持人在開會，他就坐冷板凳在等。不久，當地的工務局長來了，先到負責約會的銀行女秘書面前說了幾句話，顯得迫不及待，女秘書低聲說了幾句。那局長就走到他身邊，說今天是他們發工資的日子，而政府的撥款沒有到，一部分職員的工資支票會因此被退票，得趕快和銀行總裁商量，通融通融，因此請他也通融通融，讓他先見銀行主持人，他同意了，對方十分感謝，後來兩人還成了朋友。他因此有感：如果不是在美國而是在別的地方，那女秘書一定帶了局長從另一道門去先見銀行總裁了。還講什麼先到先得，排隊至上！

另一次是他從華盛頓飛去芝加哥，從市區坐公共汽車去機場，上車坐下後，跟着又上來一個人，坐在他旁邊，他覺得此人面善，想來想去，終於想起了，就是大通銀行的董事長大衛‧洛克菲勒，再看他的手提包，沒有錯，上面有 D‧R‧兩個字母。他並沒有受寵若驚之感，感到驚奇的是，如果換了一個地方，一定是前呼後擁而來了。現在是沒有架子，完全沒有架子！當然，像洛克菲勒這樣的富豪是有專機的，但他們也有不搭專機，輕車簡從的時候，沒有架子！

還有一次是在紐約第四十五街的咖啡室吃漢堡包，坐在櫃枱前，來

了一個老人坐在他旁邊，他這回一看就認出，那是前美國駐蘇大使，現任哈里曼銀公司董事長的哈里曼，是美國八大家族的富豪之一，也是來吃漢堡包，還告訴他，一個星期當中他有三次來這小地方午餐。兩人談得投機，後來又在那地方見了幾次面。上小餐室，和素昧平生的人交朋友，這也使他深深感到：完全沒有架子！

我們難道不也會深有所感麼？我們常常在談資本主義腐朽之風，從梁厚甫這三次奇遇看來，這些並不腐朽還顯得有生命力的風氣，能引進引進，在這上面也實行「拿來主義」豈不甚好？當我們聽到，頗有人慷公家之慨，大買外國汽車，奔馳 200 還不足，非有奔馳 600 不可，就更加感到洛克菲勒的搭公共汽車之神、之奇，儘管那可能是偶一為之。這總不會是梁厚甫的無中生有吧。

他雖然奇遇式地和哈里曼有過幾次交往，但他自己說，在美國朋友並不多。他不喜歡華僑社會，認為以前稱「唐人街」現在叫「華埠」或「中國城」的地方頗有些陰陽怪氣，而在一般交往中，話不投機，就沒有朋友做了，這包括「華埠」以外的地方。

這是他的夫子自道：「人是不能沒有娛樂的。但是，要娛樂，就得找人來做伴。打麻將要找三個人，下棋、談心，至少要找一個人。許多人移民到美、加去，由於索居獨處，非自己開車到五六里的地方，找不到朋友。找不到朋友，便是沒有娛樂，於是乎感到苦悶，

感到苦悶就要回到香港來。我移民美國的時間比較早，自然也會感到苦悶。就我個人來講，對朋友的選擇比較嚴格，一些話不投機的朋友，我就索性不與往來，因而感到特別的苦悶。雖然我的朋友的圈子比較廣闊，一些美國人、日本人、猶太人的朋友（他自己說過，他的朋友六成是猶太人——引者），都有往來。但是由於我定下的『話不投機，即便斷交』的原則，我的朋友的數量逐漸少了。朋友少，就得找自娛之道。」

最初，他玩小提琴，受到太太的抗議，「李承晚，曹聚仁」（你成晚，嘈住人）。於是改為練毛筆字，這使他寫出了一部《科學書法論》。不過，當他對書法比較通時，又有了眼高手低之苦，自娛就成了自虐。於是又改為「默察潛思」，對商品市場觀察和思索，有了心得，就可以進行商品的契約買賣，可以賺錢。默察、潛思、買賣、得利，樂在其中矣。他說，這樣的自娛之道是猶太人發明的，一些退休的醫生、工程師就沉迷其中，用一個小型電子計算機做信息網。他們（包括他梁厚甫）沉迷於計算機，就像一些中國人沉迷於麻將桌。據說，有一個猶太人，他晚年這樣「自娛」所賺到的錢，多過他一生做醫生的收入。

猶太人！

「香港人——『中國的猶太』！」這是梁厚甫送給香港人的一頂帽子。

他四十多年前到過上海，聽到一句話：「上海人──中國的猶太。」他認為，今天，這句話可以轉送給香港人了，因為中國精於做生意的人今天已經集中於香港。「香港是商人薈萃的地方，香港人要研究的，就是商行為對社會的貢獻。研究商行為對社會的貢獻，就可以占卜香港的未來。商行為有生產之一面，也有剝削的一面；擔心香港前途的人，是看到商行為剝削的一面，不擔心香港前途的人，是看到商行為生產之一面。走向哪邊，主權在香港人……」

他自己何嘗不是香港人呢？以往居住過兩個七年以上，有在香港的永久居留權了。至今又和香港還有着文字上緊密的聯繫。還有，他的「自娛之道」，不也可以使他不必卸下他所提出的「香港人──中國的猶太」的牌子麼？

許久沒有見過他了。記憶中，五十年代的他豐滿得有些像是商人，現在看他的照片，清減了一些，有些學者味，像一個「有學問的朋友」。

他有一位親兄弟，在香港倒是有些名氣的地產商，而且是政協全國委員。不過，那一直是替公家在經營地產，並非私商，是左派中最早做地產物業的人。

在文壇上和他親如手足的，是高雄。他有一次提到這位和他一起寫

過「偷情小說」的三蘇，說三蘇生前說過一句話：「叫我辦一份報紙和一份雜誌我都有辦法，叫我辦一份色情刊物，我就黔驢技窮。」問他什麼原因，他說：「色情之事，如電光石火，神來之筆往往在一兩字或一兩句間，《西廂記》……只是七個字，成為千秋絕唱。如果要把七個字演成七十萬字，只有蠢人才會認為有可能。」梁寬當然是讚賞這一句有點怪論味道的話的。

他自己也說了另一怪論。他認為，武俠小說提倡義氣，復仇，劫富濟貧，都是違背法治觀念的（他說列根總統向來有「倒轉羅賓漢」的雅號，因為這位保守的總統主張劫貧濟富）。武俠小說雖是不良刊物，但比色情刊物好些，色情刊物可以坐看起行，「誘人作不道德行為」，武俠小說卻不能坐看起行，只能算是「準不良刊物」。

或似是而非，或似非而是，這就是他們的怪論。

他，梁寬，厚甫。文章路子很寬，學問根底很厚，這是一面；寬厚之外，又有些「鬼馬」，這是另一面。

一九八八年六月

像西西這樣的香港女作家

西西不是 CC。

她雖然姓張，單名卻是一個「彥」字，英文縮寫不是 CC。

西西不是張愛玲。

她雖然也是出生在上海的，雖然名字也有一個「愛」字，卻不是愛玲，而是愛倫（猜想這是她的「英」名）。

西西不是茜茜。她雖然也是女性，許多女性都喜歡在自己的名字上加點花花草草，不「西」而「茜」就是，儘管她們並不知道，「茜」不念「西」。

西西就是西西，是她的筆名，幾乎是幾十年一貫制的筆名。說似

乎，好像她只有在寫讀書隨筆之類的文章時，才用過另一個筆名阿果。阿果是她小說中一個男孩子的名字。

文如其人？從文章看，西西應該是一個男孩子，她的文章不帶巴黎香水氣（如果說《哨鹿》這部寫乾隆行獵的長篇，就說不帶脂粉氣吧）。但是，她卻以《像我這樣的一個女子》有名。這是她以第一人稱寫一個死人化妝師的女子的愛情故事，由於這職業，使她失去了男朋友。

在不諱言自己的年齡上，她也顯得不是一般的女性風格。報刊上介紹她時，她的出生年代是很具體的：一九三八年。因此，人們知道她今年五十歲了。一九五〇年隨父母從上海到香港時是十二歲，出第一本書《東城故事》時是二十多歲。

讀書，教書，寫書，再加上旅遊。這就是幾十年來的西西。哦，還應該加上侍奉母親。

她讀的是師範學院，教的是小學。一邊教書，一邊寫作，後來學校學生少了，教師多了，要裁員，她就自動請退，當時離她的退休年齡還有二十多年。香港有兩位作家都只是小學教師，一位是詩人古蒼梧，一位就是西西了。

西西也是詩人，小說家兼詩人，還寫散文。她又編過詩葉副刊。但在讀者的印象中，她主要是小說家。

林以亮（宋淇）寫長文分析她的小說時說：「西西固然也寫詩和散文，但她的作品畢竟以小說為主。」他這篇文章就是以〈像西西這樣的一位小說家〉做題目的。台灣《聯合文學》在出西西作品專輯時，有一篇〈像這樣的一個女子──側寫西西〉。很顯然，都是受了西西那篇小說《像我這樣的一個女子》的影響。西西在出版她的閱讀筆記（讀書隨筆）時，用的是《像我這樣的一個讀者》。可見得她是很愛「像我這樣的……」。

「像我這樣的」西西──為什麼是西西呢？她說，這和陝西西安、密西西比河、西西里島、阿西西甚至聖法蘭西斯科等都沒有關係，「西」不過是「一幅圖畫，一個象形文字」。

> 我小時候喜歡玩一種叫做「造房子」又名「跳飛機」的遊戲，拿一堆萬字夾纏作一團，拋到地面上劃好的一個個格子裏，然後跳跳跳，跳到格子裏，彎腰把萬字夾拾起來，跳跳跳，又回到所有的格子外面來。有時候，許多人一起輪流跳，那是一種熱鬧的遊戲；有時候，自己一個人跳，那是一種寂寞的遊戲。我在學校裏讀書的時候，常常在校園裏玩「跳飛機」，我在學校裏教書的時候，也常常和我的學生們一起在校園玩「跳飛

161

機」，於是我就叫做西西了。

為什麼「於是……」？她說：「『西』就是一個穿着裙子的女孩子兩隻腳站在地上的一個四方格子裏。如果把兩個西字放在一起，就變成電影菲林（膠卷——引者）的兩格，或為簡單的動畫，一個穿裙子的女孩子在地面上玩跳飛機遊戲，從第一個格子跳到第二個格子，跳跳，跳跳，跳格子。」

西西是跳格子。在地上跳格子的西西寫文章時就是「爬格子」——在紙上跳格子。

二十多年來，不管是「熱鬧的遊戲」還是「寂寞的遊戲」，在紙上跳格子的西西跳出了：長篇小說《我城》、《哨鹿》和《候鳥》，中篇《東城故事》，短篇《交河》（小說，散文）、《春望》和《像我這樣的一個女子》，詩集《石磬》，還有許多有待於編成集子的文章。

《東城故事》是她出的第一本書，但她的第一篇小說卻很可能是《瑪利亞》。瑪利亞是一位被派往法屬剛果服務的法國修女，被自稱為「獅子」的土著武裝所俘，看見當天被俘虜唯一活下來的法國僱傭軍，那個被捆被銬的二十歲的青年人，唯一的要求就是喝一點水。一頭「獅子」用一壺水澆了他一臉，另一頭「獅子」在瑪利亞苦苦要求下給了她一個水囊，卻被第三頭「獅子」搶去沖洗腳上的泥。

瑪利亞幫助那僱傭軍蹣跚地走到河邊，用雙手捧水給他喝，沒到嘴邊水就流光。再一次水捧到嘴邊時，背後連響七槍，他終於倒地，再也不要喝水了。正如林以亮說的，這是一個戰地記者才敢寫的故事，西西卻以一雙「新手」寫出來了，而且一鳴驚人。不用說，對於一位只有二十多歲，一直是從學校到學校的這樣的香港女子，戰爭和剛果，土著武裝和僱傭軍，這一切都只能是陌生的，她不但寫出來了，而且寫得叫人讚好。

《瑪利亞》如此，《哨鹿》更是如此，不過，那是很為不同的另一種難度，可能是更大的難度。

《哨鹿》是乾隆到熱河木蘭圍場獵鹿的故事。從圓明園到避暑山莊，到木蘭圍場，是不同的場景；從清高宗弘曆到哨鹿人阿木泰（王來牛），是不同的主線；從帝王家的豪奢到百姓家的飢寒，是不同的生活；從聖主明君到草莽志士，是不同的角色。這些三百年前的歷史，歷史畫卷的細節，不比同時代的剛果要更加陌生麼？特別是一個香港的「番書女」。不是辛勤地搜集、整理、消化這一切資料，是絕對寫不出來的。而以傳統敘事技巧大量運用這些資料時，當然就需要駕馭的本領才能揮灑自如。

既有傳統的，又是現代的，兩種技巧在《哨鹿》中交叉運用。寫實，想像，倒敘，推移，跳躍……不平鋪直敘，卻又不雜亂紛呈，兩條

主線是糾纏着的，但脈絡分明，對比清晰，結構和佈局是嚴謹的。

哨鹿，就是由人扮鹿，吹起一種名叫烏力安白木管，發出呦呦的鹿鳴聲，引出鹿來，讓狩獵者發箭射鹿。箭無虛發的乾隆這回因換了閃光的指環耀眼兩箭才中鹿，他不免心頭有憾，卻不知他已經造成了更大的憾事，第一箭實際是殺了哨鹿人，第二箭中的才是鹿。而這一憾事又隱藏了另一更大的憾事，要哨鹿人以毒針射進中箭倒地的鹿身，以便乾隆獲鹿後飲鹿血時中毒身亡的計謀也因此告吹了。就是這麼一個故事：《秋獮》、《行營》、《塞宴》、《木蘭》，四章文字無非是為了這最後一章的最後一節。

《哨鹿》顯出了西西的功力，受到了知音的讚賞。林以亮就説：「《哨鹿》的結構猶如一首交響曲，共分四章，就是秋獮、行營、塞宴、木蘭這四章。整首樂曲有兩個主要旋律，一是乾隆的，明朗而響亮，所有樂曲齊聲奏出，聽起來莊嚴華麗，氣象萬千，雖然偶有變調，其發展程序頗合正統古典音樂；另一是阿木泰的，柔和而單純，由音質較輕的樂器奏出，可是變調太多，不諧和音屢次出現，兼次序顛倒，聽上去較像現代音樂。聽眾耐心細聽，會發現兩個旋律此起彼落，此應彼和，隱約中相反相成，到了最後互相交纏，融為一體，回到主題（即獵鹿）上去，形成有力的結尾。」——是這樣的知音。

但在這支交響曲中,古典音樂(乾隆)這部分,有時顯得材料堆砌(甚至是照搬清代的文言),有些其實是可以割愛而無礙於情節發展和氣氛營造的,不割反而有礙;而現代音樂(額克木、阿木泰父子)這部分,有時又似乎太過現代化了,影響到歷史的真實感。那些「奇異的眼睛」,那些要獵取乾隆這頭「很大很大的鹿」的人(這都是現代語言),到底是出於逼上梁山的造反,還是出於「興漢排滿」的感情,有些交代不清,儘管最後出現的「奇異的眼睛」,頭上拖着花翎,身上穿着滿族官服(當時有沒有另外的漢族官服呢)。一般來說,當時有的是「反清扶明」的志士,不大可能有清醒地反對「當今聖上」的反封建起義者。而那兩位「聖上」——康熙和乾隆,在我們作者的筆下也嫌被歌頌得太多了一些。這又反過來削弱了獵大鹿的意義。

不過,《哨鹿》是應該獲得讚賞的,儘管從另一些角度來看,我很喜歡《我城》。

《我城》,我的城,我們的城,出於像西西「這樣的一個女子」的筆下,當然就是香港了,儘管據説可以泛指任何城市。她寫了一個叫做阿果的青年人所接觸到的種種事物,用一片童心表現出來。這些事物有:水災、水荒、越南難民船、海員、市肺(公園)⋯⋯當他被錄用為修電話的工人後,高興極了:「哦,那個老太陽照在我的頭頂上,那個十八世紀,十五世紀,二十七世紀,三十九世紀的老太

陽。從明天起，我可以自家請自家吃飯了，我可以請我娘秀秀吃飯了。我很高興，我一直高興到第二天早上還沒有高興完。」像這樣的童「話」充滿在小說中，有人說《我城》是童話小說，因為除了童「話」，還有大量的童話，像「即沖小說」就是很有趣也很有意義的一個。

「最近，蘋果牌小說出版社有了一種新的產品，那是經過多年試驗出來的發明，叫做即沖小說。它的特色是整個小說經過炮製之後，濃縮成為一罐罐頭，像一罐奶粉一樣。看小說的人只要把罐頭買回去，像沖咖啡一般，用開水把粉末沖調了；喝下去就行了。喝即沖小說的人，腦子裏會一幕一幕浮現出小說的情節來，好像看電影。

「這種蘋果牌即沖小說當然是創開了小說界的新紀元，它的優點是不會傷害眼睛，不必熟悉英法德意俄文，所以，生意很好。據喝過蘋果牌即沖小說的人報道，偵探小說的味道是有點苦澀的，純情小說的味道有兩類，一類像檸檬一般酸，另一類如棉花糖一般，甜得虛無飄緲。

「書評人對蘋果牌即沖小說的評價又是怎樣呢，有一個書評人的意見是這樣：在這個時代，大家沒有時間看冗長的文字及需要很多思維的作品，所以，應該給讀者容易咀嚼的精神食糧，要

高度娛樂性，易接受，又要節省讀者的時間。因此，蘋果牌即沖小說是偉大的發明。」

西西自己說，她寫《我城》是採用了幻想的手法的，和拉丁美洲的魔幻現實主義不同，有幻而無魔。有人說可以叫做幻想現實主義，西西說也許可以叫做童話現實主義。不管什麼主義，它總是現實的。

這個長篇一邊寫，一邊在報上發表，不算長，只寫了十六萬字。到出書時，就更不能算長了，被她狠心刪去了十萬字，只剩下六萬字，勉強算是短的長篇。雖然有個故事大綱，但邊寫邊加入新的材料（隨時發生的新聞），因此顯得鬆，整個來說，故事性也不強，但還是反映了香港這個城市的生活面貌。新的表現手法增加了它的可讀性。

西西不但用《我城》來寫香港，也用一個「肥土鎮」來寫香港，已經寫了些短篇，還準備寫一系列《肥土鎮的故事》。

西西是這樣談她的「肥土鎮」的：「香港有一個研究處理廢物的政府部門，以科學的方法把廢物分解，利用細菌吃掉其中的有機物體，餘下的渣滓，就丟棄在屋脊空地上，一些雀鳥飛過，帶來了種子，那裏居然長出了非常肥壯的果實，譬如番茄、蘿蔔，比原來的要大許多倍。一位親人趁工作之便，曾獲得一份肥土的資料報告，整個

過程方式據說都記得很詳盡，我知道後大感興趣，這是『肥土鎮』的由來。其實我一直想寫一系列關於這個鎮的故事，即使不冠上這個鎮的名字。可惜後來這份資料還沒有翻讀，從另一位親人那裏失去了。肥土這種東西，我只能根據想像，從側面下筆，恐怕這就缺少了作證的細節了。」所謂「肥土鎮」，其實也就是香港，香港還不算肥水肥土？不忘「作證」，可見她的認真。十六萬字的長篇《我城》刪得只剩下六萬字，更可見認真！《圖特碑記》是她遊埃及後寫的一個短篇，整整寫了半年，重寫了六七次才定稿，還能不說認真？寫這篇東西，她參考了許多有關埃及古文物的書籍，初稿全部用文言寫，以見其古，但她的《素葉》朋友都反對她「五四新文學運動就是革文言文的命，你怎麼可以復古？」她被這「新文學運動」的大旗打倒了，只好從頭來過，改用白話文寫，但還是不忍割愛，第一段的前言依然保留了文言文，儘管她說自己的文言文不行。

對寫作的認真還表現她的不斷探索，嘗試各種寫作方法，因而顯得多姿多彩，常有新意。她說：「寫小說，一是新內容，一是新手法，兩樣都沒有，我就不寫了。」隨便舉幾個短篇的例：

在《感冒》中，她用括號先引用十九次古詩後引用十一句現代詩來反映女主角內心的反應。如她的訂婚是由於父母發現她已經三十二歲了，引的是「日月忽其不淹兮，春與秋其代序」。如第一次重見闊別八年的老同學兩情相悅時，引的是「既見君子，云胡不喜」。

如寫到「整個冬天，我沒有游泳過，整個冬天，我是那麼地疲乏，
彷彿我竟是一條已經枯死的魚了」，引用的是瘂弦的詩，「而無論早
晚，你必得參與草之建設」。如寫到她離家出走，很可能是投向老同
學的身邊時，又是引瘂弦的詩，「可曾瞧見陣雨打濕了樹葉與草兒，
要作草與葉，或是作陣雨，隨你的意。」

在《瑪麗個案》中算是正文的只有八句，每句一段，每段之後用括
號如加注腳似的用一些名著來說明問題。第一段：「她的名字叫瑪
麗。」括號裏的文字說：「至於她的姓氏，我記不起了。對於別人的
姓氏感興趣的人，可以去看費爾多．米哈依洛維奇．陀思妥耶夫斯
基，或者，伊凡．謝爾蓋耶維奇．屠格涅夫，又或者，尼古拉．華
西里耶維奇．果戈理等人的小說。在他們的作品中，人物的姓氏，
至少就像他們自己的姓氏，展列得非常詳細。」依次的六句是：「瑪
麗是長期居住在瑞典的荷蘭籍兒童」。「瑪麗的瑞典母親去世了」。
「瑪麗的父親成為瑪麗的監護人」。「但，瑪麗提出更易監護人的請
求」。「法院根據瑪麗本人的意願，指定一名婦人作她的監護人」。
「荷蘭與瑞典，為了小小的瑪麗，鬧上國際法庭。」最後一段也就
是第八句：「一九五八年十一月二十八日，國際法院判決：荷蘭敗
訴。」跟在後邊的注文說：「因為荷蘭實行的是監護法，瑞典採用的
是保護法⋯⋯前者是頭上另繫一層監管。把某片土地圈開來以便保
護野生動物，以及把動物捉起來放進某個動物園裏，畢竟是兩碼子
事⋯⋯可是，我們就不當小孩是有意願的人吧。萬一他們有，又怎

麼辦？……至於能夠尊重孩童意願的作品，我仍在找尋。」一百多字的八句正文是枯燥無味的，加上注文就好像加了油鹽和味精了。

在《永不終止的大故事》中，「我」忽發奇想，把幾本書拿來一起看，如果是兩本，一時看這本書的三十六頁，一時又看那本書的六十三頁，這樣交叉看，兩邊情節一湊，就可以有第三個故事。三本，四本也是如此。「我」就這樣看了好幾本真有其書的書，因此創造了好幾個新鮮別緻的故事，這實際上又是西西在探索一種新的表現手法。

她又擬人化地寫了「詠物體」小說，如《抽屜》，《奧林匹斯》（照相機）。

談到讀書，西西說她從小就愛，而且從小到大，又都愛坐在她那心愛的矮凳子上讀書。母親愛看大聲的電視，星期天愛打麻將，這些都不能構成對她的干擾，她照樣看得下去。

西西借小說中「我」的口來說，童話裏的人如果幫助了別人，可以有三個願望得到滿足，我只要一個就夠了，這一個就是：「可以永遠這樣子坐在我的小矮凳上，看我喜歡看的書……我們都是幸福的人，因為於今在這塊土地上生活，還可以找到不同的書本閱讀，而且，有讀書的絕對自由。」她在讚美她的「我城」，讚美「讀書無

禁區」論呢。

西西雖然讀書不怕聲音吵，但寫作就不行，她只有躲進廚房或浴室，用一張可以折疊的小圓椅做寫字檯，坐在小矮凳上，爬她的格子。她心平氣和地說：「自己從小學教師退休，沒錢買大房子，不怪人！」她和母親妹妹住在三百英尺（三十平米）的一層小樓裏，一廳，一房，一廚，一廁，都包括在其中。三母女擠在一間房裏，睡的是兩張雙層床。

西西為沒有地方給妹妹放化妝品而抱歉。母親和妹妹都不看她的文章，母親愛看的是馬經報，妹妹愛看的是亦舒的愛情小說。「其實不只是家裏人不理你寫作的事，在整個香港也沒有人理你寫作的事」。因此，她和一些朋友辦了《素葉》雜誌，又出《素葉》叢書。整個香港沒有人理？倒不一定。不過，她的《像我這樣的一個女子》是在台灣《聯合報》刊出，而獲得特別獎的。在台灣，她的名氣似乎比在香港要大。有人說，香港人到外國旅行，有時買了一些紀念品回來，細細一看，才發現那些使人欣賞的東西其實是「香港製造」的，西西的一些文章就有過從台灣到香港「出口轉內銷」的奇遇。

一九八八年七月

劉以鬯和香港文學

如果你知道劉以鬯，你就可以多認識一個字了：「鬯」。

鬯字怎麼讀？暢。什麼意思？一是古時的香酒，二是古時的祭器，三是古時的供酒官，四是鬱金香草，五是和「暢」字通，鬯茂，鬯遂就是暢茂，暢遂。

不過，雖然知道劉以鬯許多年，認識他又許多年，我還是在此刻動筆之前，才從《辭源》中翻查出這許多來的，這以前我只是知道「鬯」讀暢，是酒器而已（這並不對）。

不過，不認識這個「鬯」字沒有多大關係，重要的是認識劉以鬯這個人，如果你對香港文學有興趣的話。

劉以鬯，原名劉同繹，字昌年，是香港真正的作家，真正的著名作

家，不僅有名，而且有作品。這樣說，是因為香港頗有一些雖有名氣卻沒有什麼算得上文藝作品的作家。

和葉靈鳳、曹聚仁、徐訏一樣，劉以鬯也是屬於上海—香港作家之列。他們都是江浙人（在香港就是廣義的「上海人」），都在香港生活工作了幾十年，儘管劉以鬯比他們出生得晚些，登上文壇也晚些。但他今年也已有七十，可以稱得上老作家了，雖然他看起來要年輕十歲或不止。多少年操縱着香港金融命脈的滙豐銀行，它的中文全名是香港上海滙豐銀行，它的英文名字卻是香港上海銀行。香港—上海，上海—香港，我有時想，像葉靈鳳、曹聚仁、徐訏、劉以鬯……他們是不是也可以叫做「滙豐作家」呢？他們的作品都是豐可等身的。

以劉以鬯來說，他已經寫作而且發表了六七千萬字了。用七十之年來平均，連娃娃時節也算進去，平均每年要寫一百萬字，每月要寫九萬字，每天要寫二三千字。一天二三千字不算多，七十年七千萬字就不能算少了。

他說過，每天經常要寫六七千字，多的時候要寫一萬二三千字。在香港作家中，這已是多產的。

作品雖多，出書卻不多，只有十本左右，兩個長篇：《酒徒》和《陶

瓷》；四個中短篇集：《天堂與地獄》、《寺內》、《一九九七》和《春雨》；三個文學評論集：《端木蕻良論》、《看樹看林》和《短綆集》；以及一本《劉以鬯選集》。此外，還有幾本翻譯小說。

大量作品到哪裏去了呢？作者自我淘汰了。

劉以鬯自稱是個「寫稿匠」，又自稱是個「流行小說作家」。為了取得稿酬，維持生活，他寫了大量流行小說給報紙副刊連載，只有極少數後來才出版成書。連載小說一般都是長篇，劉以鬯在出書時不惜大刀闊斧，把它們改寫為中篇甚至短篇，大量文字被精簡掉，更多的是被他稱為「垃圾」而整個地丟掉。不像另一些作者，寫一部出一本，每寫必書，從不割愛。劉以鬯真是捨得自我割棄的。如中篇小說《對倒》，短篇小說《珍品》，都是由長篇連載改成中、短篇的。

從這裏可以看到他的認真嚴肅。也可以看到，他自稱的「流行小說」的「流行性」有一定的限度，不全是「行貨」，刪節改寫以後，文藝性就突出了。

他認為寫作是一種「娛樂」。這「娛樂」可以一分為二：一是「娛樂他人」，像那些「行貨」；一是「娛樂自己」，就是那些可以成書的真正文藝作品。

雖然也寫文學評論和研究文章，他主要寫作的是小說。在小說的寫作上，他主張「探求內在的真實」，也就是「捕捉物象的內心」，不要過時了的寫實主義。他還主張創新，不斷的創新，不要墨守傳統的寫法。這也是他的作品突出的特色。

他是最早採用意識流手法的中國作家之一，他的《酒徒》被稱為「中國第一部意識流小說」（大體寫作於一九六二年）。內地多年來存在着文化上的關閉和禁制，近年才隨着經濟開放而開放，也有用意識流寫小說的了，但比起《酒徒》來，遲了二十年！《酒徒》可以說是首開風氣之作。香港有人說，《酒徒》另有值得注視的地方，意識流不過其次而已，這恐怕是沒有從港、台以至內地，全面地觀察文藝發展的形勢。儘管作者借小說主角的口發表了對一般文藝問題和香港文學現狀比較深刻的看法，也比較生動地揭露了香港社會某些角落的陰暗面，但正像有人指出，輻射面是不夠廣的，發掘度也是不夠深的，不如意識流的運用那麼顯得突出。

小說是用第一人稱來寫的，主角的酒徒是一位作家。做過文藝副刊編輯，辦過專業文藝書籍的出版社，到過南洋辦報，回香港後為稻粱謀，寫起流行小說，寫起武俠小說，寫起黃色小說來。這樣的經歷使人似乎看到了劉以鬯自己的影子。抗日戰爭期間，他先後在重慶編過《國民公報》和《掃蕩報》的副刊；隨了《掃蕩報》的後身《和平日報》復員回上海，不久離開，自辦懷正文化社，出版了姚雪

垠、熊佛西、李健吾，戴望舒等人的作品。一九四八年到香港，進過《星島日報》、《香港時報》。以後去過新加坡，編過《益世報》，去過吉隆坡，主編過《聯邦日報》。一九五七年回香港，重新進國民黨的《香港時報》。一九六三年《快報》創刊，他轉到《快報》編副刊直到現在，已經二十五年了。

但生活中的劉以鬯並不是酒徒，他不喝酒。有人問過他《酒徒》是不是寫他自己，他說他只是把自己「借」給了《酒徒》。一個作者把自己「借」給自己所寫的人物是並不值得奇怪的事，作者自借，這是他的文藝觀。他不僅不喝酒，也沒有寫過拳頭上的動作，更沒有寫過枕頭上的動作，儘管他寫了大量的流行小說。「酒徒」既是劉以鬯，又不是劉以鬯。

劉以鬯說他把自己「借」給了《酒徒》，其實，他也是有所借於《酒徒》的，借那個酒徒之口，發揮了他的文學見解。

回顧過去，「五四」以來的過去，幾十年中，他推崇曹禺、魯迅、李劼人、沈從文、瘂弦……（事實上，他還推崇端木蕻良、姚雪垠……）這裏面戲劇、小說、詩歌都有了，但是散文呢？

展望未來，他認為，今後的文藝工作者應該：首先，要用新技巧來表現現代社會的錯綜複雜；其次，有系統地譯介近代域外優秀作

品;第三,探求內在真實,描繪「自我」與客觀世界的鬥爭;第四,鼓勵獨創的、摒棄傳統文體和規則的新銳作品;第五,吸收傳統精髓,然後跳出傳統;第六,取人之長,消化域外文學果實,建立合乎現代要求,保持民族氣派的新文學。總的來說,「這樣的『轉變』,旨在捕捉物象的內心。從某一種觀點來看,探求內在真實不僅也是『寫實』的,而且是真正的『寫實』」。但是,只重內而忽略外,所寫的也就可能是不足夠的真實。以《酒徒》而言,內心的意識流從頭到尾都是,淋漓盡致,作為外在背景的香港社會,雖然呈現,卻不深刻。

儘管如此,《酒徒》依然是十分有特色的香港文學作品,既是香港的,又是有特色的。香港一九六二年就有了《酒徒》和別的創作,二十年後還要說香港沒有真正的文學,那就實在太可笑了。

意識流是《酒徒》主要的特色,詩化的語言是它的另一特色。小說也能用詩化的語言來寫麼?《酒徒》證明:可以——

「金色的星星。藍色的星星。紫色的星星。成千成萬的星星。萬花筒裏的變化。希望給十指勒死。誰輕輕掩上記憶之門。HD的意象最難捉捕。抽象畫家愛上了善舞的顏色。潘金蓮最喜歡斜雨叩窗。一條線。十條線。一百條線。一千條線。一萬條線。瘋狂的汗珠正在懷念遙遠的白雪。米羅將雙重幻覺畫在你

的心上。岳飛背上的四個字。『王洽能以醉筆作潑墨，遂為古今逸品之祖。』一切都是蒼白的。香港一九六二年。福克納在第一回合就擊倒了辛克萊·劉易士。解剖刀下的自傲。蠔油牛肉與野獸主義。嫦娥在月中嘲笑原子彈。思想形態與意象活動。星星。金色的星星。藍色的星星。紫色的星星。黃色的星星。思想再一次『淡入』。魔鬼笑得十分歇斯底裏。年輕人千萬不要忘記過去的教訓。蘇武並未娶猩猩為妻。王昭君也沒有吞藥而死。想像在痙攣。有一盞昏黃不明的燈出現在我的腦海裏。」

這不是很像現代詩的句子麼？它顯得荒誕，不過，一個酒徒醉後的意識流動的就是荒誕。

還有大量的這樣寫景物的語言——

「屋角空間，放着一瓶憂鬱和一方塊空氣。」

「風拂過，海水作永久重逢的寒暄。」

「理想在酒杯裏游泳。希望在酒杯裏游泳。雄心在酒杯裏游泳。悲哀在酒杯裏游泳。警惕在酒杯裏游泳。」

「煙囱裏噴出死亡的語言。那是有毒的。風在窗外對白。月光給劍蘭以慈善家的慷慨。」

「音符以步的姿態進入耳朵。固體的笑，在昨天的黃昏出現，以及現在。」

> 「雨仍未停。玻璃管劈刺士敏土，透過水晶簾，想着遠方之酒渦。萬馬奔騰於橢圓形中脊對街的屋脊上，有北風頻打呵欠。」

不抄了，反正都是現代詩的語言，不是舊體詩，也不是一般的新體，而是「現代」。

劉以鬯還用他創新的，現代的手法，去寫古代中國的故事。《寺內》是寫鶯鶯、張君瑞（《西廂記》），《蛇》是寫白素貞、許仙（《白蛇傳》），《蜘蛛精》是寫蜘蛛精和唐僧（《西遊記》）。這是魯迅的《故事新編》以後「現代」的故事新編。從古老的傳說中變化出來，「探求內在真實」。

當然，他寫得多的還是變化中今天的香港。《一九九七》寫今天香港一些人的「九七」心態，憂心於「九七」之來，神經緊張中死於車禍。《猶豫》寫來自上海的少婦，寄居姐姐家中的種種感情波折折射出香港社會的形形色色。《不，不能再分開了！》寫一對被海峽長期分隔了的夫婦，重逢，再分別，終於再相聚。這一切，都是香港人，還有大陸人，台灣人所關心的問題。劉以鬯顯得比許多作者都更敏銳地抓住了它們。他雖然提倡「現代」，卻並不迴避現實。

在《不，不能再分開了！》中，他為自己的理論，「探求內在真實不僅也是『寫實』的，而且是真正的『寫實』」，作了一個自我證明。

重逢的唐隆和燕花，「尤其是唐隆，幾乎每說一句話都要叫一次姑媽的名字：『燕花，你聽我講』，或者，『燕花，千萬別擔憂』，或者『燕花，你知道嗎』，或者『燕花，事情不是這樣的』……開口『燕花』閉口『燕花』，他都因為三十年沒有喚叫燕花，有意趁此補償過去的『損失』」。這不是很深刻，深刻地寫出了那種複雜的內心麼？

在劉以鬯的短篇中，有些是根本沒有人物的。《春雨》沒有人物，只寫雨勢的變化，思緒的流動，讓讀者從而感到混亂世界的動盪。《吵架》沒有人物，只寫吵架過後的場景，讓讀者從而得知人物的個性和事件的始末。

沒有人物，沒有主角之外，更有以物為主角的。《動亂》甚至有着十四個這樣的主角：吃角子老虎、石頭、汽水瓶、垃圾箱、計程車、報紙、電車、郵筒、水喉鐵、催淚彈、炸彈、街燈、刀、屍體（屍體已是物、不是人）。劉以鬯讓它們一個個出來，從十四個不同的角度，來觀察一九六七年香港「五月風暴」時的動亂。作者在最後一句話中說出了他用十四個沒有生命的東西做小說主角的用意：「這是一個混亂的世界。這個世界的將來，會不會全部被沒有生命的東西佔領？」這樣的《動亂》又一次證明，劉以鬯並不是迴避現實的。

從已經提到的這些長篇、中篇、短篇來看，可以看到他在不斷創

新，幾乎每一篇都有着不同的新手法。

還可以看看《鏈》和《對倒》。

和《動亂》的十四個物相反，《鏈》有着十個人，由第一個人帶出第二個，第二個帶出第三個，一直到最後帶出的第十個，一個人一個故事。每個人之間，有如連環串着一般，就是這樣的鏈！

《對倒》又是另一種情景。一男一女，一個是逐漸衰下去的老頭，一個是青春驕人的少女，兩人並不相識，只不過在故事發展的中間階段，湊巧地坐在電影院中相鄰的座位，彼此轉過臉望望而已。散戲後各自東西，各自回家做好夢，老頭在夢中和赤裸的少女在一起，當然，兩人都是赤裸的。在兩人到戲院以前和回家的路上，彼此交叉出現，各佔一節，一節又一節地輪流出現，帶出了好些香港的都市風暴：打劫金舖，車禍，二十年的變化……在兩位主角之間、戲院的座位算得是一個鏈吧。沒有這連環轉折，只有不斷交叉，但也還是聯上了。

還可以從《打錯了》看到劉以鬯的刻意求新。同一個故事，不同的結尾。前邊大半的故事相同，文字也完全相同，到了後邊，一個打錯了的電話改變了故事的結尾。一個結尾是：沒有聽到那個電話，主角出了門，到了「巴士站」，被失事的車子撞死了；一個是聽到

了電話，延誤了出門的時間，挽救了一條性命。如此而已，並沒有什麼稀奇。但劉以鬯把它寫成一頭兩尾，在《打錯了》的題目下，就顯得有些新鮮了。儘管沒有多大意思，卻可以看出劉以鬯一意追求創新。

在不斷創新上，在嚴肅對待自己的作品（表現在大量割棄），劉以鬯都和西西相似。不，應該說西西和劉以鬯相似。從年齡和交往上，應該是西西師法劉以鬯。西西在出書時大量刪削的《我城》，就是在劉以鬯編的副刊上連載的。

劉以鬯不僅是一位勤懇的寫作者，還是一位出色的編輯人。他在重慶時為《國民日報》編的副刊，就以版面美而著稱。後來在香港編《香港時報》的文藝副刊《淺水灣》時，也以版面的形式變化引人注意。更加引起文藝愛好者的興趣的，是他為現代主義所作的大量介紹，據說，這早於台灣，儘管台灣後來興起的現代主義熱潮高於香港。這是一九六〇年左右的事。

他雖然也幹過報館的電訊主任，主筆以至總編輯，但主要還是編副刊。他從事文藝工作四五十年，和副刊結不解之緣至少有四十年。很少有這樣長時期堅持的報紙副刊編輯呢。

他現在是《快報》的副刊編輯，又兼了《星島晚報》文藝週刊《大

會堂》的編輯。

近幾年，他又是《香港文學》月刊的主編。這份立足香港，面向台灣和海外的文藝刊物，在華人的文學世界中，起着越來越大的作用。以往，他也和朋友合辦過文學雜誌《四季》，好像只出了一期。而現在，《香港文學》已經出了四十幾期，生命力顯得極旺盛，是一棵長春樹的風姿。

他年來又擔任了香港作家聯誼會的領導人，埋頭寫作不喜應酬的他肯出來這樣做，顯示了他推動香港文學的熱心。

他還不時應邀，擔任一些文學評選活動的委員。有時還作文學專題的演講。

他説過，香港有的是作家，少的是堅強的文藝工作者，他是可以當得上「堅強的文藝工作者」之名而無愧的。也許有人不一定對他所有的作品都給予很高的評價，但對他為文學工作所作的努力和堅持，卻不能不有很高的評價的吧！

鬯乎？鬯乎？暢也！茂也！

一九八八年十月

你一定要看董橋

誰是董橋？

在大陸，可以肯定很少有人知道。在香港，知道的人也不會太多。
恐怕反而是在台灣，他的名字才印在較多的人心上。

他不是台灣人。他是一九四二年出生在福建晉江的。

他現在是「香港人」。但他只是在六十年代中期以後才到的香港，中
間還離開過，到倫敦去住了六七年，才又重回這「東方明珠」。本
來香港一般人都說「東方之珠」，這裏故意說「明珠」，是因為他和
一個「明」字大有關係，一是曾經擔任了六七年之久的《明報月刊》
總編輯，一是他離開不過一兩年，又被請回去擔任《明報》的總編
輯，這是半年前的事。

今年四十七歲的他，一歲就離開了晉江，到了印尼，做了十七八年的華僑，就到台灣唸書，讀的是台南的成功大學，畢業後就到了香港。在台灣的時間不過短短的幾年吧。在香港，前前後後加起來也已經快有十七八年，快要超過僑居印尼的歲月了。香港勢必是他居留時間最長的地方，他當然是「香港人」。

在台灣的時間短，為什麼反而名氣更大呢？「牆內花開牆外香」。這「牆外」，是海峽那邊而不是大陸這邊的「牆外」。在大陸，就算文學界的人士，知道董橋的恐怕也是很少很少的。

在台灣，董橋被稱為散文家。他首先是憑自己的文章，而不是憑雜誌和報紙主編的身份而得名，名乃文章著。

他主要的作品是散文。他的文章在香港、台灣的雜誌和報紙上發表。一共結集為六個集子：《雙城雜筆》、《在馬克思的鬍鬚叢中和鬍鬚叢外》，《另外一種心情》、《這一代的事》、《跟中國的夢賽跑》和《辯證法的黃昏》。前面兩種在香港出版，後面四種全是台灣的出版物。台灣遠遠超過了香港。大陸是一本也沒有的，儘管有些香港所謂「著名作家」的書在大陸南北或沿海，都有人搶着出版。

董橋自己說出了一個秘密：書在台灣出，是怕在香港賣不出去。

在香港，董橋甚至算不上一位作家。小小的香港有好幾個作家們的組織，他好像一個也沒有份。好些掛着作家幌子的活動，他似乎從來也沒有參加，這可能是由於他生性愛逃避應酬，敬而遠之。

就在他自己主編了六七年之久的《明報月刊》上，絕大多數時間他寫的散文都只是署名「編者」，直到最後的一年多才變「編者」為「董橋」。這是因為他寫的是與眾不同的「編者的話」，不少時候，根本就和雜誌本身或主編的編務沒有任何關係，只是他自己在直抒胸臆，有時候也只是從那一期的某一篇文章或某一個觀點引申出去，自由發揮，因此，它不是以編者身份向讀者作什麼交代或表白，而是一篇卓然獨立，有文采，有思想、有情懷的好散文。「領導標新二月花」，在他以前，簡直沒有人寫過這樣的「編者的話」。這是他獨創的「董橋風格」。一開始也許你還不能接受這樣和雜誌不大相干或根本不相干的「編者的話」，儘管同時又認為文章寫得不錯，漸漸的，你就完全接受，被它說服了。何必拘泥於形式？

有一篇〈聽說台先生越寫越生氣〉，由台靜農宣佈不再為人寫字應酬，寫到黃裳主張不可忘記過去（特別是「文革」）。又有一篇〈只有敬亭，依然此柳〉寫的是明末的柳敬亭，影射的是香港的「九七」前景。說不相干可以，說相干也可以。

「董橋風格」當然不僅僅是靠幾十篇「編者文章」建立起來的。他一

直在寫多體散文，有如別人寫多體書法。他甚至用短篇武俠小說的形式來寫散文，而只用兩句套話點題。一篇〈薰香記〉只有三個人物：老人、碧眼海魔和老人的女兒。文章的大題上有兩句眉題似的文字：「欲知談判如何，且聽下回分解。」那正是中英談判香港前途問題的時候，沒有這兩句，誰解其中意，還不以為是一般的武俠小說麼？兩句話一點題，讀者就明白過來了：老人是中，碧眼是英，少女是香港人。看似武俠，實談時事。這個短篇的作者署名依然是「編者」，這就比前面說的那些「編者文章」就更加標新立異了。

小說也可以當散文。這篇〈薰香記〉是收進了《這一代的事》這本散文集中的。董橋說過：「我以為小說、詩、散文這樣的分野是不公平的，散文可以很似小說，小說可以很似散文。」他還舉了在美國的華人作家劉大任的作品為例，「說是小說，也可以說是散文，就算說是詩，也一樣可以」。董橋自己的〈讓她在牛扒上撒鹽〉、〈情辯〉、〈偏要挑白色〉……不都很像自具特色的短篇麼？

學術性的文章也可以當散文。〈辯證法的黃昏〉、〈櫻桃樹和階級〉、〈「魅力」問題眉批〉都是。「要研究馬克思主義。那是那天黃昏裏偶然下的決心。」這是〈辯證法的黃昏〉的最初一句。「結論：也許可以在沒有研究馬克思主義之前就寫書討論馬克思主義。」這是〈辯證法的黃昏〉的最後一句，也是最後一段。那不是正正經經的學術文章，但內容卻不乏學術思想。

187

董橋是在倫敦研究馬克思主義的，是在馬克思當年進行過研究許多年的大英博物館圖書館研究馬克思主義的。他從台灣到香港後，曾經在美國新聞處的今日世界出版社工作了好幾年，然後去倫敦英國廣播電台工作，一邊工作，一邊進修，其間就讀過馬克思、恩格斯的著作，但更主要的還是讀英文的文學作品。在台灣，他讀的是外文系，但他說，那時主要還是接受中華文化的薰陶，到了倫敦，才投入西方文學之中，為了寫論文，又兼及了馬克思主義——這無妨說是野狐禪。

你說野不野？居然可以寫出《在馬克思的鬍鬚叢中和鬍鬚叢外》。且聽他在這本書的〈自序〉中的夫子自道吧：「旅居倫敦時期為了寫論文亂讀馬克思、恩格斯和關於馬克思主義的著作，加上走遍倫敦古舊的街道，聽慣倫敦人委婉的言談，竟以為認識了當年在倫敦住了很久很久的馬克思，寫下不少讀書筆記。其實大錯。去年答應『素葉』整理那些筆記之後翻看那些筆記，發現認識的原來不是馬克思其人，而是馬克思的鬍鬚。鬍鬚很濃，人在鬍鬚中，看到的一切自然不很清楚，結果寫了五萬字就不再往下寫了。」後來寫別的東西，他大歎「鬍鬚誤人。人已經不在鬍鬚叢中了，眼力卻一時不能復原，看人看事還是不很清楚，筆下寫些馬克思學說以外的文章，觀點仍然多少跟馬克思主義糾纏，就算偶有新局，到底不成氣象。幸好馬克思這個人實在不那麼『馬克思』，一生相當善感，既不一味沉迷磅礴的革命風情，倒很懂得體貼小資產階級的趣味，旅行、

藏書、唸詩等比較清淡的事情他都喜歡，因此，這本集子借他的鬍鬚分成叢中叢外⋯⋯」你說野不野？

董橋還別有一野。看起來，他是個溫文爾雅，有點矜持，不怎麼大聲言笑的人，寫起文章來卻自由奔放，自成野趣。

你看他怎麼談翻譯：「好的翻譯，是男歡女愛，如魚得水，一拍即合。讀起來像中文，像人話，順極了。壞的翻譯，是同床異夢，人家無動於衷，自己欲罷不能，最後只好『進行強姦』，硬來硬要，亂射一通，讀起來像鬼話，既褻瀆了外文也褻瀆了中文。」你以為這是不是褻瀆了翻譯呢？他還有進一步的妙喻。初到倫敦，英文不靈，說話都得先用中文思想，然後譯出英文，「或者說『強姦』出英文來。日久天長之後，幹的『好事』多了，英文果然有了『早洩』的跡象，經常一觸即發，一塌糊塗，樂極了。可是，『操我媽的』日子接踵而來了。」講中文的時候，不說「逐漸進步」，說「有增加中的進步」；不說「威爾遜在洗澡」，說「威爾遜在進行洗澡」，等等。他說，中文既然是自己「母親的舌頭」，這樣的褻瀆中文，「朗朗上口，甚至付諸筆墨，如有神助」，豈不成了「操我媽的」麼？

董橋是藏書家，年紀輕輕就成了藏書家！又是藏書票家（還藏書畫，還藏古董，有人說「他心中有一間古玩舖」）。他藏書多少，我不知道，只知道他擁有藏書票上萬張，成了英國藏書票協會的會

員，是收藏西方藏書票的書最多的中國人（不知道這是說在協會的
會員中還是在十一億中國人中）。

談到書，我們年輕的藏書家又來了，他是從「書謠」說起的：「人
對書會有感情，跟男人和女人的關係有點像。字典之類的參考書是
妻子，常在身邊為宜，但是翻了一輩子也未必可以爛熟。詩詞小說
只當是可以迷死人的豔遇，事後追憶起來總是甜的。又專又深的學
術著作是半老的女人，非打點十二分精神不足以深解；有的當然還
有點風韻，最要命是後頭還有一大串注文，不肯罷休！至於政治
評論、時事雜文等集子，都是現買現賣，不外是青樓上的姑娘，親
熱一下也就完了，明天再看就不是那麼回事了。」比起談翻譯來，
這已經不能算野了吧。當然，也可以說還是有點不大正經，就像
他「倒過來說」也是這樣：「倒過來說，女人看書也會有這些感情
上的區分：字典、參考書是丈夫，應該可以陪一輩子；詩詞小說不
是婚外關係就是初戀心情，又緊張又迷惘；學術著作是中年男人，
婆婆媽媽，過分周到，臨走還要殷勤半天怕你說他不夠體貼；政治
評論、時事雜文正是外國酒店房間裏的一場春夢，旅行完了也就完
了。」

我想到了葉靈鳳。他也是藏書家，年輕時也寫過被認為有點「黃」
的小說，後半生主要寫散文，也翻譯些東西（董橋當然也譯過書），
但他卻沒有董橋這些對翻譯和書籍的妙喻（又一次寫到這「妙喻」

時我甚至於擔心我自己是不是也要挨罵:「哼,居然說妙!」)。也許後來葉靈鳳已經成了「葉公」,成了長者,已經在文字上「結束鉛華」了。而董橋至今仍是小董。

但董橋並不就是野小子,人固然斯文的被認為是一介書生,文也很有中西書卷氣。真佩服他,讀過那麼多書,又記得那麼多書,筆下引述的古今中外都有,卻並不是抄書。他的文章散發的書卷氣,有古代的,也有現代的。他的文章既顯出中國人的智慧,也不乏英國式的幽默。文字精緻,文采洋溢。

董橋當然不是野小子,他已是中年人了,只是在老年人眼中他看來年輕而已。他有一篇〈中年是下午茶〉。他給中年下了許多定義:中年「是只會感慨不會感動的年齡,只有哀愁沒有憤怒的年齡。中年是吻女人額頭不是吻女人嘴唇的年齡」。「中年是雜念越想越長,文章越寫越短的年齡」。「中年是一次毫無期待心情的約會」。「中年是『未能免俗,聊復爾耳』的年齡」。……

寫下去,他的古今中外都來了:「總之(中年)這頓下午茶是攪一杯往事、切一塊鄉愁、榨幾滴希望的下午。不是在倫敦夏惠那麼維多利亞的地方,也不是在成功大學對面冰室那麼蘇雪林的地方,更不是在北平琉璃廠那麼聞一多的地方,是在沒有艾略特、沒有胡適之、沒有周作人的香港。詩人龐德太天真了,竟說中年樂趣無

窮⋯⋯中年是看不厭台靜農的字看不上畢加索的畫的年齡:『山郭
春聲聽夜潮,片帆天際白雲遙;東風未綠秦淮柳,殘雪江山是六
潮!』」

但野性也還是又出來了:「中年是危險的年齡:不是腦子太忙、精子
太閒,就是精子太忙,腦子太閒⋯⋯中年的故事是那隻精子撲空的
故事⋯⋯有一天,精囊裏一陣滾熱,千萬隻精子爭先恐後往閘口奔
過去,突然間,搶在前頭的那隻壯精子轉身往回跑,大家莫名其妙
問他幹嘛不搶着去投胎?那隻壯精子喘着氣説:『搶個屁!他在自
瀆!』」

不要以為董橋的筆下時時是男歡女愛,抄抄他六本散文集中的一些
分類的題目吧:〈思想散墨〉、〈中國情懷〉、〈文化眉批〉、〈鄉愁影
印〉、〈理念圈點〉、〈感情剪接〉⋯⋯再抄些文章的題目吧:〈雨聲
並不詩意〉、〈也談花花草草〉、〈春日雜拾〉、〈朱自清的散文〉、〈從
(老張的哲學)看老舍的文字〉、〈談談讀書的書〉、〈關於藏書〉、〈也
談藏書印記〉、〈藏書票史話〉、〈讀今人的舊詩〉、〈聽那立體的鄉
愁〉、〈故國山水辯證法〉、〈棗樹不是魯迅看到的棗樹〉、〈「一室皆
春氣矣」〉、〈我們吃下午茶去〉、〈處暑感事兼寄故友〉、〈馬克思博
士到海邊度假〉⋯⋯不抄了,還不如你自己去看吧。

不過,談談〈馬克思博士到海邊度假〉也好。董橋是從一八八〇年

夏天馬克思全家到英國肯特郡海邊避暑勝地藍斯蓋特度假說起的，寫得很有人情味，最後歸結到「馬克思該去度假；中國人民該去度假」。

他甚至替馬克思寫了一篇〈馬克思先生論香港的一九九七〉。十九世紀的馬克思如何去論二十世紀末的事？他從《路易‧波拿巴的霧月十八日》中《集句》而成，只是加一些原來沒有的文字在一些括號中。他說這是一個「嘗試」，承認這是出於「編者想像」。又是一篇怪異的「編者文章」！和用武俠小說〈薰香記〉談論「九七」一樣怪異。

還想談談另一篇〈境界〉。董橋說，王國維的三段境界論給人抄爛了，他要抄毛澤東三段詞談境界：「此行何去？贛江風雪迷漫處。命令昨頒，十萬工農下吉安。」此第一境也。「四海翻騰雲水怒，五洲震盪風雷激。要掃除一切害人蟲，全無敵。」此第二境也。「往事越千年，魏武揮鞭，東臨碣石有遺篇。蕭瑟秋風今又是，換了人間。」此第三境也，但是，還有人有「衣帶漸寬終不悔，為伊消得人憔悴」那樣的心情麼？董橋不說，你說呢？

董橋又是怎樣看散文，看別人和自己的散文？

他說，他絕對崇拜錢鍾書的識見（是崇拜，不是說別的），鍾愛《管

錐篇》，但認為錢鍾書的散文有兩個缺點，一是「太刻意去賣弄，而且文字太『油』了」，也太「順」（Smooth）了；一是「因為『油』的關係，他的見解很快就滑了出來。太快了，快得無聲無息，不耐讀」。這真是直言無忌。就年齡來説，也許還可以説是童言無忌。

他説：「散文須學、須識、須清，合之乃得 AIfred North Whitehead 所謂『深遠如哲學之天地，高華如藝術之境界』。年來追尋此等造化，明知困難，竟不罷休。」又説，有學，才有深度；有情，才不會枯燥。他還指出：「散文，我認為單單美麗是沒有用的，最重要的還是內容，要有 Information，有 Message 給人，而且是相當清楚的訊息。」他更表示：「我要求自己的散文可以進入西方，走出來；再進入中國，再走出來；再入 …… 總之我要叫自己完全掌握得到才停止，這樣我才有自己的風格。」

其實已經有了「董橋風格」了。對他的文章讀得多的人不必看作者的名字就會説：「這就是董橋！」

我想起董酒。這名酒初初大行其道，在香港還是稀罕之物時，我從內地帶了一瓶回去，特別邀集了幾位朋友共賞，主賓就是董橋，不為別的，就為了這酒和他同姓，他可以指點着説：「此是吾家物。」在我看來，董文如董酒，應該是名產。董酒是遵義的名產，董文是香港的名產——確切些説應該是香港的名產，它至今在產地還沒有

得到相應的知名度。

我並不十分歡喜董酒，看來董橋也是，他似乎根本就不愛酒。我也並不一定勸人喝董酒。

但勸你一定要看董橋！用香港人的習慣語言，他的散文真是「一流」，不僅在香港，在台灣，也在中國大陸。我這是說文字，儘管我並不同意他的一些說法和想法。

董橋的散文不僅證明香港有文學，有精緻的文學，香港文學不乏上乘之作，不全是「塊塊框框」的雜文、散文。他使人想起余光中、陳之藩……他們大約只能算半個香港或幾分之幾的香港人吧。董橋可以說就是香港人。

你一定要看董橋！

一九八九年二月

丹青是燦然的，不朽的

——懷念林風眠老人

一

在離別了快十年的人當中，最希望再見到的人之一，就是林風眠老人了。這希望如今已是破滅。

風眠老人離我們而去，是出人意外的，是使人傷心的。

九十多歲的人了，他的大去為什麼還會出人意外呢？也許和他的形象有關，他雖然清癯，卻頗為清健，一點也沒有龍鍾的老態，説話清爽，行動俐落，並不使人感到是一枝風前的殘燭。

也許又和他的作品有關，他的畫從二十年代到八十年代（九十年代的還沒有見過），總是保持着喜人的清新，雖然晚年所作的風景人物明顯的帶着蒼勁。蒼勁，而依然不失清新。至於那些仕女以及裸

女，就更是青春與清新了，使人想不到那是八九十歲的人畫出來的。

他是二十世紀的同齡人，我們曾經希望他至少能活一百歲、一百零一歲，能夠跨過整個舊世紀，進入新世紀，那多好！我們又不是沒有百歲或百歲以上的老壽星，就是這樣的老畫家，也有。我們因此傷心了。何況他又是那麼好，那麼對我們好的人。

認識他的人都知道他是一位大畫家，真正夠得上稱為大師的大畫家。不認識他的人恐怕很難相信他具有大師的大，因為一點也不像，一點沒有什麼大架子。他是平易近人的，平易得就像一個普通的老頭。他是樸素的，樸素得就像一個土老頭，光禿的腦袋，沒有什麼洋味的衣衫，真有點土。除非你細細領略了他一言一動的精神風貌，才會有不平常的感受。由這而有了進一步的認識，就會懂得這是人們愛說的平凡的偉大。

平易近人是那麼好！他對我們一家也是好得出乎意外。一家三代人，兩代人都出了事故，他總是很關心，像關心自己的子侄、自己的孫輩。總是一次又一次地慰問：身體好的時候，親自上高台到我們家裏來；如在病中，不是親自打電話來就是要馮葉（他的義女）打電話來。逢年過節，總是少不了好些禮物。如果去探望他，請他出去吃一頓飯，他也是「認真俾面」，欣然命駕，而且還由他付錢。許多人都知道，他在香港這十多年，有如隱居鬧市，一般應酬往往

是婉謝的。說他到老也不失赤子之心，見了帶去的不到十歲的小孩特別高興，這也許是一點點原因，卻絕不是全部。他對我們的好處，真是「最難消受老人恩」！又要想到他的平易近人，正是這樣，我們不到十歲的孫女也敢班門弄斧，敢在他面前畫起「給林公公拜年」的畫來了。

二

「林公公」真是好脾氣的人。好脾氣卻不是沒有犟脾氣，有些事情他不願去做，你再求他勉強他，他也決不會做。這裏就不想舉什麼例子來證明他的有所不為了。

有可不為而後有所為。

倒想舉一個有可為的例子。「文化大革命」開始後，他把自己幾十件精心的作品浸在浴缸中搗成紙漿，倒在抽水馬桶裏把它沖掉。但「十年」過去後，他說起這件事時是顯得並不平靜的，有一點輕微的激動。聽的人有更大的激動。這也顯出他的犟脾氣，一個石匠子孫堅如鐵石的脾氣。他的祖父是雕刻墓碑的石匠，父親是畫師兼這樣的石匠。

還是看看他的〈自述〉好：「我出生於廣東梅江邊上的一個山村裏，

當我六歲開始學畫後，就有熱烈的願望，想將我看到的、感受到的東西表達出來。後來在歐洲留學的年代裏，在四處奔波的戰亂中，仍不時回憶起家鄉片片的浮雲，清清的小溪，遠遠的松林和屋旁的翠竹。我感到萬物在生長、在顫動。當然，我一生所追求的不單單是童年的夢想，不單是青年時代理想的實現。記得很久以前，傅雷先生說我對藝術的追求有如當年我祖父雕刻石頭的精神。現在，我已活到我祖父的年歲了，雖不敢說是像他一樣的勤勞，但也從未無故放下畫筆。經過豐富的人生經歷後，希望能以我的真誠，用我的畫筆，永遠描寫出我的感受。」

這不是〈自述〉中的一段文字，是它的全文，還不到三百字的全文。簡單明瞭，清爽利落，卻又有詩意。文風也有林風——林風眠風格。

三

林風眠風格是包含着整個林風眠的人格、文格和畫格的。作家畫家，主要是畫格。當然，畫家也是人，首先是人格。

畫家黃永玉說：「林風眠為後人留下了寶貴的財富，包括他的藝術，他的人格。」又說他是一個「真正的人」。

美術評論家黃蒙田提出了「林風眠風格」。

作家黃俊東還強調過:「林風眠就是林風眠」。

是的,林風眠就是林風眠。

就是林風眠。看他的畫看得多了的人,一畫當前,一看,就知道那是林風眠了,不可能是別人的作品。如屬偽作,那是看畫的人眼力不高,是另一回事。

林風眠的風格是突出的。他早已形成了自己的特色。我是外行,不能清清楚楚說出什麼中國傳統、西洋表現主義、後印象派以至野獸主義……我只知道,這是林風眠。

「這到底是中國畫還是西洋畫?」我不管,就知道這是林風眠。一定要說,我還是要說,是中國畫,吸收了西方精華的中國畫。

「好像西洋畫的味道重。」你看那他很愛畫的仕女,是中國的還是西方的?他也愛畫的戲劇人物,是中國風味還是西洋風味?那風景中的山巒,是不是可以讀出一些黃賓虹的味道來?那幾頭白鷺的兩肢雙翅,是不是中國式的氣韻生動、飄然有力?

當然，那些「此中有真趣」的靜物，那些飽滿得要溢出畫面的花朵，那些綠滿池塘的白蓮，那些紅得像在燃燒的秋林，那些「枝頭亦朋友」的小鳥……都是傳統中國畫裏看不到的。看不到卻應該知道，那是林風眠在中國的宣紙上，用中國的筆墨和顏色畫出來的水墨畫。儘管有些看起來有點像油畫，卻不是油畫。

這許許多多，既有舊的傳統，也有新的技巧，渾然一體，而成新趣。這就是林風眠之所以為林風眠。這就是林風眠就是林風眠。

四

沒有見到風眠老人以前，早就見過他的畫，早就喜愛了。在認識他以後，就逐漸有了幾張他的畫。有些是買的，有些是送的。

有一次他要送畫給我，拿出一些畫來給我自己選。我想要卻不好意思要，他一定要我挑選，我終於選了一張小幅的風景，他卻又硬塞了一幅白蓮給我。我在半推半就下又喜不自勝地收下了。這禮不輕，老人的情意真厚！

我喜歡他的蓮塘，也喜歡他的楊柳岸。我喜歡綠，它們都綠得化不開，尤其是蓮葉的綠意。楊柳的綠是雜有深深淺淺的黃的。

柳岸清新，暮天下的海岸卻是濃重的灰色，灰得近黑，黑得引人走入了一個風雨欲來的境界，使人想去迎接那風雨。

江頭白鷺，那是「俊逸鮑參軍」（楊柳岸因此是「清新庾開府」了），大有「平生飛動」意。

枝頭小鳥，有時鳥如葉（當然也可以說葉如鳥），像是在迎接滿帶露水的朝陽，也迎接小朋友或大朋友來作檢閱。

小鳥有稚趣，畫家有童心。那些嫻靜的仕女有青春之美，畫家把她們畫得更美。古典的味道很重。衣衫上着的粉總使人要想起曼殊的詩句：「蟬翼輕紗束細腰。」裸女是現代的。那豐滿的線條使人感到畫家在巴黎學藝術的日子所取得的高成就，也使人要想起中國古代的詩教：「樂而不淫」，只是美。

舞台人物有中國古典，有西洋技法，是很好的中西結合吧？如果不說它「洋為中用」。

還有那《痛苦》中的人物、《噩夢》中的人物、那些人生舞台上的人物，也是用西方的藝術方法來表現的。也表現了畫家並不在象牙塔中，而在十字街頭。

202

當然，他也流連風景寫山川，有一幅風景在錯落的山巒中，處處鮮紅如火一般的渲染，應該是秋林紅葉吧。那流火似的紅，紅得叫人心動，血脈賁張。留下了使人久久不能忘卻的鮮明的印象。

那些靜，室中桌上的靜物，那綠色的鮮果，是綠色的引誘。

那些花，瓶中盆裏散開如團的花，是生命的開放，使人心花也開放。

……

數説了這許許多多，原是想説出我特別喜愛的一些畫幅，誰知一下筆，就禁不住把風眠老人多種多樣的畫都羅列出來了，很難説出最喜歡什麼，它們使我無法偏愛。算了，只好這樣了。

五

雖曾打算有機會去聽老人談他的人生經驗，他的藝術經驗。也許可以記錄下來，把他的藝術世界的精微留給後人看。他對我談過三原則，作畫一定要有民族的精神、現代的風貌和個人的風格。

本來以為他活到百歲也不難。日子還有的是。

203

現在，他是溘然，我們是黯然。

丹青是燦然的，不朽的。我又想起他那《風景》中群山間如火的鮮紅，那是燦然的。

一九九一年八月十六日於北京

兩次武俠的因緣

我和梁羽生有過兩次的武俠因緣：一次是催生他的武俠小說，也就催生了新派武俠小說；一次是催生他對新派武俠小說的評論，也就是把新派武俠小說開山祖師金庸、梁羽生雙雙推上了評論的壇坫。前一件事許多人知道，後一件事知道的人就較少了。

三十年前的一九五四年，香港有兩派武術的掌門人到澳門去比武打擂台，幾分鐘的拳打腳踢，就打出了幾十年流行不絕的新派武俠小說龍爭虎鬥的世界。香港禁武術，要比武，得到澳門去開台。這一場太極派和白鶴派的比武雖然只打了幾個回合，卻造成了很大的轟動。有家報紙是把它當做頭版頭條新聞刊登的。我當時在《新晚報》負責主編的工作，在那一天的擂台熱中，突然心血來潮，想到何不在報上連載一篇武俠小說，來滿足這許多好勇鬥狠的讀者？編輯部幾個人一談，都認為打鐵趁熱，事不宜遲，第二天發預告，第三天就開始連載了。

我們是有這個條件的。《新晚報》其實就是《大公報》的晚報，日晚報是一家，兩個編輯部在同一層樓裏。梁羽生當時是《大公報》的副刊編輯，是一位能文之士，平日好讀武俠小說；金庸當時是《新晚報》的副刊編輯，也是能文之士和武俠小說的愛讀者。兩人平日談《十二金錢鏢》、《蜀山劍俠傳》……經常是眉飛色舞的。這時候，這樣一個臨時緊急任務就落到了梁羽生的頭上。他也就義不容辭地接受了下來。

說時遲，那時快，說幹就幹。當天的晚報已經出版，登載了比武的頭條新聞；第二天頭條新聞前的預告，就是梁羽生的處女作《龍虎鬥京華》次日和讀者見面。梁羽生是個快手，長篇的連載小說這就如期無痛分娩出來了。

這件事在當時真是易如翻掌的，就和平常的約稿、寫稿一樣，不算怎樣一回事。誰也沒有料到，它居然成了武俠小說史上的一件大事：新派武俠小說從此誕生了。

後來的傳說對於我們就真是新聞。說什麼這是經過香港當地的黨委鄭重討論過的，同意左派報紙也可以刊登武俠小說，還決定了由《新晚報》發表，作為嘗試。更有傳說，說決定這事的是北京，決定者是廖承志。越說越神了，其實事情哪有這麼複雜呢。不過，廖承志倒是歡喜看武俠小說的。據說中共的更高層中也有同好者。

有人曾說，這以前香港並沒有武俠小說，這以後才展開了武俠的境界。這也是一種可笑的想當然。香港報刊上是一直有武俠小說刊登的，不過故事和寫作都很老套，老套到沒有什麼人要看。到梁羽生出，才開了用新文藝手法寫武俠小說的新境界，使武俠小說改觀；金庸繼起，又引進了電影手法，變得更有新意。這就形成了新派武俠小說。顧名思義，可以想見在他們這些新派以前，已經有了舊派的存在，要不然，又怎麼會有新派之名呢？

金庸的繼起，是因為《大公報》見梁羽生的武俠小說很受讀者歡迎，要他寫稿；他一時難寫兩篇，他是《大公》的人，自然只能寫《大公》而捨《新晚》。《新晚》怎麼辦？好在還有一個金庸，也是快手、能文。他早就見獵心喜，躍躍欲試，這就正好。他的處女作《書劍恩仇錄》就以更成熟的魅力吸引讀者了。

梁羽生初出，有些勢孤；金庸後起，兩人以雙劍合璧之姿，大大地壯大了武俠小說的聲勢，奠定了新派武俠小說的基礎。

梁羽生、金庸寫作新派武俠小說，純粹是一個偶然；新派武俠小說在左派報紙首先誕生，也純粹是一個偶然。左派而影響擴大到香港許多報刊，更擴大及於台灣、南洋、歐美的華人社會，那就不是偶然了，它證明武俠小說還是很有生命力的。最後更在中國大陸上也大為風行，甚至有正統的文藝理論家奉之為「革命文學」，就實在

出人意外，如果不是對自己的腦袋先作一番「革命」，恐怕就無法接受這文學上的「革命」論。

無論如何，舊派的、陳腐的、奄奄一息的武俠小說，由金、梁創新成為新派的武俠小說後，已經歷三十年而不衰，而且產生了國際性的大影響。這固然和二次大戰後的世界形勢和華人流佈有關，但也表現了它自身的生命力量。它的化腐朽為神奇，征服了許多高級知識份子和海峽兩岸高級的領導人，是文學史上一件大事，也是它本身多少帶有革命意義的一件大事。

新派武俠小說誕生大約十年後，大陸上開始了史無前例的十年，就在那一個開始之年，我們在香港帶着一點不知不覺的懵懂，辦了一個「形右實左」的文藝月刊《海光文藝》。說形右實左，是指它的支持力量而言，內容其實是不左的，它兼容並包，願意不分左右刊登各種流派的文學作品，這兼這並，也包括了嚴肅文學和通俗文學。在當時，我們是把武俠小說嘗做通俗文學看待的，不像今天一些學者提得那麼高，但把它們置於文學之林，也已經算是對武俠小說不歧視，夠大膽的了。武俠而流於舊派的窮途末路，已經不登文學的殿堂。為了適應讀者的興趣，引起大家的重視，我們決定發表一篇金庸、梁羽生合論的文章，談論新派武俠小說在他們勇闖直前下的發揚光大。

作者找誰呢？首先想到的很自然就是梁羽生。當時金庸已經脫離了左派的新聞和電影的陣營，辦自己的《明報》，而且和左派報紙在核子和褲子的問題上打過半場筆戰了。把核子和褲子扯在一起，是因為陳毅當年針對着蘇聯和赫魯曉夫對中國的暗算，撤退專家，收回核彈樣品，嘲諷中國妄想造原子彈一事，說了一句「寧可不要褲子，也要核子」的憤慨話。《明報》和《大公》、《文匯》、《新晚》「三赤報」——三家左派報紙展開了筆戰。剛展開不久，「三赤報」就受到來自北京的制止，筆戰「無疾而終」，一場筆戰只能算是半場。左派和金庸以及他的《明報》，彼此儼如敵國，一般不相來往了。

《海光文藝》形式上不屬於左派，可以例外，還能刊登些金庸的文章和談論金庸作品的文章，因此準備在合論以後，繼續發表不同意見的議論，包括金庸的議論。

梁羽生很爽快就接受了我的寫稿的邀請，但卻提出了一個條件：發表時不用真名，在有人問起來時，要我出面冒名頂替，冒認是作者。我當然一口答應了。

這就是《海光文藝》上，從創刊號開始，一連連載了三期的那篇兩萬多字的〈金庸梁羽生合論〉。為了故佈疑陣，文中有些地方有意寫來像是出自我的手筆，有些地方還加上些似乎委屈了梁羽生的文字。有人問到是不是我寫的，我也不怕掠美，承認了是文章的作

者。一直到二十二年以後，我在為北京的《讀書》月刊寫一系列的香港作家，一九八八年寫到《俠影下的梁羽生》時，才揭開了這個小小的秘密。

我以為在這樣長時間以後，對這樣一件小事說說真話，是對誰都不會有傷害的事。誰知道卻傷了原作者梁羽生。海外居然有人做文章，說梁羽生化名為文，藉金庸抬高自己。這一回，倒真是委屈了梁羽生了。

事實上，我已經交代過，要寫這樣一篇文章的是我，不是梁羽生，梁羽生在聽到我的邀請時並不是面無難色的。他有顧慮，怕受到責備。他倒不是怕有人指責他用金庸來標榜自己。那時候，他以新派武俠小說開山鼻祖的身份，聲震江湖，以至南洋，金庸後起，名聲更傳台灣、海外，正是一時瑜亮，後來的發展是另一回事。梁羽生當時完全用不着藉金庸抬高自己。

由於文章是他寫的，他很自然地表現了謙虛，以「金梁」稱而不稱「梁金」。他說，論出道的先後，儘管應是梁、金，但仍稱金梁，一是唸起來順一點，二是曾經有過一位清朝的末代進士、《清史稿》的「校刊總閱」就名叫金梁（字息侯）。還有一個原因是他沒有說的，那就是他自己的謙虛。在私下，他們兩人開玩笑時是以師兄弟相稱的。梁自然是師兄，因為他不僅寫武俠在先，也比金庸要大兩歲。

在合論的文章中，梁羽生實事求是地分析了各自作品的特色和優缺點，如金庸是「洋才子」，他自己有中國名士味；金庸小說情節變化多，出人意外，他自己則在文史詩詞上顯功夫。這裏面沒有對金庸的故意貶抑，更沒有對自己的不實的吹噓。

他把自己和金庸連在一起作合論，首先受到的指責是來自左派的高層。報館的領導有人認為他是在為金庸作了吹捧。當年筆戰不了而了，左派中人對金庸敵意方深，不罵他已經算是客氣，去肯定他那是期期不可的。不止一位領導曾經在看了合論之後嚴厲批評梁羽生，有人甚至警告他，這樣稱讚金庸，當心將來「死無葬身之地」。他受了這樣大的委屈，直到二十九年後的今天，才向我透露。比起來，今天那些蜚短流長說他藉金庸捧自己的說三道四，就只是以小人之心度君子之腹了。

梁羽生在那篇合論中，對自己也對金庸作了褒貶。既有對金庸的批評，也有自我批評。文章還在，找出來重讀，就不難明白，那的確是實事求是的。

合論發表後，我請金庸寫一篇回應的文章，也希望他能長槍大戟，長篇大論。他婉轉拒絕了，但還是寫了一篇兩千字左右的〈一個「講故事人」的自白〉，登在第四期的《海光文藝》上。我是有些失望了，當時的一個主意，是想藉他的大文，為刊物打開銷路。梁羽

生並沒有要藉金庸抬高自己，我們的《海光文藝》倒是有這個「陰謀」的。那些嘲罵梁羽生的人，其實應該掉過頭來，罵《海光文藝》才是。

金庸在他的文章中，謙稱自己只是一個「講故事人」，如古代的「說書先生」，把寫武俠小說「當作種娛樂，自娛之餘，復以娛人」，不像梁羽生那樣，是嚴肅的「文藝工作者」。「『梁金』不能相提並論」。他帶着諷意地說：「要古代的英雄俠女、才子佳人來配合當前形勢、來喊今日的口號，那不是太委屈了他們麼？」

但是不久以後，「文化大革命」來了，金庸卻以他的《鹿鼎記》的「英雄俠女、才子佳人來配合當前形勢、來喊今日的口號」了，儘管他的「配合」只是反其道而行地諷刺毛和「文革」，卻也成了一點點自我嘲諷了。

這已經是快要三十年前的往事。世易時移，發生了許多變化，這許許多多的變化不見得比金庸、梁羽生小說中的情節更不離奇，更不使人驚歎或慨歎。

這些年來，遇見一些對新派武俠小說感到興趣的人，總愛半開玩笑半當真地說：「沒有你，就不會有新派武俠小說了。」哪有這回事！當今之世，人們有這方面的閱讀興趣，這就注定了新派武俠小

說發展的必然性，我當時不過適逢其會，盡一個編輯人約稿的責任而已。我約稿，梁羽生、金庸寫稿，這一切都是偶然。但他們兩人終於成為新派武俠小說的大師，卻是必然的，他們有這身手，必然要在雕龍、屠龍上顯現出來。我只不過是可以被拿來開玩笑的材料罷了。

我還要說一點小小的秘密。不要以為我和新派武俠小說有過這種可笑可喜的關係，就一定有密密切切的關係。新派武俠小說我其實讀得並不多，梁羽生、金庸都著作等身，我至今讀過的也不過各二三部而已，不讀則已，但一讀就津津有味，廢寢忘餐。這是我的又一個小小的秘密。

一九九五年十二月

小記蕭銅

儘管不是火傷奪去了他的生命，蕭銅總還是在一場火災後離開這個世界的，掙扎了兩個月也是徒然。他的妻子楊明的女兒鳳凰從日本來看望他們兩人，但他卻不能如傳說中的鳳凰般在火中復活，而是長逝，使人只能感到哀傷。

我們都叫他「蕭先生」，雖然知道他並不姓蕭。身份證上記載着他姓沈，名健中。六十年代以前還在台灣時，他姓生，名鑑忠，訃聞上他的數位兄弟的姓名證明了這才是他的原來的姓氏，他們都是忠字輩的生家的子孫。但傳說他們原來也不姓生，而是姓年，是清朝雍正皇帝手下大將軍年羹堯的後代，年羹堯以功狗而驟被誅，據說後人避禍，改姓為生。但清以前就已經有姓生的人。年羹堯是滿洲的族人，蕭銅卻是江南的鎮江人。傳奇性的故事好像和他們家沒有多大關係。

有人說，蕭銅的諧音是小童。只是，為什麼不是蕭桐呢？蕭蕭驚落木，天地一孤桐，更有詩意。

蕭銅不是有這種詩意的人，但他卻大有童心。他喜歡看連環圖畫，見了就買，買了就看，看了並不就隨手拋棄，他是少有的連環圖畫收藏家。他以愛書、藏書出名，藏的並不是什麼經、史、子、集的善本、珍本，主要是兩大類書，一類是有關戲劇的，一類就是連環圖畫。龔定庵是「六九童心尚未消」，他是六十六歲還看連環圖畫的人。

我曾經在買到的文藝書籍上，發現有「生鑑忠」的圓章，知道那是他的藏書的流失。沒有發現「沈健中」，也沒有「蕭銅」。沈健中顯然是他在人民入境事務處的廣東籍官員面前說了標準的北京話，叫的人想不到有人會姓「生」，那就由他馬馬虎虎報上沈健中算了。

至於筆名，除了早年寫小說用祥子這筆名，很可能由於是受了老舍的《駱駝祥子》的影響，其餘如趙旺、賈六、花得雷、金大力……幾乎都是京戲人物的名字，他寫雜文、小品時隨手拿過來就用上了。我對京戲實在外行，不能一一找出它們的出處。

用得最多的還是蕭銅。在台灣，用祥子的筆名出過小說集，我沒有看到。在香港，用趙旺的筆名出過《無風樓隨筆》，用蕭銅的筆名

出過《京華探訪錄》，長篇小說《風塵》……也用祥子的筆名發表過小說。他晚年寫得最有權威的京戲和地方戲的評論文章，用的筆名也是蕭銅。蕭銅就像是他的本名。

他的京戲評論是的確權威的。他從小就看京戲，大了還「票」過京戲，懂京戲，愛京戲，談起來頭頭是道，句句中肯，來香港演出的劇團，都很留意他的評論，常常用來糾正自己的缺失。

他也寫電影劇本。在台灣寫了兩百多個台語片劇本；在香港，寫了《我又來也》等劇本，拍成了電影。

他的戲癮很大，為了看馬連良、譚富英、裘盛戎、張君秋這些名角從北京到香港的演出，他一九六一年從台灣來到了香港。有人説，他從此回不了台灣。看戲固然是他來香港的直接動機，但事實上他也已經有了離開台灣不再回去的心理準備，行前他把一些心愛的書送人就是證明。

他在香港一住下來就是三十四年，佔了他六十六年生命的一半歲月以上。

初留香港時，他是電影界。圍繞着李翰祥這個導演，他和宋存壽等人在邵氏有一個搜集資料、編寫劇本的小組。宋存壽後來也成了有

名氣的導演。胡金銓、田豐、喬宏都是比較意氣相投的同事、同行。在台灣,還有李行一些人。

在台灣,他編過《華報》、《大華晚報》、《自立晚報》的影劇版,但他主要不是新聞界。

他在邵氏的時間不長。當李翰祥離開邵氏到台灣自辦國聯求發展後,他在香港就靠寫作為生了。

他在香港的寫作生涯開始於《新晚報》。當時主持《新晚報》副刊的是用藍湖的筆名寫影話的高朗,是高朗把他引進這條爬格子的路的。高朗是從寫詩開始的作家,蕭銅和這位詩人比較合得來。

和另一位也寫影話的詩人何達就不怎麼氣味相投了。一次旅行中同住一房,你要開燈,我要關燈,我關燈,你開燈,你開燈,我關燈,這樣一開一關,又一關一開的鬥氣,就是他和何達鬧出的喜劇。

他少年氣盛,直到五十歲以前,還是氣盛,一言不和,一點事看不慣,就容易和人家吵起來。這裏有文為證,是從《三次上京記》抄下來的。那是一九七八年十一月底,他從上海回廣州的火車中。

「同一節車廂有個香港旅客寧波肥佬,此人面目可憎,言語無味,特

別健談。還沒開車，就與同車旅客誇誇其談，開口就是香港如何如何，喋喋不休，我想睡個午覺也被他吵得無法安眠。這肥佬據説是香港某保險公司的職員，他對同車旅客説，他腳上的那雙皮鞋價值人民幣五十元，那些旅客莫測高深，唯唯而已。

「晚飯後，寧波肥佬又對一個上海人説：『上海的麵勿好吃啦，阿拉香港的澳洲麵交關好吃啦！』

「一位戴眼鏡的上海人，是個出差的，説：『澳洲就是澳大利亞。』

「『勿是啦！』寧波肥佬哇啦哇啦：『澳洲勿是澳大利亞啦，澳洲是澳洲啦，澳大利亞是澳大利亞啦！』

「我忍無可忍，自臥鋪上跳起來，對着這個不識之無的香港寧波肥佬，予以迎頭痛罵，罵得他停止了他的『獨唱會』，悄悄回到他的臥鋪去睡覺了。」

罵得真是痛快！差點沒打起來。

這一年，他還只有四十九歲，不到五十歲。「少年氣盛」！

就在不到一個月以前，在北京——

「我們來到老舍先生的故居——正在整修中。

「我們與舒師母（老舍夫人胡絜青）、舒濟小姐同在一屋裏聊天，我不知説什麼樣的語言來安慰舒師母。我説着説着，嗚嗚失聲，痛哭流涕，使得全屋子的人都為之愕然與黯然。

「我的失態，實在是情不自禁，實在是控制不住……

「……走回旅館，回到房裏，芳愀然不樂説：『今天晚上你怎麼搞的？你那麼一哭，舒師母和小姐都怔住了。』」

芳就是他妻子楊明。

不過，哭得也是痛快！敢罵、敢哭，這就是年輕一些的蕭銅。我猜想他也敢打，少不了和人打過架。

只是到了他最後的十多年，他就比較「爐火純青」了。對於許多事情，都用「沒關係、沒關係」來淡然處之。只看到他的任何一面，都不是完全的蕭銅。

《三次上京記》是第三次上京，那是他一九四九年離開大陸到台灣後，第三次由香港去北京。這以後，他還去過多次。他是長江邊上

的江南人，但就像燕山腳下的旗人一樣，北京是他青梅竹馬的「故鄉」，他一身京味，從語言到文字都是，從豆汁到二鍋頭都在他飄泊於台灣、香港時的夢寐之中，一有了可能，就要朝着燕雲奔去，一次又一次，以慰鄉思。

他總是先去江南，後去塞北。「文革」中他的母親被「疏散」回了江南，上海又是他妻子楊明的家鄉。好幾次，他都是先送楊明到上海娘家，然後單人匹馬上北京，陶醉在那京味的生活裏。幾十天後，才盡興而返。

他在彌留之際最後的清醒中，不能説話卻還可以寫字時，最後的一張字條上寫的是：「我想吃餃子，帶二兩白乾。」北京人的一句俗話：「好吃不過餃子，好看不過嫂子。」是用兒童的口吻傳出的心聲。

他去世後，《讀書人》月刊上重登了他的一個短篇：《有一年的除夕》，就是充滿京味的過年吃餃子的故事。這篇東西是我們在「文革」興起的一九六六年辦《海光文藝》時，他應邀而寫的，寫得很不錯。《讀書人》付了他三毫子一個字的稿費，這恐怕是他一生中拿到的最高稿酬，可惜是死後！

在「文革」末期他有一次準備隨一個統戰性質的旅行團作江南之行時，出發前，新華社香港分社宣傳部中有人忽然通知我：不能讓蕭

銅去，他有特嫌（還是肯定他就是國民黨特務，我記不清了）。那
回他因此被刷了下來，沒有去成。

當他出殯那天，靈堂上宣讀了新華社的一封唁電，讚揚他「一生致
力於新聞及文學藝術活動，弘揚祖國優秀文化，貢獻良多」時，回
思往事，真有些不是味道。當然，這稱讚和讚他「一生為人耿直，
忠於友情，樂於助人」也都沒有脫離事實。正是這樣，就更令人感
到有些「昨非」。後來的多次旅行，不正好證明了那「內部鑒定」的
胡說八道？

喪禮過後的第二天，報上有人說，蕭銅「曾經還服侍過蔣總統，掌
有第一手國共鬥爭內幕資料」，真不知道是何所據而云然。這和說
他是特務，正有異曲同工之妙。又說他的專欄一個一個被砍掉，是
自由市場的規律，怨不得誰，為他的不幸表示同情也受到嘲諷，甚
至於還說他「身後蕭條，自己的責任似乎更大，按說老前輩生前喜
歡無緣無故罵人，那麼又怎樣希冀人家的關切呢」？

罵人未必一定對，也不一定不對，像上面那樣的罵那香港寧波肥
佬，是不是「無緣無故」？我也是曾經被他連罵了十天半月的人，為
了我主編的報紙發表過文章，同情他的為稻粱謀而爬格子的辛苦，
他以「丈夫何必受人憐」的心情拒絕了這同情，既罵作者，也罵編
者，還罵我這被他讚過對他喜好的主編。我們對他，都能諒解。後

221

來他在別的報上的專欄一個一個被砍掉和他的善怒能罵並不相干。

我們幾個朋友,曾為他只剩下半個專欄而着急,替他向幾家報紙進言,希望還能爭取到一些用文之地,但都失敗了,毫無辦法,市場規律在起着主要的作用。

最使人歎息,而又只能徒喚奈何的,是他在這種困境之下,接受了一位副刊編者的好意,寫了些十天完的黃色小說。這是那位編者親口告訴我的。我默然久之。我們能責備他和他麼?

喪禮過後的第三天,我又讀到這樣的文字:「蕭銅最值得敬佩的就是不因窮而改筆炮製媚俗或鹹料文章……」這當然不是嘲諷,我們該怎麼說才好呢?

他是的確沒有寫媚「左」的文章企圖取得某些好處的,加「鹹」就未能免俗了。我還能責備他「為五斗米折腰」?

我並不因此改變對蕭銅應有的敬佩。當此時此地,有人以「鹹」為時尚,為豪放,為可以沾沾自喜而炫耀於人時,我只能為他被迫製造市場經濟的如此商品感到十分委屈了。

一九九六年一月

徐訏的女兒和文章

半年以前，是徐訏先生逝世的十五周年。我想寫點什麼，終於未寫。那也是葉靈鳳先生逝世了十周年的日子，我也有寫點什麼的想法。因此而又想到逝世已經二十三年的曹聚仁先生。

想到他們，是因為我彷彿記得，我的第一次和徐訏見面，好像就是曹聚仁邀請我們幾人小酌。他們三人是三四十年代在上海就相熟的朋友了。

我們叫曹聚仁做「曹公」，我和他一見面，就愛說笑，「欲破曹公，須用火攻」。我們叫葉靈鳳做「葉公」，免不了要笑他「葉公好龍」。只有徐訏，並不熟，沒有叫他「徐公」，徐公在歷史上也找得出，那就是有美男子之名的「城北徐公」。徐訏也可以算是美男子吧，有人說他長得像周恩來，他自己也愛說「同遮不同柄」，同相不同命的笑話，自歎是遠不如「周公」了。

223

他們三人都是從上海來的。葉靈鳳來時是抗戰之初，時間最長。曹、徐兩位都是解放之初來，誰早些誰遲些，我也不清楚。只記得曹聚仁來得喧嘩，徐訏卻是來得沉默的。曹聚仁以他公開發表的「南行篇」在報上開路，對中共有議論和批評，事情本來平常，卻引起了左派的聲討，我也是參加聲討的一人，直到多年以後，才悟昔日之非。

曹聚仁和徐訏後來合作辦過《創墾》、《熱風》，似乎還有《筆端》這些雜誌。但兩人卻是常懷異見，時有譏評，見面時也還是不免有頂撞的，印象中以徐對曹的批評為多。但兩人還是不失為朋友。

我和徐訏認識以後，有時也就在朋友的宴集之中和他相見。我倒沒有他往往顯得神情落寞的印象，見他還是有說有笑的，最愛說的是他長得和周恩來有些相似，而命卻大不相同，他說的是古代一個當朝宰相和尋常百姓的故事，兩人都有一把大鬍子，那做百姓的常常被人笑罵，就只得一把鬍子還像個樣子。他說時往往自己先就笑了起來。

他這個大作家並不是我約稿的對象。「文革」開始之年，我們辦《海光文藝》這個刊物，當時還不怎麼認識他，我是認為他太頑固反動，沒有把他列入「統戰」約稿的對象。到後來比較熟悉了，也沒有想到他可以替《新晚報》的文藝副刊寫稿。只有一回，我約他寫

了一篇不算文章又算文章的文章，那卻是為內地的一本書約的稿。

那是北京語言學院編輯、四川人民出版社出版的《中國文學家辭典》。參加編輯工作的朋友委託香港的人替他們向香港作家徵求小傳，我是受託去約徐訏的人，他寫了交來，還附了一張素描的畫像。《辭典》現代第二分冊刊出的徐訏那一篇，就是出於他自己的手筆。儘管寫得乾巴巴一點，像一篇材料，不像傳記，但還是可以當做他的佚文吧。《辭典》中有關香港作家的部分，可以說絕大多數都是作家們自己寫自己，不是他人的筆墨，都可以算是他們的佚文。其中如有讚許之詞，多數都帶有自讚的成份，至少是作家自己認可了的他人的讚許。

這是一九七九年的事。大約是在這個時候，他向我提出了一件私事，問能不能幫忙。他希望把在上海的女兒葛原接到香港來團聚。我答應他試一試，就把情況向上級反映，從此就沒有下文。他告訴我，申請早已進行，只是批准看來不易。他說，像他這種情況是有困難的吧。孩子生下來不久他就來了香港，幾十年不見，已經成人了，人老了，很想看看她長成了一個什麼樣子，也想盡盡為人父的責任，培養她成材。

我一直在等消息，沒有消息就不敢和徐訏提起這件事。到了第二年，到了徐訏因肺癌去世，消息才傳到我的耳中，葛原已經得到批

准，來了香港，而且又快要回上海了。

告訴我這個消息的，是司馬璐。他一邊告訴我葛原來了，但是不見容於這裏的人，不讓她住進徐家，甚至初時也不想讓她參加喪禮，後來同意她出現靈堂，但要她在喪禮第二天就回上海去。司馬璐另一邊就向我建議，要我也不必去參加喪禮，因為台灣方面生前雖然對徐訏冷落，死後卻包辦了他的喪事，整個氣氛不適宜我也插進一腳，踏進靈堂。他還說，有人還不願葛原和我接觸，怕會橫生枝節。

司馬璐是好意，但我考慮以後，還是決定去殯儀館，向徐訏作最後的敬禮，但不作更多的逗留，行完禮就告退，免得有人多心。我當時也不知道葛原處境的困難，不想多事，也就沒有要求見她一面。

出殯那天，我匆匆去了，又匆匆回報館，當天親自寫了一段新聞發刊在晚報上，由於並沒有派記者去。第二天，又在副刊上寫了一篇短文，「徐訏離人間世」，以表個人的悼念。

我當時採取的是不挑戰也不迴避的態度。報道和副刊文字是表示於公於私我們對一個著名作家的尊敬。

我本來不怎麼記得寫過這篇短文，是翻看《徐訏紀念文集》中劉以鬯的「憶徐訏」，他提到絲韋當時寫過一篇「徐訏離人間世」，談到

魯迅寫過兩幅字給徐訏，我才記起這篇短文，但不記得具體還說了些什麼。

徐訏寫過一篇「魯迅先生的墨寶與良言」，說到這兩幅字。後來上海出版魯迅的手跡印了出來，我曾經問過他，是不是還在他手邊，他說沒有帶出來。

《紀念文集》中有這兩幅字，顯然是翻印上海出版的集子。其中一幅是橫幅，是從左傳到右的直書四行字：「金家香弄／千輪鳴，／楊雄秋室／無俗聲。」另兩行落款，「李長吉句錄應伯訏先生屬，／亥年三月魯迅。」寫在右下角。這樣的寫法少有。亥年是乙亥，一九三五。

我那篇小文用「離人間世」做題目，是因為我早接觸到徐訏的詩和文，就是從《人間世》和《論語》看到的。我那時還是中學少年，他已是名滿南北的作家了。

徐訏去世後好幾個月，我收到了葛原寫來的一篇文章，不記得是司馬璐還是別人轉來的，寫她從上海一個人孤零零到香港會父的遭遇，吃盡了苦頭，受盡了淒涼，總算在襁褓中和父親生離幾十年後，得再和他作了十幾二十天的慘慘戚戚的死別。我這時才深悔當時沒有設法和她見一面。

葛原的文章在《新晚報》上刊登出來了，我至今不知道引起了什麼反響，只是心中有個結，總希望有機會見到她，向她表達我的一點慰問和歉意。但我沒有和她聯繫的線索，因為後來司馬璐去了美國。

再過一年，我去了北京幽居。後來好像是通過苗子、郁風，才和葛原聯繫上的。這時才知道她為什麼叫葛原，因為母親姓葛。從小就「失去」父親，她只有從母姓。就算沒有「失去」，像這樣一個「反動文人」的父親，她們在那樣的環境裏，也是不適宜對他表示認同的。

我也是在劉以鬯的「憶徐訏」中，看到了這樣一句話：抗戰勝利「那時候，徐訏心情很好，結識了一個女朋友，姓葛。」她就是葛原的母親了。猜想當年兩人的感情還不錯，要不，徐訏就不可能「心情很好」。

我九二年為看學林出版社《聶紺弩詩全編》最後的清樣，從北京去過上海一趟。這就有機會見到了葛原和她母親葛老師，多年來她一直是個優秀的教育工作者，現在退休了。母女都是老實人，老實得不像「上海人」。

在北京的時候，我決定送一套台灣出版的《徐訏全集》給葛原。她手邊根本就沒有父親的著作，一本《徐訏紀念文集》也還是我把自

己那一冊轉送給她的。我託香港的家人辦《全集》的事，她們分幾次才買齊了或基本買齊了一套。為了進口的無失，又轉託了一個大出版機構，以他們的參考用書的名義進口，誰知許久都沒有下文。追問之下，說是已經運進多時了。左查右查，沒有下文還是沒有下文。我只好另起爐灶，從頭來過，再買了一套，總算完成了送到葛原手上的心願，總算讓她不辜負是徐訏女兒的身份。

徐訏是不止一個女兒的。在香港，人們知道的是在美國的徐尹白（她的哥哥徐尹咫在台灣）。聽人說，徐訏還有一個女兒在湖南，可能是他最大的孩子。《紀念文集》上有一張照片，是一九三五年拍攝的，其中有徐訏和林語堂兩對伉儷，這位夫人看來當是徐訏的第一春，湖南小姐的母親。葛老師是四十年代的第二春。年譜記載，一九五四「在台灣與張選倩女士結婚」就是五十年代的第三春了。

但徐訏還有一個女兒，那就是女作家三毛。三毛是叫徐訏做「爸爸」的，而不是「乾爹」。她實際上是徐訏的義女。

這個「義女」後來有一件事似乎欠一點義。她到了上海，去結交另一個「乾爹」、漫畫中男孩子三毛的「生父」張樂平，葛原知道有這麼一位大有名氣的「同父」異姓的姐姐時，滿懷熱情去看她，希望從她那裏知道多一點自己生父的情況，誰知受到的卻是十分冷淡的對待，不知這是三毛對葛原的身份有懷疑，還是對她的地位有輕

視，總之是顯得不怎麼友愛。葛原終於把初見三毛時受到的一點薄禮，折價購物送還，來而有往，禮也。事情做得對，事之宜者，義也。葛原人不錯！大陸上雖然有許多人「團結一致向錢看」，卻也並非人人都是勢利小人。

葛原在一個工廠裏工作，母女兩人生活是清苦的，多年來她們沒有得到徐訏經濟上的什麼照顧，徐訏也顧不了她們。葛原在最後為父親送終時，也沒有得到什麼遺產。她離開香港回上海時，帶回去一件禮物——一個電視機。這當然也是一種善意的表示。此外，那就真是身無長物了。

改革開放以來，內地重印了一些徐訏的著作，其中也有就在上海出版的，但作為徐訏的女兒，葛原卻得不到絲毫的版稅，由於她並不是徐訏遺囑上的承繼人。至於香港、台灣、海外出版物，她當然更沾不上邊了。但看來，經濟上最陷於窘境的卻是她和她的母親。

內地好像也有人改編徐訏的小說為電視片，不知道已經拍成了、放映了沒有。當然，那也是和葛原不相干的。

「清官難斷家務事」，這也就不該由我們這些旁人多所饒舌了。

徐訏，訏是宏大、和樂。

想起葛原，我總是想吁。

一九九六年四月八日

半山一條文學徑

原來在香港島的半山，還可以串起一條彎彎曲曲的文學徑，從文武廟附近開始，輾轉反折，而到太平山另一面的淺水灣。

離文武廟不遠就是紅磚屋的基督教青年會，在那看來不大的建築裏，卻有個可容幾百人的禮堂，在那裏，魯迅曾經作過兩次演講。

然後在堅道，羅便臣道宛轉迂迴，在奧卑利街，可以看到域多利監獄，日軍佔領香港時，戴望舒在那裏面寫下《獄中題壁》。

再從這一帶往西，可以轉到薄扶林道，那邊半山上，在林風泉響中，曾經有過他的林泉居。

未到薄扶林，羅便臣道有葉靈鳳住了幾十年的舊宅，戴望舒也寄居過短時期。現在能看到的，只是高樓大廈的新建築。

羅便臣道上，也曾有過許地山的面壁齋。從那裏再去薄扶林，在般咸道上就還可以看到他在港大中文學院任院長時的辦公室，藏在綠蔭裏。到了薄扶林基督教墳場，看到的就是他長眠之地，「香港大學教授許公地山之墓」了。

墓地遙望墓地，再到香港仔，那裏的華人墳場中有「蔡孑民先生之墓」。墨綠色的雲石碑上，閃着金字，出自葉遐庵的手筆。

墓地望不見墓地，從香港仔到淺水灣，曾經有過一株紅影樹守護着「蕭紅之墓」的木碑。現在是一點遺跡也看不到，只剩下「淺水灣頭浪未平」了。人們只能回味，先前徘徊在列提頓道聖士提反女校校園中想像當年蕭紅最後臥病的日子，議論是不是還有一部分她的骨灰隱藏在綠樹下的黃土中——這是端木蕻良告訴小思的。

願這紅磚屋百年不變

五十年不變？不，最好是一百年也不變，一百年五十年也不變，以至更久遠。

面對着這座紅磚的房子，我這樣想。這是荷里活道必列啫士街五十一號。

必列啫士街，多彆扭的名字！這譯名反映了當年香港文化風貌小小的尖尖的一角。

我來到這裏，是為了魯迅，我面對這座紅磚的建築，是為了魯迅。

魯迅六十多年前來到這裏，是為了一次演講、兩次演講，講《無聲的中國》、《老調子已經唱完》。就憑這一點，這座建築就應該成為「永遠的」了。永遠的基督教青年會！永遠的青年！

這才想到，九七就正是這兩次演講的七十周年。這是一個很有意義的巧合。

這些年來，這座城市是拆了又拆，建了又建。我不禁為這座紅磚的建築物擔憂。

它應當作為這座城市的文化古蹟保留下來。五十年代初看它時，就這樣想；四十多年過去了，更加這樣想。

我想找古蹟辦事處，想找文化藝術發展局。我想找也斯先生，想找李默女士：你們在一邊發展文化藝術時，也分一點小小的精力，做一點文化藝術的保護工作吧。請你們！

現在，地皮很值錢，拆建很賺錢。但魯迅先生遺留在香港的文化歷史陳跡是無法用錢來計算的，是用再多的錢也買不回的。

彭定康先生，彭制軍閣下（仿當年金制軍金文泰的稱呼）：你想九七光榮、體面撤回，最好在過渡期完成這件保護現代古文物的工作。

魯迅當年演講的地方

我在半山文學徑的起點處徘徊，禁不住要多看紅磚屋幾眼。眼看它被高高的竹架包圍着，顯然還在維修。

朋友後來告訴我，這維修已經進行了好些日子，紅磚屋有些地方已經被「修」掉，不過，那只是很小很小的部分，無損於原來的面貌。這就更加顯得它有必要正式加以保護，作為文物保存下來。

朋友進一步說，有人告訴他，屋子裏面有一個房間，是魯迅當年演講時的休息室，已經被「修」掉了。好在禮堂還沒有變動，還來得及保護。

這紅磚屋是應該受到關注的，它不似文物又是文物，不是古物卻比一般古物更有一段值得記憶的「古」。

在小思的《香港文學散步》中，附錄有列隨的〈魯迅赴港演講瑣記〉。原來作者是當年魯迅演講的記錄者，兩次演講《無聲的中國》和《老調子已經唱完》，都是他做的記錄，魯迅看過，只改動了很少幾個字，就成為定稿。原件送給北京魯迅博物館了。將來有機會，至少要存一份複印件在香港永久展出，最好當然是放在這紅磚屋裏，我想。

從這篇《瑣記》中，我才知道當年邀請魯迅來香港演講的，是黃新彥博士。這位老先生是英文《東方》（東方地平線）月刊的發行人。當年常有機會見到他，卻不知道是他使香港接近魯迅的。真是失敬！

《東方》的主編洪膺，曾是我多年同事，是很令人懷念的香港作家——也埋骨在香港的作家！

何人覓得蕭紅影？

「何人覓得蕭紅影？望斷西天一縷霞。」

記得在聶紺弩的一篇文章的前面引用了《西青散記》中這兩句詩句。總覺得有些奇怪，怎會有「蕭紅」這名字嵌在詩中呢？

我們就正是要尋找一點遺留下來的蕭紅影。

先到聖士提反女校的校園。園中有好些大樹，據說其中的一株樹下，埋葬有蕭紅的骨灰瓶。這是端木蕻良親口對小思說的。當年蕭紅生病，曾在聖士提反的臨時醫院中住過，她死後，端木就把骨灰的一半葬在園中。為什麼要一分為二，分葬兩地？另一半葬淺水灣是什麼人經手的？

小思從北京回來後，動過嘗試發掘的念頭。校方似乎試過，但一直沒有下文。

校園幽靜，高樹蕭森。能找到什麼影子？

我們只有到淺水灣去。那裏是的確曾經埋葬過蕭紅的。在一株紅影樹下，豎立過「蕭紅之墓」的木碑。紅影樹的正名是鳳凰木。這裏不宜用正名，最好就是紅影樹——蕭紅的影子，多好！

但我們看不到蕭紅的影子。紅影樹倒是有一些，只是那依稀就是墓穴所在的地方，卻失去了紅影樹，只有別的雜樹。

「淺水灣頭浪未平，獨柯樹上鳥嚶鳴，海涯時有縷雲生。欲織繁花為錦繡，已傷凍雨過清明，琴台曲老不堪聽。」聶紺弩的詞句使人有

輕微的傷感。

我們找不到十分準確的墓地，但又何必十分準確？只要蕭紅確確實實在那一帶長眠了十五個年頭就行了。骨灰是一九五七遷去廣州的。

「何人覓得蕭紅影？望斷西天一縷霞。」

留還是不留

我希望魯迅演講的舊址能夠保留，為香港留下一件值得紀念的文物。

我卻又曾經希望蔡元培的墳墓不要保留，把它遷回北大去。

很多人不知道，蔡元培的墳墓在香港；更不知道，就在香港仔的華人永遠墳場。

在兩個「蕭紅」之間——聖士提反校園的「疑塚」和淺水灣的遺蹟之間，有兩座文化名人的墳墓，一是薄扶林基督教墳場的許地山墓，另一座就是蔡元培墓。

蔡元培墓擠在華人墳場裏，記憶中有點擠得透不過氣來。在內地，看慣了平地的墳墓，一見這山坡上的墳場，大大小小的墳重重疊

疊，依山而建，就有些像看到活人住的山邊木屋區，有擠得透不過氣來的感受。第一次看到它，心裏就想：為什麼不把它遷回去，遷回北大呢？蔡元培一生是和北大分不開的，北大校園之大，已經容得下好幾座墳墓，包括一些外國教授，讓這位老校長回去長眠，豈不甚好？

因此一而再，再而三呼籲，還在《人民日報》副刊上寫過短文，編者說這回一定有回應的了，是《人民日報》登的啊！誰知就是這樣近在咫尺的聲音，也還是得不到理睬。

這回重到墓地，由於先去的是許山地墓，似乎還要擁擠，一到蔡元培墓，就覺得鬆了一口氣，沒有記憶中木屋的擠迫感。心想：不遷也罷！反正香港也要重新成為中華土。

小思是唱反調的，她說不遷最好！她總是為香港着想。

薄林有幸護落華

在薄扶林的基督教墳場裏，有一座並不起眼的墳，「沒有一朵花，沒有一炷香，寂寂的在那裏……」已經五十二年，「裏面埋着一個為香港做過許多事的有用的人，一個著名作家，許多香港人不知道」！

239

我也多少年都不知道，直到近年。

直到今天，我才站在他墳前。

他就是「香港大學教授許公地山」，墓碑上這樣寫着。從墓碑上知道，他只活了四十九歲，雖然從照片上總是可以看到他的那一把鬍子。

我們知道他的筆名叫「落華生」，多半讀過他寫的「落花生」。但半個世紀來，很少人知道他長眠在這個島城，這個半山上，忍受了幾十年的寂寞。直到有一天，有一位有心人根據墳場的編號，在一片墳頭中找到了這一塊青石碑。碑上字跡模糊，有心人叫她的弟子們來剔去苔蘚，填上金色，碑文才清晰可見，這墳墓才算真正回到了人間。

這有心人就是小思。現在她又引領着我們來掃墓。

她發現這墳墓時已經荒蕪了幾十年，沒有祭掃過，由於家人在遙遠的北方，由於兵荒馬亂和別的種種原因。現在它重回人間，總算可以讓知道他、尊敬他的人有可能到墳前獻一束鮮花了。獻給這香港文學的先行者。

比起來，它不如蔡元培墓顯赫。那也是一大塊青色的雲石碑，加上同樣大小三塊的墓表。一比，就使我不那麼認為蔡墓非遷走不可了。這邊似乎還擠迫一些。

幾十年來，到過香港的著名作家不少，但能長留島城，為海山生色的，就只有許公等二三人了。

黃永玉和沈從文夫人

一

四十多年前，我和黃永玉在這裏的一家報館是同事。我是新聞工作者，他是新聞機構裏的美術工作者。我記得最牢的是兩件事。一件是他在報館裏曾經和一位同事打過架，那是一位「老表」，後來去北京再來港成了「表叔」，這以前和這以後他們都是朋友，打架歸打架，也不過就打那麼一次。另一件是他住的地方，狗爬徑，他還寫過報紙的連載專欄《狗爬徑傳奇》，那地方後來正名為九華徑，雅得很！

我現在才清楚知道，他小時候是學過武的，師傅就是第一個打敗到中國來耀武揚威的俄國大力士的宋國福。不過好像那一次打架他也沒有顯出多少驚人的武功，可能是深藏不露。為什麼不索性打不還手呢？當然是少年氣盛了，大家都是二十幾歲。

242

他是湖南人。我只知道他在福建、江西流浪過,卻不知道和我們所崇敬的弘一法師打過交道,而且有過不敬。他十七歲那一年在泉州,到過弘一法師的廟裏,上過樹,摘過花,可能就是法師圓寂前寫過的「華枝春滿,天心月圓」的玉蘭花枝。法師見了,就問他摘花幹什麼,他的回答是「高興摘就摘」,到後來才知道那是他所尊敬的李叔同先生。不久法師也就圓寂了,還送了他一幅書法:「不為自己求安樂,但願眾生得離苦。」我猜想,這墨寶他很可能沒有保留,由於那時還不一定知道它是「寶」。儘管他已經知道「長亭外,古道邊」的歌是法師作的,依然在法師前「老子」長,「老子」短。十七歲的人還像個野孩子!

現在知道這事還是對他羨慕不已。我雖然藏有弘一法師兩副對聯,都是他早年的書法,晚年那種爐火純青的墨寶我只得兩個字:「無上。」他的所得七倍於我,而且是法師圓寂前不久才寫的,太可寶貴了。

二

黃永玉這人有時是有些別扭的。

他住在薄扶林道那一帶,什麼干德道尾、寶珊道口。第一次去時還不知道這一尾一口(不是「寧為雞口,不為牛後」的一口一尾),

兜了好幾個圈子才找到。第二次去先也沒找到，終於抖出了這一尾一口，馬上就找到了，的士司機還埋怨，「你早說早就到了」。我其實早就說了，他當我「冇到」，終於抖出是重申，再說才聽到。

一尾一口按說就是他住的那大廈，不會錯。

進了屋子，在他的自作書畫上看到寫有「山之半居」。旁人一定是「半山居」了，他卻要來個「山之半」，和「八百伴」一樣別扭，但也別開生面。

大廳大房，屋子相當大。大廳中卻掛着譚延闓一副對聯：「喜無多屋宇，別有小江潭。」還說「小」，還說「無多」呢，你看！

「山之半」以上還有「山之半」。在「山之半」和山之顛的「之半」那裏，有他的畫室，大得像個室內運動場。裏面掛着一張快要完成的大畫，一張宣紙身寬六尺，身長丈六，他恐怕要站在凳子上來畫了，要不，就得爬在地上畫。大有大的樂處，當年他在北京的小小「罐齋」中，也是只能掛起紙來畫的。「罐」中的掛和「場」上的掛，自然是大不相同。

不但畫家大樂，看畫的人也大樂。

這是畫的《楚辭》中的山鬼。記得那個范曾也畫過，古之山鬼成了今之妖姬，一派妖媚。這個山鬼雖然也是裸體雪肩，卻很神氣，就像「場」和「罐」，不能比。

另一邊牆上還掛了一幅大字，也幾乎佔了一面牆壁，好像要和這幅大畫鬥大似的。寫字的人也姓黃，名苗子。字寫的是一首七律，作詩的人就像前面提到的寫對聯的書法家，也姓譚，名嗣同，名氣又大多了。

姓譚和姓譚的，姓黃和姓黃的，山之半和山之半，大和大：別扭不別扭？

三

還沒有欣賞到畫展，先就從一張請帖上有了欣賞了。

黑底金字，不同一般。「請來欣賞我的新作。／照老習慣，不搞剪綵和演講，以免影響細緻。／藝術面前，人人平等。」這是「黃永玉、美術展一九九三」的請帖。

這立刻使人記起，新出版的《永玉五記》中的最後一頁上的句子：「展覽會請名人剪綵，有如吞下一枚點燃的焰火。」

吞火的滋味是怎樣的？你我都沒有欣賞的經驗。只能用一句老話，「憑想像得之」；除非你精於魔術，我們是看過這樣的吞火者的。想像中的吞火滋味和吞火姿態一樣，很怪。

倒過來，如果是名人請求剪綵又如何？那一定更怪。

總之，我能接受這吞火的怪句子。

我不怎麼能接受「藝術面前，人人平等」這一句。

我記得的只是「真理面前，人人平等」；「法律面前，人人平等」。這完全能接受，儘管事實上有的時候，有的地方完全做不到，或者不完全做得到，而多半是完全做不到，這就使得人間如吞火。

我還想增加一些：如「膚色面前，人人平等」；「機會面前，人人平等」……這些都很理想，一如真理和法律；做不做得到，也一如真理和法律。我想增加，自然能接受。

但是我不能接受「藝術面前，人人平等」。你想想，你能和發這張帖給你的黃永玉一樣平等麼？在藝術面前，你本來有這權利，爭取平等，但是你能麼？這等於説，「智商面前，人人平等」。

246

人間有許多事情是應該也可以平等的，有些卻不能。一些參差總是存在的，而且不能說他不合理。藝術上從來就有參差。

至於說在藝術欣賞面前，人人平等，不要來打擾我，這當然是另一回事。

四

在黃永玉美術展的開幕酒會上，先是那許多花 —— 花籃的花使我驚異。回家看請帖，才知道原因。請帖上只是說「不搞剪綵和演講」，並沒有說「敬辭花籃」，是我大意失禮了。

當我慢慢欣賞那些油畫和雕塑，還沒有欣賞到國畫時，忽然眼前一亮，給了我一陣驚喜，那不是張兆和先生，沈從文夫人張兆和先生麼？已經聽說她要來，沒有想到她已來，而且已經來到這花和畫雲集之地了。

按照北京人的習慣，是應該叫「師母」的，我連這也忘了，就只是趕着上前問候。又是失禮了。

老人家精神很好。風度也很好。她當年是有名的美人，現在也還是使人想到花，黃永玉筆下楚澤的蘭芷，或者他早年流浪過的地方福

建的水仙。取一個「清」字，這該不會褻瀆老人，又是失禮吧。

我謝謝她在北京時送我的《湘行集》，也向她表示我雖拖延卻仍是匆匆離京，沒有向她辭行的失禮。

我告訴她，以《湘行集》為首的一套二十本的《沈從文別集》已經到了香港，只得五十套，不夠賣呢，還未正式上市就沒有了。她告訴我，北京也是很難買，買不到。

「沈從文當年遠別新婚妻子，返鄉途中寫出大量家信，畫了許多速寫，靠這些素材創作出散記。倖存至今的部分信和書，編成《湘行書簡》，首次與《湘行散記》合集獻給讀者。」就是這一袖珍本的《湘行記》，《別集》的第一本書。

《別集》的特色是：在已出版的集子上，加上沒有刊行過的文字和圖畫。豈不更好？這一集的《湘行記》的插畫全出於沈從文之手，有幾個人以前見過他的畫呢？更是好極了。

二十冊書每一冊的封面速寫都是黃永玉的手筆。看完黃永玉的展覽回家，再一冊一冊細看這些封面畫，就又有一番情趣了。

五

來也匆匆，去也匆匆，張兆和師母只是作了香港十日遊，就回北京了。原以為有機會再去看她，談得多些的。

她此來當然是為看看黃永玉的美術展。她的十日遊就是為了利用旅行社辦的十日遊的方便。

儘管匆匆，對於這裏認識她的人來說，卻是一個意外的歡喜。對於不認識而仰慕她的人來說，也一樣。

可惜錯過了美術展的開幕日。如果事先透露了她老人家會在場，那一定更加要擠得水洩不通。

她不僅是名作家的夫人，本身也是作家，又是編輯，她在人民文學出版社做過編輯。

新到的《沈從文別集》就是在她主持之下出而問世的。這包括《湘行集》到《抽象的抒情》二十種書的別集，總序的作者就是她。編選者之一沈虎雛是她兒子。封面的題字人是她的妹妹張充和。封面的速寫人是她的表侄黃永玉——一門都是文藝！

書是去年出的。有趣的是：沈夫人送我的一冊《湘行集》，「沈從文別集」這五個字是綠底白字。而新到的卻只是黑的黑體字，位置也不對。綠字本寫明「一九九二年五月第一版第一次印刷」，而黑字本是「一九九二年十二月第一版第一次印刷」，字數、印張、印數、定價全不對。書都是岳麓書社出的，不知什麼道理。

二十種中也包括《記丁玲》。這本書絕版近六十年（海外的翻印、盜印不算），現在增補了部分被刪的文字，是最完備的一個本子。它的重新面世，是許多人翹首企待的。

第一本的《湘行集》前半是全新的《湘行書簡》，後半是《湘行散記》。書簡三十七，除了三封是張兆和致沈從文，其餘全是沈從文寫給三三的，三三是張兆和的媚稱。她在四姐妹中，是三姑娘。說書簡全新，那是指公開發表，它們寫在一九三四，可以提前一年，做花甲大壽了，像黃永玉提前一年慶七十一樣。

廿年一畫慶珠還

一

最近有了一樁在個人來說的喜事，這一喜，真是非同小可。

話要從二十年前說起：二十年前，到底是哪一年我已經記不準了，總之是七十年代之初。新交的一位朋友請我吃晚飯，送我一幅山水畫。飯在尖沙咀吃，飯後坐輪渡過海，那時還沒有海底隧道，我坐的士回報館，清理一天的最後工作──看晚報的副刊大樣。在報館對面的路旁下車，橫過馬路到了報館門前，不好，這才記起剛收到的禮品還放在車上，回頭一看，車已經不見了。這一急，又是非同小可，趕快回到報館，託晚報的日報同事給摩托總會打電話，如果他們的會員發現這樣一幅山水，請送給我。的士司機有許多是摩總會員。

這以後就再也沒有消息，二十多年過去了，從此再也不敢在朋友面

251

前提這幅畫。這是他父親的作品。他父親是文化名人，畫作不多而可貴。他用來送我，是天大的人情。在他面前，我怎敢提起這失畫的事？

二十多年來，我忘不了這幅畫，雖然它在我手裏只不過一兩個鐘頭，我甚至還沒有十分看清楚它。

去年聖誕節期間，忽然在報上看到「嚤囉街行走」的文章，說他最近買到了一幅山水，是少見的。畫家正是我失畫的作者。心頭一動：這幅畫莫非就是它？一是作者的畫本來就少；二是流到這個島上的就更少。我於是厚起臉皮，要「行走」鄧偉雄把這畫給我看看。

這一看，就使我看到了珠還合浦。合浦現在是我們家鄉的出海口。

二

這是一幅兩尺左右的意筆山水，畫中一株松和一株無名的脫葉樹。近景是山石，遠景是懸崖，崖上有瀑布飛流而下。畫上的題詩：「山泉寒未凍，猶作不平鳴。」上款是「霜岫居士雅賞」，下款是「戊子二反冷僧」，下面是「張宗祥」的章。

張宗祥是浙江有名的學者，做過浙江文史館館長，西泠印社社長。

戊子是一九四八，這是四十七年前的作品。那正是解放前夕，「寒未凍」，「不平鳴」，看來是有深意的。

張宗祥和馬一浮齊名。畫作不多，多是文人畫，物以稀為貴，也就很可珍貴了。

我雖然記不清楚失去那幅畫的筆墨和面貌，不敢斷言就是它，但料想可能是，相信應該是，於是就厚顏相求，請它的新主人鄧偉雄割愛相讓，或多換一件別的畫，這位「行走」十分慷慨，當場就送了給我。我雖然有些慚愧，卻滿心歡喜地收下了它。事後我這才大着膽子，向畫家的公子張同和盤托出。他一聽我說出畫的面貌，就肯定是他送我的那一件。這就更增加了我的歡喜。

張同就是有名的漫畫家阿五。多年在美國新聞處工作。前些年還在樹仁學院新聞系教過書，教的是新聞翻譯。他還安慰我，不要為失畫事難過。他說他也失過他父親的畫一次。在路上，把沒有裱的一幅山水丟掉了，幸而發覺得早，及早回頭，沿路尋找，果然在來時路上檢了回來，只是被人踩了幾腳，一陣蒙塵而已。

三

阿五知道我有這合浦珠還的喜事，又送了我一冊《張宗祥論詩書墨

跡》，使我對這位大學問家知道得又多了一些，更增敬意和喜意。

他原來的名字是思曾，因為敬文天祥的為人，才改名宗祥。由於他注釋的古書被認為多是冷僻的書，就自號冷僧。他是浙江海寧硤石鎮的人，和豐子愷的父親豐鐄同一科中的舉人；和蔣百里同時被保送留學日本，因父喪未去；又和魯迅、許壽裳在浙江兩級師範學堂教書，發起過反對學監（校長）夏震武的「木瓜之役」。

……只是從這些，就可以看到他的來頭不小了。

二十年代，他在擔任浙江省教育廳長期間，補抄、重校、整理了杭州文瀾閣珍藏的《四庫全書》，使它歸於完整。抗戰期間，這一份國寶運去了四川，戰後才運回杭州。他擔任了保管委員會的主任委員，護書有功。解放後，他擔任過浙江圖書館館長、浙江文史館副館長（館長是馬一浮）、文史資料委員會主任、西泠印社復社後的第一任社長。

他文史、詩詞、書畫都有很高的成就。他抄校古書，日寫一萬五六千字，多的時候達到二萬四千多字。

他詩詞很多：「曾於方外見麻姑，聞說君山自古無，原是昆侖山頂石，海風吹落洞庭湖。」這是詠洞庭君山的一首絕句。

他精於書畫，也精鑒賞。歷史上，三樣件件皆精的，只有宋朝的米芾、元朝的趙子昂、明朝的董其昌三家，第四家就是張宗祥了。潘天壽、陸維釗、沙孟海都是他的晚輩，對他都很佩服。

四

被認為不論在書法的成就上，還是書學理論上，都在同輩的馬一浮、晚輩的沙孟海之上的，是冷僧老人張宗祥。

他幾十首《論書絕句》中，第一首就是「岳忠武」岳飛，當然也是因為敬重的緣故。

詩是：「撼山容易岳軍難，筆陣縱橫一例看。莫道書名因人重，即言書法亦登壇。」注說：「見少保寫《弔古戰場文》一篇……字極偶儻，在王、米之間。高宗喜王字，故臣下亦效之歟？」

岳飛的字人們見到的是寫前後《出師表》，也有人懷疑不是真跡，甚至認為傳世無真跡。但張宗祥卻給人們以信心。朋友「二流堂主」唐瑜從北京問呂留良字的市價。我心想，呂留良受了奇冤，哪還可能有真跡傳世？但張宗祥有詩：「行草河南筆法多，亦參濃墨學東坡。當年賣藝傳應廣，故火成灰可奈何。」也注說：「晚村出在蘇、褚之間，亦能篆刻……訂潤賣藝……其流傳必廣。曾靜獄劫，祝同

255

禍水，毀滅恐後矣。」由於有過從前的「必廣」，毀滅以後也有可能仍有遺留。我的猜想未必對。

《論書絕句》第三首就是寫嚴嵩的：「能拙能態絕世姿，鈐山文筆兩稱奇。聰明魄力皆天賦，令我低徊想會之。」詩注説：「其書厚重恣肆，大類其文章，不能因人廢之也。」

嚴嵩的字在北京還可以見到，有名的醬園「六必居」那塊招牌就是他寫的。他的集子叫《鈐山堂集》。不因人廢文、廢字，冷僧老人的意見是實事求是的。

<h2 style="text-align:center">五</h2>

張宗祥是個很通達的人，看他論書法，論嚴嵩以至秦檜的書法和文章就知道。

他説：「分宜墨跡不多見，想因人故為世毀滅。其書厚重恣肆，大類其文章，不能因人廢之也。」分宜就是嚴嵩。他是江西分宜人，古人有時歡喜以地名代人名，因此叫他嚴分宜。張宗祥認為嚴嵩的字和文章都寫得好。嚴嵩的《鈐山堂集》能流傳於後世，是一件幸事，比秦檜為幸，因「秦集終未的見」。

他在談到史可法的書法時，更有發揮。《論書絕句》中關於史可法的一首是：「骨透神情無畫塵，只應埋骨與梅鄰。成仁取義由心學，書法安能鑒定人。」他推崇史可法的書法，更敬重他的為人。但不應該以人品定書法的優劣。

他說：「閣部書，秀弢之氣充塞紙間。殉國後葬梅花嶺。世人喜以書法論人品，偶有一二合者，即舉以為公案，若顏字之剛勁，趙字之嫵媚。其實此論最不足信。平原《送劉太沖序》飄逸之至，《祭姪文》墨跡亦頗嫵媚，此姑不論；晦庵學秦會之而為一代名儒，香光書品淡運衝筆而有公抄董宦之事。人品自人品，藝術自藝術，幸無並為一談也。」

閣部，指史可法，他做的官。顏和平原，都指顏真卿，他做過平原太守。趙指趙孟頫。晦庵是朱熹。秦會之是秦檜。香光是董其昌。趙、董的名譽都不太好。

像這樣「人品自人品，藝術自藝術」的議論，一般是不大敢說的。張宗祥才顯得這麼通達。

當然，因人品好而愛他的藝術，反過來也是。這也是人之常情。

257

范用溫馨的小書

一

《我愛穆源》，這是一本小書的名字。

比書名佔了封面更多的地位的，是這樣幾行字：「童年：／是夢中的真，／是真中的夢，／是回憶時含淚的微笑！／范用同志囑／冰心甲子初秋」。

甲子是一九八四年。范用是退休了的人民出版社副社長、北京三聯書店負責人，著名的出版家。

我記起了，這幾行字原來是寫在一張箋紙上，壓在范用書桌玻璃板下的。現在移來做書的封面了。箋紙上有幾枝梅花，兩行詩句：「悵望故人千里遠，故將春色寄芳心。」

書的作者就是范用。封面的設計沒有注明，我相信是葉雨——范用設計封面的筆名。他有封面設計癖，別人的書他都要設計，何況自己的書，他不肯輕易讓人的。

冰心的題詩高踞左上角，封面下邊是橫的書名、作者名。最下一行小字：「香港天地圖書有限公司」。原來書是香港出的。做了一世的出版工作，領導了那麼大、那麼有名的出版機構，一本不過七萬字的小書，卻要靠香港的朋友幫忙出版，可見在北京，他沒有半點謀私。

書脊上的一行字：「范用給小同學的信：我愛穆源。」不說你還不知道，穆源不是人名，是校名。是江蘇鎮江的一間小學。「『穆』是穆斯林，『源』是源流久遠綿延不絕的意思」。為什麼取這個名字？辦學時「回族熱心人士出錢出力」，「回族貧苦子弟上穆源小學，可以少交或不交學費」。

范用不是回族，他讀過穆源一年（書脊上印有 1936-1937）。他是在給先後相隔五十多年的小學同學寫信，從「我們的學校」到「我這個人」，一共寫了十六封。都是一九九二年寫的。

寫得平實，娓娓話家常。學校就是家。

書的前言引了《愛的教育》譯者夏丏尊的話。不看那些，這書也使人很自然地就想起《愛的教育》，而感到溫馨。

書如其人，《我愛穆源》和范用一樣可愛。

<h2 style="text-align:center">二</h2>

《我愛穆源》是香港出的書，寄到北京，再由范用寄來香港，我才看到了它。

書的尾頁寫着：「獻上一顆童稚之心，范用時年七十。」原來小范今年七十了。我們平常叫他「老范」，恭敬一點才叫他「小范」，不知道是什麼緣故，那位「先天下之憂而憂，後天下之樂而樂」的范仲淹，是被叫做「小范老子」的，也不知道為什麼不叫「老范小子」？我們不便叫他「小子」，更不便叫他「老子」，也不便叫他「小范」，這就只有「老范」了。

也有不少人叫他「范老闆」，自然是因為他做了幾十年出版社和書店老闆的緣故。

他替別人出過許多書，到了行年七十，才靠香港的朋友替他出這一本小書，相信《我愛穆源》是他的處女作——我們七十歲的老處

女，你應該多寫幾本書！

如果你不知道范用，這本小書的《附錄》和《集外》可以告訴你。《附錄》中有他的外孫女許雙寫的〈我的外公〉，只有三百多字，就把這「怪不怪」的外公活活畫出來了。這是一篇南北多處轉載過的名文。《集外》中有曾在香港的唐瓊，和北京、上海幾個人寫他的文章。還有不少漫畫和照片，年輕的范用很秀氣，漫畫的范用很怪氣——他很能欣賞漫畫的怪，我不能，這自然因為我俗氣。

有一頁三張照片也很怪，三個廚房大師傅，「京中烹調大師王世襄、汪曾祺、『發燒友』徒弟范用」，一律都捆上圍裙。

范用嗜酒。有一篇寫他的文章題目是〈雅興忽來詩下酒，豪情一去劍贈人〉。范用似乎很喜歡，我卻不怎麼喜歡。文章提到了酒，卻沒有提到詩。范用年紀大了就不再寫詩。我倒是聽他說過，他喜歡一邊看每天新來的報刊和書，一邊自斟自酌慢慢喝酒。這不正好合乎古人用《漢書》下酒的故事麼？應該改為「雅興忽來書下酒」才是。「忽來」也不對，他是雅興常來，天天都來，時時都酒，刻刻都雅。

三

把「豪情一去劍贈人」用在范用身上，我不知道是什麼意思。

先說「劍」。「寶劍贈烈士，紅粉送佳人」，要說劍，在范用來說，就應該是書了。書是他的劍，說他愛劍，應該是說他愛書。

他愛讀書，也愛出書。而在出書上，他表現了驚人的「豪情」。在北京，有過這麼一句話：「×××是什麼話都敢說，×××是什麼文章都敢寫，××是什麼書都敢出。」這「××」，就是范用。

「在（傅雷）右派問題還未徹底改正，傅聰還戴着『叛國』的帽子，馬思聰、傅聰還不敢踏上祖國的大地的時候，范用已經為《傅雷家書》的出版而奔波忙碌了。」這是一例。

「他要出王若水的書，然而正當開印時，文化氣候突然多雲轉陰。凡知道范用要出《為人道主義辯護》的人，都不免擔憂。但范用拍板了：『先把書印出來再說。』文化氣氛一緩和，范用就把它奉獻給讀者。」王若水是為這失去了中共的黨籍的。范用無所懼，這是又一例。

「當他得知李洪林的《理論風雲》沒人給出時，他欣喜地接受出版……他為李洪林對中國現實問題研究作了那麼多有益探索，卻遇到不少麻煩而大惑不解。既然『在真理面前人人平等』，為何不能出版《理論風雲》呢？范用又拍板了。」（以上都引自韓金英〈范用印象〉）這又是一例。李洪林是坐過牢的，前不久得到批准，過港赴

美探親。這位做過中共中央宣傳部理論局局長的馬列主義理論家，還能畫出幾筆不錯的中國畫，這恐怕是許多人不知道的事。

范用也是我在北京假釋不久，就約我寫《香港，香港》出書的人。後來又約我編選了三本葉靈鳳的《讀書隨筆》、四本葉靈鳳的香港掌故出書。這既有膽，對我來說還有肝，肝膽照人。

范用的「豪情」在酒，更在書。一般書他能慷慨贈人，珍本的就不了，借了他的，追得你要命。

姚克未收到的一封信

——《海光文藝》二三事

十三不祥

眼前一疊《海光文藝》，從一九六六年一月號到一九六七年一月號，這十三冊就是它的全部。

為什麼是十三冊而不是更多呢？那就只怪它生不逢辰了。

它誕生於上一世紀六十年代的中期，正好是十年浩劫的文化大革命開始之年。它是一月誕生的，誕生不到半年，文化大革命就開始了。辦《海光文藝》，一個目的是要它能銷台灣，因此它的面貌只能以中間偏右出現，儘管事實上它是左派辦的刊物。中間偏右，那不是和文化大革命唱反調麼？用文化大革命的語言，這就是「文藝黑線」了。北京在反「文藝黑線」，香港的左派卻在推行「文藝黑線」，這怎麼行？只怪我們不識時務，不善觀風向，居然唱反調。

但刊物是出了，如何是好？只好硬着頭皮又拖了大半年，拖到第二年春天，出了第二個一月號，實在拖不下去，就只好停下來了。這樣，全部《海光文藝》就只得十三冊。

真是十三不祥！

台灣作家

我們的行銷目的地之一是台灣，但我們連一個對台灣起碼的認識也沒有。我們居然不知道，凡是要到台灣行銷的報刊，都得掛上「中華民國」的招牌，而《海光文藝》卻只是以公元紀年的。它的創刊號是「一九六六年一月」，而不是「中華民國五十五年一月」。

既然目的地之一是台灣，刊物應該有台灣作者的作品。我們有的，如蕭銅的小說。蕭銅在台灣以小說成名，但這時他已從台灣來到香港六七年了，他是一九六〇年左右到香港來的。我們也還有女作家侯榕生的小說和散文，但她這時已從台灣到了美國，是旅美作家。她的文章是蕭銅拉來的。侯榕生後來曾回大陸，探親訪友，早些年已病死在美國。蕭銅還用祥子的筆名，在《海光文藝》上介紹過〈郭良蕙與侯榕生〉。

我們也收到過台灣的來稿，是一位姓周的作者寄來的，好像是周伯

乃,似乎是僅有的一位當時在台灣的作者。

關於姚克

被誤認為依附於台灣的作家名氣最大的有姚克。他因和魯迅有交往而有大名,後來卻有了罵名,文化大革命一開始,他就名氣更大,被罵得更厲害,以致他不能安居於香港而避到美國去了。使他被罵得厲害的,是電影《清宮秘史》。

這是香港拍的一部電影,導演是朱石麟,編劇是姚克,被認為是宣傳賣國主義。其實不過是毛澤東用這部電影來打劉少奇而已,劉少奇讚過它宣傳愛國主義。

《清宮秘史》挨罵以前,《海光文藝》請姚克寫過文章,前後發表了〈有關電影劇本的三封信〉、〈關於希治閣及其他〉和〈法國的新興戲劇〉。

姚克對來自北京的罵聲一言不發,但他也不再發表什麼文章,他不聲不響地離開了香港,去了美國,甚至避免和外界來往,就像是隱居在美國一樣。文化大革命以後,大陸上對他有新的看法,準備對他有所表示,但卻不知他的下落,沒有可以和他聯繫的途徑。一九八〇年人民文學出版社曾經有一封信給他,託我轉致,我因查

不到他的住址，就把這信壓下了。後來我被羈留北京十一年，那信也就一直被壓而未發，直到姚克在前些年去世。

這封信是向姚克表示了歉意的，為他們出版的《魯迅全集》的注文向他道歉。

注文見於一九五八年版的《魯迅全集》，如下：「姚克，一名莘農，曾與林語堂合編英文刊物《天下》月刊。後投靠國民黨反動派，一九四九年全國大陸解放時逃往海外。」

《魯迅全集》初版於抗戰前夕，這以後就兵荒馬亂，直到一九五八年北京才第一次為魯迅隆重出全集，那時正是反右以後，觀點當然左得可以，因此對姚克才有這條注文。文化大革命一來，加上《清宮秘史》的「賣國主義」，罪名就更大了。文革後，平反許多冤假錯案，姚克和《清宮秘史》這一案也就入了平反之列，人民文學出版社重編、重注、重出《魯迅全集》，這就是一九八一年的版本，對於姚克，有了新注文，如下：

> 姚克，原名志伊，字莘農，浙江餘杭人。翻譯家、劇作家。曾任英文《天下》月刊編輯，明星影片公司編劇委員會副主任。當時因協助斯諾翻譯魯迅作品而結識魯迅。作有劇本《西施》、《楚霸王》、《清宮秘史》等。

文字客觀，沒有惡評，算是替姚克平了反。

那封姚克沒有見過的信，如下：

> 姚克先生：
>
> 您好！
>
> 一九五八年，我們在出版《魯迅全集》時，由於關山阻隔，有關您的那條注（見全集第十卷三三八頁），僅憑傳聞，未作認真的調查研究，內容失實，使先生蒙不白之冤，感到很抱歉。這次我們重新編注全集時，已發現這一錯誤，當予改正，今後改稿將寄奉聽取您的意見。
>
> 先生與魯迅有較深的交往，並在傳播魯迅的作品方面做過相當有益的工作，我國人民是不會忘記的，並且希望看到你的有關這方面的回憶文字。這樣的文字國內由我們發表，也可以起到為先生挽回影響、替我們改正錯誤的作用。
>
> 魯迅給先生的書信，我們見到的共三十三封，已悉數編入一九七六年出版的《魯迅書信集》，不知先生手頭還保存有魯迅的書信和遺墨否，可否提供給我們？
>
> 今後盼多聯繫，對我們的工作提出寶貴意見。
>
> 此上，即請
>
> 文安！
>
> 人民文學出版社
一九八〇年一月十八日

曹聚仁感舊

《海光文藝》從第二期到第五期，連載了丁秀的《文壇感舊錄》。丁秀是誰？曹聚仁是也。只有他，才對文壇有那麼多舊可感可錄。

曹聚仁原打算把周作人的《知堂回想錄》交給《海光文藝》在《新晚報》中斷後發表，後來不知為了什麼原因，並沒有實現。在這以前，《知堂回想錄》已在《新晚報》上連載刊出了一個多月，忽然北京有令，要將它腰斬，那時我們還不知道文化大革命的山雨欲來，後來我們籌辦比《新晚報》調子更低的《海光文藝》，這樣就在《海光文藝》上打主意，打算把已在《新晚報》上拋頭露面了的《知堂回想錄》轉移到《海光文藝》上去。好在沒有轉移成功，否則它又將受到另一次腰斬了，《海光》自己也只是活了十三個月，《知堂回想錄》就算連載了也還是活不長，不免要和《海光》同歸於盡的。

曹聚仁的文壇感舊也只寫了四期，他首先從（詩人）徐玉諾談起，然後是「湖畔詩人」汪靜之，更後是李石岑的「情書」，是「黎烈文在台北」，再就是「世說新語中的人物曹禮吾」了。最後則是「夏丐尊師」。

曹禮吾被曹聚仁推為魯迅文章的第一解人。他的唯一著作就是《魯迅舊體詩臆說》，是他逝世十五年以後才由湖南人民出版社出版的，

但見到它的人很少。他逝世於一九六五年。他本有意箋注杜詩，但最後卻只以箋注魯迅詩傳世。曹聚仁說，他是聽了曹禮吾的講解才真正懂得魯迅《野草》中〈好的故事〉的。有一天曹聚仁請魯迅吃飯，座中有曹禮吾，曹聚仁大讚曹禮吾對〈好的故事〉有獨到之見，據說魯迅聽了連連點頭讚許。

曹禮吾寫詩學龔定庵，他的《贛居雜詩》，如「籬邊絡繹紡車收，促織瞿分韻轉悠，欲織清歡秋不許，秋來織得是清愁。」「當簷樟樹種何年，葉鬱枝蟠拂一天，蟲鳥作家莓作客，盡教寄寓不論錢。」「庭階有鳥不知名，孤寂難禁每近人，何必當前通鳥語，此心能會即能親。」「春來曾種美人蕉，一雨經秋韻轉饒，開得紅芭仍自謝，應知花發亦無聊。」但他並沒有詩集傳世，詩篇想已散失了。

散文家黃蒙田

《海光文藝》是沒有刊出編者的名字的，黃蒙田是主編，我只是協助他做些改稿的工作。

黃蒙田原名黃茅，字草予，他原是畫家，後來成了作家。他畢業於廣州市美專，抗戰初期，他是軍事委員會第三廳漫畫宣傳隊的成員，他顯然是畫漫畫的，後來不畫了，卻成了美術評論家。但他不認為自己是美術評論家，而應該是散文家，他寫的有關美術的文字

都是散文，不過許多談到畫家、畫展、畫集而已。

黃蒙田一生出了三十六本書。幾乎有一半是和美術無關的文字，如《清明小簡》、《落鄉班子》、《職業與愛情》、《北行記》、《在人生舞台上》、《花間寄語》、《花燈集》、《晨曲》、《春暖花開》、《抒情小品》、《竹林深處人家》、《裕園小品》、《風土小品》、《湖畔集》、《山水人物集》、《湖光山色之間》、《黃蒙田散文集——回憶篇》……只看書名，就知道這些都是小品、散文的集子。

黃蒙田這名字使人記起法國的大散文家蒙田來，他取名蒙田，恐怕和這位法國散文家多少有些關係的吧。

黃蒙田的著作最後一本是《黃蒙田序跋集》，除了一篇為羅隼的《香港文化腳印》集作的序外，其餘近五十篇都是為畫展、畫集作的序跋。《黃蒙田散文——回憶篇》寫的也多是畫家，二十八人中，除了作家葉靈鳳、蔣牧良、侶倫、葉苗秀，詩人韓北屏、夏果、歐外鷗外，其餘二十二人完全是畫家，而有十篇是寫木刻家新波的。

相當長時期，他還是全國美協在香港的常務理事。這是所有全國性文藝團體唯一有常務理事長住香港的。

但是他夫子自道，在《讀書文鈔》這本書的後記中說：「我不是寫美

術評論，雖然這些文章也不可避免地有所評論。我從來認為自己所寫的是散文或小品，如同別人的散文或小品寫人物、生活或風景一樣，我不過是以人物中的畫家和他們表達內心世界的作品為題材而已。我不會、或極力避免理論式的評論，只是用散文、小品的形式或筆調敍述我的想法而已。」

由於他的出身，他的經歷，人們還是把他看成是美術評論家。他的晚年，在《海光文藝》以後，有相當一段時間他主持了《美術家》雜誌，這是打正招牌的美術雜誌。在《海光文藝》以前，他還主編過《新中華畫報》，這也可以算是和美術有關的吧。

有人說，黃蒙田的文字有些西化，像翻譯過來的文章。但他那些「回憶篇」中懷人的文字卻是寫得感人的，不是一般的懷人憶舊。如他寫的〈想起李可染〉，提到李可染抗戰期間旅行時一定要帶兩樣書，一是《魯迅全集》，一是珂勒惠支畫集。他又記得抗戰時期李可染在桂林畫宣傳大布畫，比後來畫的丈二疋宣紙大兩倍以上。一個人爬上爬下地畫。這些都寫得生動傳神。又如寫李可染七十歲時為了上井岡山作畫，切除了因病變不良於行的三隻腳趾的事，更令人感動。只是舉這一例，就可以知道他那些「回憶篇」不是枯燥乏味的文章，實在是內容充實、言之有物的精彩作品。這就無怪他自己所寫的回憶文章不是沒有什麼特色的美術評論了。

二〇〇五年八月二十三日

小思的散文心思

小思的散文寫作是從《豐子愷漫畫選繹》開始的，當年她用的筆名是明川，不是小思。每週一文一畫，登在《中國學生週報》上。畫是豐子愷早就畫好了的，小思根據他的畫解釋畫意，其中相當一部分卻是豐子愷以畫寫詩意，而小思又根據畫意，加以發揮，這就是《古詩今畫》這一輯。此外，還有《兒童相》、《學生相》、《民間相》、《都市相》、《戰時相》，等等。

豐子愷對小思的解釋認為不錯，表示滿意。他的女兒豐一吟說，父親看了《古詩今畫》中的〈門前溪一髮，我作五湖看〉的釋文後說：「解釋得不錯啊！」

小思的這篇文章是這樣的：

> 「一髮」是最小境界，「五湖」是廣大境界。

能把一髮溪水，當五湖般觀看，那個「作」的工夫，就不等閒。
千萬不要以為是「做作」的「作」，也不要殘忍解為「自我欺
騙」，而是處於狹窄侷促的現實裏，心境的恒常廣大。

在荒謬的世代，靜土何處？五湖何處？誰能天天安躲靜土？誰
能日日浪遊五湖？於是只有「作」了。

心境是自己的，可以狹窄得殺死自己，殺死別人，也可以寬
廣得容下世界，容下宇宙，是憂是樂，由人自取。市塵蔽眼
處，我心裏依然有一片青天。喧聲封耳地，我心裏依然有半簾
岑寂。狹如一髮之溪，能作五湖看，則對現今世界，當作如是
觀，當作如是觀。

豐一吟因此說，「看來他（指豐子愷）那時處世的心情是與這一畫一
文的內容相拍合的」。豐子愷曾說，明川是他的知音。其實那時小
思沒有見過豐子愷，其後也只是和他通過信。她在日本，曾經買過
豐子愷喜愛的日本畫家竹久夢二的畫冊《出帆》寄送給他。

豐子愷回報小思的，是有竹久夢二畫的一隻酒杯，這卻是他去世後
由他夫人代表送的了。上個世紀四十年代豐子愷在台灣的小攤上買
得一個酒杯，杯的外壁上畫了一對穿着農民衣服的日本男女，雖然
沒有署名，但那筆法卻是竹久夢二的風格，豐子愷很喜歡它，「生前
常以此飲酒」，豐夫人就把它送給小思了。六年以後，豐家的緣緣
堂重新建成，小思又把它物歸原處，還寫了一篇散文〈璧還〉，記

下她依依不捨之情。這以前，小思還寫過一篇〈小酒杯〉。關於緣緣堂，小思又寫過〈石門灣簡寫〉、〈石門灣的水依舊流着〉和〈一對木門〉，緣緣堂被日軍炮火焚燬後倖存了一對木門，長為記念。寫豐子愷的還有〈瀟灑風神永憶渠〉和〈師承〉。

上個世紀二十年代初，豐子愷在浙江上虞的白馬湖畔辦了一間春暉中學，後來又在上海辦了立達學園和開明書店。一起辦學的還有夏丏尊、朱自清、朱光潛等人，香港的黃繼持教授認為，小思早年的《豐子愷漫畫選繹》和《路上談》這兩輯散文，已可以和這些名家的文章並列在一起。

小思最早的職業是做老師，她發現要和學生接近有困難，無法投入，就約了學生到公園走一走，在路上談。「在麗日藍天之下，淒風苦雨之中，邊走邊談，不要太嚴肅，卻得誠懇」。就這樣，她把所談記了下來，就成了她的第二本散文集《路上談》。這是一九六九到七〇年之間的事。

到了一九七一年，她用了一個月的時間去日本旅行，回來後寫成了一本《日影行》。她把自己的所見所感說成是「朦朧的日影」，這影子中有喜也有憂。

一九七三年，她去了日本京都大學人文科學研究所，研究中國文學

一年。於是《日影行》之外，她又有了一輯和日本有關的散文《蟬白》。

然後就是一九七四、七五、七六、七七寫作的《七好文集》了。這不是她一個人的文章，是她和另外六個人湊在一起寫的文章。七好？是哪七好呢？不是自稱自己寫的好，只是表示它們的作者都是女性而已。女子為好，是七個女子的文章，從此以後，「好」就成了女性作者的代名詞了。

此後，又有了《七好新集》。都是和別人合寫的篇章。此外，還有《三人行》全集。

然後就是《承教小記》了。這是她追憶唐君毅老師的文字。承教，是承唐君毅的教。她在讀中學時，讀了唐君毅的《人生之體驗》一書，得到了啟發，決心「升學新亞」做他的學生，結果如願以償。她自稱新亞少年，所學絕不夠多，但從唐君毅那裏學到了「世界無窮願無盡，海天遼闊立多時」的好境界。後來唐君毅介紹她到日本京都大學人文科學研究所，做了一年的研究員。那一年（一九七三年）夏天唐君毅路過京都，帶她遊南禪寺，以「淡中有喜，濃出悲外」八個字教導於她。她由此悟得了超拔的道理。一九七八年二月唐君毅去世，小思一連寫了〈告吾師在天之靈〉、〈一塊踏腳石〉、〈承教小記〉三篇文章悼念他。她說：「推崇唐老師的人，都會用『大

儒』、『哲者』、『博厚』這些字眼來稱頌他。」她當然屬於稱頌他為「大儒和哲者」的一群。

比《承教小記》早八九年，她還寫過〈逝去的春風——敬悼左舜生老師〉。這篇文章收到後來出版的《人間清月》裏。

《人間清月》是她「敬悼任姐」之作。任姐是人們對粵劇藝術工作者任劍輝的尊稱。她以「人間清月」稱頌任劍輝演繹了中國古代的書生。儘管是寥寥幾百字，她卻是懷着無限敬意寫成的。以一個新文藝工作者，小思能這樣推崇粵劇藝術，大不容易。

在《人間清月》一書中，她悼念的還有蘇恩佩、侶倫、任國榮、三蘇、錢穆、何紫、高伯雨和梁漱溟。

悼念侶倫那篇的題目是〈悲慟和歉咎〉。悲慟，是因侶倫在小思她們舉行文學月會的那天晚上去世了。歉咎，是他因身體不好，再三推遲了參加這個「香港文學研究——侶倫和他的作品《窮巷》」，他最後同意參加了，但就在晚會舉行的那天，他終於病發死去。

侶倫是香港新文藝的拓荒者。小思是香港新文藝研究工作的拓荒人。

黃繼持以《承教小記》為主的〈試談小思〉（見《承教小記》一書附

錄），是評論小思散文的一篇力作。它看得透、談得深、想得遠。

一九八五年她出版了兩本散文集：《不遷》和《葉葉的心願》。
一九九〇年又出版了兩本散文集：《彤雲箋》和《今夜星光燦爛》。
她的足跡跨得更遠了，去了中國大陸，也去了歐洲和美洲，寫出了
〈黃河石雕〉、紹興〈沈園〉和〈軒亭公的痛楚〉以及豐子愷的石門
灣。還寫了〈赤都雲影〉、〈老大哥新生〉、〈我的偏見〉、〈布拉格
之春〉、〈致柏林圍牆〉、〈冷說翡冷翠〉、〈路過倫敦〉、〈你在巴黎〉、
〈粗寫三藩市〉、〈多市第一夜〉……眼底的世界更廣闊了，感慨是更
深沉了。她看到蘇聯、東歐在起變化，看到柏林圍牆的倒塌，也看
到北京城的震撼。不過沒有在筆底表現出來。

京都歸來後，小思先是恢復到中學教書。一九七八年到香港大學中
文系任教，七九年起到中文大學中文系先後任講師、高級講師，以
至教授。八一年更以《中國作家在香港的文藝活動》的論文獲得碩
士銜。八七年，她出版了《香港文縱——內地作家南來及其文化活
動》。九一年，又出版了《香港文學散步》。

《香港文學散步》分為《憶故人》和《臨舊地》上下兩篇。人從蔡元
培、魯迅寫起。然後是戴望舒、許地山、蕭紅，地從孔聖堂、學士
台寫起，寫到達德學院。處於荒蕪中的蔡元培的墳墓，是她提起人
們去注意的；也是處於荒蕪中的許地山的墳墓，也是她託人打掃了

才不至於湮沒無聞的。蕭紅的骨灰在香港是分葬兩處,遷到廣州的只是其中的一半,聖士提反女校校園裏還有一半,也是她從端木蕻良那裏得知傳播開來的。

一九九八年,山東友誼出版社出版了她的《香港故事》,這是《香港故事》、《承教小記》、《葉葉該哭》和《香港文縱》四輯文章的合集。把她寫香港、寫香港文藝等等的文章收集在一起,可以説是小思最新一本自選集。書的最後一篇〈散文心事〉,是小思唯一一篇談自己作品的文章。這是她回答《香港故事》編者的一封信。

編者説,小思的散文「不拘一格,不執一體」。小思説,這是「適應社會及讀者需要的結果,同時也是生長在香港這多元化社會的我的性格的反映。」又説,「我只努力做到:利用短小篇幅,説點自以為深刻的人生道理」。

編者説,小思的散文「有精粹典雅的詩一般語言」,小思説,果然如此的話,果然有一點點詩的語言及特點,「那是因為幾年大學中文系的訓練結果。在唐宋八家文、唐詩、宋詞的浸潤中,我對中國典雅文學的韻致,已有了血脈相連的默認」。

編者又問她「是不是深入地研究過老莊哲學,並受其影響」,她回答説:「我在大學時,副修是哲學,選修了牟宗三先生的《道家哲

學》⋯⋯我同時選修了唐君毅先生的《儒家哲學》，而本質上，我傾向儒家入世務實的精神。」

編者又進一步指出：老莊主張天人合一，人道歸於天道，說小思的作品善於用自然界的規律去表達人生哲理，這也是在把天道與人道統一起來。小思說，她的「許多作品裏每每以天地自然與人的關係為念⋯⋯郁達夫在《中國新文學大系・散文二序言》中，提到現代散文的第三個特徵，是人性、社會性，與大自然的調和⋯⋯作者處處不忘自我，也處處不忘自然與社會，正中肯地展示了現代中國民族所關注的問題，而我卻在不自覺中承傳了這種特徵。『一粒沙裏見世界，半瓣花上說人情』，是我誠心嚮往的寫作態度，能不能達致，我倒不敢奢望。」

在我們看來，小思是達到了的，她的一沙境界豐富，她的一花情思深刻。一文一沙半瓣花，小思，而有大道理。

黃宗江是善本奇書

上世紀八十年代，北京曾有這樣的幾句話在流傳：「吳祖光是什麼話都敢講，劉賓雁是什麼文章都敢寫，范用是什麼書都敢出。」范用是著名的出版家，是人民出版社負責人之一，又兼任了三聯書店的負責人。三聯出版有《讀書》月刊，也是他主持其事的，李洪林在上回提出了有名的「讀書無禁區」論，也就是説什麼書都可以自由閱讀，大開了一時風氣。

他在人民出版社，還負責出版了一些只供內部閱讀的「禁書」，如一些著名托派份子的回憶錄之類，那些「禁書」在他眼中自然是「禁無可禁」的了。

北京市上流傳那幾句「什麼都敢」的話，是説吳祖光講話大膽，劉賓雁寫文章大膽，范用出書大膽。在范用眼中無「禁書」。

沒有想到，在范用眼中，人也是書。這是最近才從黃宗江的《我的
坦白書》中看到的。剛剛過去的二○○五年，是中國電影誕生的
一百周年，今年是又一個一百周年，中國話劇誕生的一百周年。中
國電影家協會出版了一套《中國電影家傳記叢書》，黃宗江的《我
的坦白書》就是其中的一本。

這本書的最後一卷有一個短短的附錄：《范用說書》。

「先天職業病的我見人總要歪着腦袋琢磨，此人像本什麼書？

「有人如《聖經》，如馬列，如語錄；有人如《厚黑學》，如《增廣
賢文》，如《笑林廣記》；有人如百科全書、筆記小說、英漢對照讀
物⋯⋯

「宗江算什麼？多才多藝，能文能筆，亦中亦西（能演口吐英語的婁
阿鼠），台上是名優，台下是作家，在家是好丈夫，出國是民間文
化使者。自稱『三棲動物』，不，是『多元化靈獸』。

「是珍本書、善本書、絕版書，讀不完的書」。

婁阿鼠是崑曲《十五貫》的主角，說英語的婁阿鼠是黃宗江的絕藝。
他是一九八四年在美國奧尼爾中心演出的，同去演出的還有英若誠。

范用説黃宗江是「珍本書、善本書、絕版書，讀不完的書」，卻沒有說出到底是哪一本書的珍本、善本或絕版，我想來想去，認為只有宋版的《世説新語》有些相似。黃宗江令人想起的是魏晉時代的風流人物。

他的《我的坦白書》這本書又名《黃宗江自述》。他寫了許多人，也讓人寫了他。這《坦白書》的序就是他的女兒阮丹娣寫的。他為老伴阮若珊寫了〈悼亡〉，卻附錄了阮若珊寫他的〈我的良人〉。

書中有一張照片，《黃宗江阮若珊》的大字石碑旁，站着扶了手杖的黃宗江。這是怎麼回事？原來那是北京萬安公墓中他們夫婦的墳，他根本主張不要骨灰，連撒也費事；她卻認為放在一塊兒好，黃宗江從妻，營造了墳墓，墓碑是黃苗子寫的。一個活人就站在自己墳前碑前。在那裏定居的，還有李大釗、朱自清、蕭軍、董竹君、曹禺……那碑石上「黃宗江」的三個大字，就和扶杖而立的黃宗江本人的面孔一樣大。

朋友的圈子

更主要的是半年多以前的秋天，大約在重陽節裏，發生了一件大快人心的事。

那一天上午，我去釣魚台國賓館附近的三里河買東西，從玉淵潭車站下車，走在馬路上，忽然聽到似乎有人叫我，於是停下腳步，左顧右盼，一輛紅色的小車在我身旁停下來，車上人大叫「上車，上車」，我一看，車中幾個都是熟人，叫我和他們一起去北京飯店吃中飯。「難得遇到你，難得遇到這樣使人高興的事情！」我問什麼事這樣高興，「上了車再說」。

上了車他們也不說，只說猜猜看。無邊無際，叫我怎麼去猜？駕車的是畫家黃永玉，他只說，他們剛去一位長者家裏拜壽，然後一起去吃中飯，他有「免費午餐」可以招待大家。在車上遠遠看到有人

像你，就想把你拉去，幸巧，果然是你。他當然是説出了是哪一位長者的，我這裏就還是姑隱其名吧。

到了北京飯店，才有人原原本本説出那使人高興的事情，原來那天上午在中共中央全會的選舉中，鄧力群落了選，選不上中委，也就失去了繼續當書記處書記、中宣部部長的可能，更不要説進入政治局或追逐更高權力地位了。「這值不值得乾一杯？」我高興得用廣東話來回答：「飲得杯落！」座中雖然似乎沒有廣東人，但有人在香港工作過，懂得它的意思。

我們於是在整整佔了一大幅牆壁的黃永玉畫的巨畫之前，喝起酒來。那是他畫的群鶴，有好幾十隻，每隻形態不同，都很大。他笑着説：「就是這幅畫，我可以請許多次客了。」不記得是誰説的，可惜鄧力群沒有機會在差額選舉中落選又落選，使我們可以舉杯一次又一次。

我寫下這一巧遇，是因為當時曾有過報道，説鄧力群落選之日，北京城裏有人舉杯為慶。我只是想為這有着歷史意義的一天，留下一點記載，證明此事不虛。我自己就是人證。當然，舉杯的不止我們這一群。

那個秋天，以至冬天，要求清除腐化的聲音越來越高，要求加深民

主化的聲音越來越高，蓋過了反「自由化」的聲音。「初戰驚鴉張」的詩句就是指的這些了。形勢是使人感到樂觀的，而且似乎是越來越可以樂觀的，當巴黎公社兩百周年，「五四」運動七十周年這些可紀念的日子就要來臨的時候。

後來事實的發展使人想起了一句話，「絕望為之虛妄，正與希望相同」。這句話可以顛倒過來，「希望為之虛妄，正與絕望相同」。前一句看起來似乎樂觀，後一句看起來似乎悲觀，其實都是樂觀、悲觀相互存在。而那個秋天鄧力群的落選，帶來的樂觀卻顯得有些盲目。經一事，長一智，後來人們就比較聰明，不那麼「高興得太早」了。

那天巧遇黃永玉的車，有機會舉杯相慶，回憶起來依然是可喜的事。

巧遇發生在三里河，那裏有一個比較高級的住宅區，住的大體是副部長級人物和一些受到照顧的高級知識份子。俞平伯、錢鍾書、林默涵、華君武、黃永玉都住過或仍住那個小區。離它不太遠，和它遙相望的有木樨地的部長樓，也是副部長們、人大、政協委員、文化界受到照顧的人士的住宅，那裏住過或仍住梁漱溟、胡風、丁玲、姚雪垠、李銳等人。

從楊憲益所住的百萬莊向南，先是三里河，後是木樨地；向北，就

是紫竹院、魏公村了。更北一些，皂君廟、雙榆樹——也就是我所住的地方。如果以雙榆樹為中心，也就是以我為中心，我的交遊範圍輻射就成了這樣：向東有北京師範大學的鍾敬文、啟功，更向東有和平里的陳邇冬，繼續向東有團結湖的樓適夷、黃苗子、林鍇。向西、偏南，有昌運宮的丁聰。向南，有皂君廟的舒蕪，更南有百萬莊的楊憲益，再南有三里河的黃永玉，更南有木樨地的蕭乾。向北，有比我早兩三年離開北京出國的方勵之、李淑嫻夫婦，還有許良英，方、許是好朋友，是自然科學家，都住在中關村。東西南北四條線，東線伸得最遠，南線較密，西線、北線較少熟人。

這些人中間，輩分不同，有長輩也有平輩。熟悉的程度不同，有的來往得多些，有的來往得少些，有些也許給別人看來有「謬託知己」、攀龍附鳳的味道。也有些沒有列在這裏面，包括那些住得遠些，遠在西單、東單，遠在宣武區、崇文區以至朝陽區、豐台區的。我上面說的交遊圈子主要是在海淀區、西城區之內。

也有不盡然的。如東線的團結湖就伸進朝陽區了；而圈子外的范用在東城區卻是我來往得最密的。

圈子內的魏公村有冰心，她住在民族學院的宿舍裏。我懷着崇敬的心情拜訪過她兩次，不敢多去打擾。她似乎記得我又似乎不太記得，也可能是不想提起舊事。我請她在詩箋上題字，希望她寫龔定

庵的兩句詩，她卻寫下了兩句大大有深意的她的先輩傳家的話。

我原來希望冰心老人替我寫下這兩句：「世事滄桑心事定，胸中海嶽夢中飛。」這是冰心集龔定庵詩句而成的一副對聯，年輕時冰心請梁啟超替她寫了，一直掛在家中的牆壁上，她在自己的文章裏提到過，我第一次去拜訪她也看到過，因此有這要求。誰知她雖不拒絕，也不表示同意，只願寫她的字，寫出來的卻是另外兩句：「知足知不足，有為有不為。」這好像是她的祖父寫來勉勵後輩的，她把它寫給我了。

這也好，我也歡喜。一個人該知足又知不足，生活享受要知足，以免貪得無厭，學問修養要知不足，不斷追求進步；一個人也應該有所為又有所不為，有所為才不至於成懶漢，無愧此生，有所不為才不致同流合污，保持高尚。她寫這兩句似乎是有針對性的，我樂意接受老人這一教誨。

冰心也許記得，也許忘了。在「文革」後期，我可能是第一個向大陸以外的世界報導她還健在的新聞記者。當時海外傳說她已經在那些史無前例的日子裏離開了人世，她的昔年好友梁實秋還寫了悼念的文章。一九七一年秋天之際，我參加一個三人的記者組，到北京去採訪亞洲乒乓球邀請賽的新聞。有機會替她闢了謠。

說來好笑，我之所以參加這個記者組，只因我是黨員，另兩位不
是。儘管只是三人，也要黨員領導；儘管我對體育運動是外行，乒
乓球的輸贏我懂，為何輸贏我就不懂了，但我依然可以去採訪報
導，而且領導這個小組。這就是所謂不可缺少的「政治領導」。

在我們這個小組北上以前，有一個美國華人旅行團到了北京。這是
第一個踏進大陸的美國華人旅行團，由歷史學家何炳棣、社會學家
楊慶堃、龍雲的四公子龍繩文率領，團員還有黃興的女婿薛君度、
龍雲的女兒和媳婦、傅涇波的女兒等人。這時基辛格已經訪問過中
國，在美國的中國人很多都想到大陸上走走、看看。他們這一批人
在美國辦不成旅行大陸的許可，就到香港想辦法，結果居然得到了
北京方面的接納。在這上面，我盡了一點微力，因此和這一團人都
認識了。

當我到了北京，去和平賓館看望他們時，在餐廳裏看到楊慶堃和一
男一女兩位長者一起吃飯，就上前去招呼，走近了才看清楚，原來
是吳文藻和冰心兩夫婦。吳文藻是社會學家，和楊慶堃是老熟人
了。冰心我是認識的，「文革」前她參加中國作家代表團出國訪問，
幾次經過香港，我有機會接近她。現在重逢，真是大喜。

我於是把冰心健在的消息報道了出去。當然引起了注意，外國記者
有把它用電訊轉發的。梁實秋後來又寫了一篇喜聞冰心仍在人間的

文章，成為文壇佳話。

要説些題外話，「文革」後期，我在《新晚報》副刊上每天寫的專欄《島居雜文》中，常常愛把所見所聞的好消息寫進去，向讀者報喜。所謂好消息，就像冰心健在；某名人得到「解放」（從「牛棚」、從監牢裏出來）；某名人恢復什麼職位；某作家有什麼新作；某作家有什麼新書出版；某著名文物得到保護，安然無恙；某地考古有新發現；大量文物出土；諸如此類。事後知道，有些屬實，有些虛假。如説孔府、孔林從未受到破壞，就是假的。就算是真的那些，這樣三天兩頭報喜，多少總有替革文化之命的「文化大革命」塗脂抹粉的負作用。真是知我罪我，很難説了。

那次去採訪亞洲乒乓球邀請賽的新聞，我當然知道在這主題上自己完全外行，而我樂於接受任務，是有另一個打算的，借這個機會到北京，看看經過了五六年的「文化大革命」，北京成了個什麼樣子，「文革」又到底是怎麼回事。我打算在乒乓球以外，單獨採訪一點文化學術的新聞。因此去採訪了章士釗，訪問了馮友蘭，訪問了北師大——採訪去世了的陳援庵的有關一切。當時章士釗的新著《柳文指要》剛剛出版，這可以用來證明「文革」並不是一味摧毀傳統文化的。馮友蘭曾經被毛澤東指出是唯心主義學説的代表人物，他仍受到重用，可以證明連唯心論也還是有地位。陳援庵（垣）是著名歷史學家、北師大校長，是新會人，廣東人對他很注意，宣傳他正

好。在我當時的採訪動機上，還是想替「文革」說好話，塗脂抹粉。

那時候，正是林彪在蒙古溫都爾汗「折戟沉沙」（折損三叉戟飛機，葬身沙漠）不久。消息還被嚴格保密，民間卻已傳開，我經過廣州時，在廣州工作的大兒子海星去接車，在我耳邊小聲說：「林彪完了，你到了北京就會知道。」他不便多談，就只說了這麼一句，這一句已夠我吃驚了。我現在已經記不清楚，到北京後是不是從組織上聽到了詳細一點的內部傳達。總之，林彪的逃亡和死亡，使我對「文革」增加了懷疑，從那以後，對「文革」才逐漸失去信心。這顯得我是多麼愚妄。

鍾敬文和啟功

「知之為知之，不知為不知」，既然不大理解，我也就不去多談這「懶尋」、「勤尋」的問題。

現在我回到自我中心的雙榆樹，向東去看看我交往的圈子吧，向南已經走得太遠。從雙榆樹向東，是大鐘寺、薊門橋、北太平莊，那裏有北師大，北師大裏有我尊敬的兩位老教授，一是鍾敬文，一是啟功。北大有紅樓，那是城中沙灘的北大舊址，新址在海澱，是原來燕京大學的校址。北師大卻有小紅樓，那是教授們的宿舍，鍾、啟兩位比鄰而居，都住在那裏。

鍾敬文是廣東海豐人，香港人對他應該是熟悉的。不過，清朝王室中的啟功，由於近年多次到香港，講學，開展覽，做鑒定工作，知道他的人說不定更多。

鍾敬文是中國民俗學研究的奠基人,也是民間文藝研究的開創者。他本來是從事文藝創作的,寫的小品散文很有聲譽,後來認為民間文藝和民俗學都需要有人研究,而很少人對它們有興趣,他終於下了決心,棄文就學,不做作家,做學者去了。

但他的詩文還是享有聲譽。聶紺弩讚他的文章,「雄奇文有悲風響」,讚得他很受用。紺弩又奉他為師,向他學舊體詩。紺弩自稱有兩個可以做他學詩的師傅的人,一個是陳邇冬,一個是鍾敬文。鍾嚴而陳寬,寬嚴對他都是有好處。紺弩去世後,鍾敬文有詩懷念他:「少日耽書點與呆,中年文戰幾擂台。憐君地獄都遊遍,成就人間一鬼才。」

鍾敬文認為自己的字寫得不好,年老手顫,就更覺得寫出來的字不宜送人,他每有新篇,如要送人的,就總是請鄰居的啟功代筆。啟功是書法家,寫幾個字當然算不了一回事。這一來,受的人就好了,到手的是詩書雙絕。這和錢鍾書、楊絳互寫書名,同時成了文壇、藝境的佳話。但鍾敬文懷念紺弩「成就人間一鬼才」的七絕,都是他親手寫好,以他那帶有顫動的手跡刊出在紺弩紀念文集《聶紺弩還活着》中,為了紀念故人,他破例不再假借啟功的手一次。

而紺弩生前有一首送給鍾三的詩(紺弩這樣親切地叫鍾敬文),真是奇詩:「陌上霏微六出花,先生歸緩四清誇。忙中腹爛詩千首,戰

後人俘鬼一車。青眼高歌望吾子，紅心大幹管他媽！民間文學將何說，斬將封神又子牙？」連「管他媽」都寫進詩裏，真是「管他媽」了。不是別的「管他媽」，而是「紅心大幹管他媽」，這樣的詩句不怕引來麻煩，也真是「管他媽」心情的流露吧。從文字到政治，紺弩都顯出了一種無畏的氣概。

鍾敬文在紺弩眼中是嚴師，要求他作詩認定要嚴守格律。紺弩作詩常常愛打油，説是作詩如不打油，那就會苦了自己。打油是容易滑出格律之外的，也許是由於終有嚴師的緣故，紺弩的詩既愛打油又能合格律，不僅講究平仄，而且對仗工整，毫不苟且。像「青眼高歌望吾子，紅心大幹管他媽」，就對得很工夫，「青眼」對「紅心」，「高歌」對「大幹」，「望吾子」對「管他媽」，都很對，而以「他媽」對「吾子」更是對得絕了，真是妙手天成。

鍾敬文之嚴，還有一事或者説還有一詩可以為證。他六十歲生日時，紺弩費了很大勁作了一首七言古風為他祝壽，是相當長的詩篇，寫好了，自以為得意，高興地親自送貨上門，誰知鍾敬文看了以後，就放在一邊，一句話也不講，一個字也不提，直到他走，直到第二天以至二十年，直到他二十多年後去世，始終沒有再提到這首詩。我問起鍾敬文時，他説不知放到什麼地方去了。也還是未評一語。很顯然，他是不滿意這首詩的。在紺弩來説，他最擅長的是七律，長詩和絕句都不是他所長，特別是古風之類的長詩。這首祝

壽詩看來就是因為不合鍾敬文的要求而被抹殺。

鍾敬文其實是欣賞紺弩的詩的。他説，直到近年，魯迅去世的五十多年後，他還以為紺弩追悼魯迅的新詩《一個高大的背影倒下了》，是令人難忘的好詩。他也稱讚紺弩「晚年竟以舊詩稱」，「成就人間一鬼才」。而這一首七古長詩到底是怎麼一回事，也只能讓它成為詩壇疑案了。

鍾敬文是以自己不打油，而欣賞紺弩的打油，這和程千帆、虞北山兩位相似。而鍾敬文的鄰居啟元白，卻是自己也偶然打油而欣賞紺弩的詩「似此心聲古所稀」的。

啟元白就是啟功，著名的書法家。他是清朝王室中人，和溥儀有很近的血緣關係。他自己平日很少用這王室來標榜，而且絕不把愛新覺羅這個姓加在自己的名字上，不像別的王室中人那樣。

他自學成材，屬於沒有讀過大學而當了大學教授這一類的才俊之士。人們知道他精於書畫鑒定，但較少知道他於古典文學有很大的學問。詩詞也好。他多年來在大學教書，是名教授、名學者，作起詩來有嚴肅的一面，也有並不道貌岸然的一面，也就是興起之時，就不乏打油之作。這和紺弩近似，就是打油，依然不失格律。他為人平易近人，總是笑容可掬。和他接觸多了，才知道在學者外貌之

295

下他的一派幽默。

啟功有一篇著名的〈自撰墓誌銘〉:「中學生,副教授。博不精,專不透。名雖揚,實不夠。高不成,低不就。瘓趨左,派曾右。面微圓,皮欠厚。妻已亡,並無後。喪猶新,病照舊。六十六,非不壽。八寶山,漸相湊。計平生,諡曰陋。身與名,一齊臭。」

這是一九七八年所作,去年他八十大壽。「中學生」是他的學歷,如果報戶口,填履歷,那就只能填中學文化水平了。那時還是「副教授」,現在早已正教授有餘。「瘓趨左」,是一度中風,偏癱。「派曾右」,他是戴過「右派」帽子的。「面微圓」,近年就圓得更像熊貓了,比熊貓更逗人喜愛的,是臉上總掛着笑容。「並無後」,現在是親戚中的晚輩在照顧他。「喪猶新」,是夫人當時去世三年,對以「病照舊」,顯得對病不在乎,照舊而已,沒有什麼。自「諡曰陋」,自謙得很。「身與名,一齊臭」,不僅自謙,簡直自貶了。整篇讀來,滑稽自己,幽默自己,使人更覺老人的可親。

在〈自撰墓誌銘〉以外,他已寫過一篇《沁園春‧自敘》:「檢點平生,往日全非,百事無聊。計幼時孤陋,中年坎坷,如今漸老,幻想俱拋。半世生涯,教書賣書,不過閒吹乞食簫。誰似我,真有名無實,飯桶膿包。

「偶然弄些蹊蹺，像博學多聞見解超。笑左翻右找，東拼西湊，繁繁瑣瑣，絮絮叨叨。這樣文章，人人會作，慚愧篇篇稿費高。從此後，定收攤歇業，不再胡抄。」

這裏把自己嘲笑為「飯桶膿包」，而且用在詩詞中了。沒有墓誌銘言簡意永，卻一樣是自我幽默的夫子自道。

他另有三首《沁園春·美尼爾綜合症》，更是淋漓盡致，刻畫入微。

第一首：「夜夢初回，地轉天旋，兩眼難睜。忽翻腸攪肚，連嘔帶瀉，頭沉向下，腳軟飄空。而立禪嘶，漸如牛吼，最後懸錘撞大鐘。真要命，似這般滋味，不易形容。

「明朝去找醫生。服『本海拉明』『乘暈寧』。說腦中血管，老年硬化，發生阻礙，失去平衡。此症稱為，美尼爾氏，不是尋常者氣蒸。稍可惜，現藥無特效，且待公薨。」

讀來使人感到似乎也患了這病，如在病中，十分沉重。讀到最後一句，又不免笑而輕鬆。

第二首：「細雨清晨，透戶風寒，汗出如泉。覺破房傾倒，儼然地震，板床波動，竟變彈簧。送囑安眠，藥唯鎮靜，睡醒西山已夕

陽。無疑問，是糊塗一榻，糞土之牆。

「病魔如此猖狂，算五十餘年第一場。想英雄豪傑，焉能怕死，渾身難受，滿口『無妨』。扶得東來，西邊又倒，消息微傳貼半張。詳細看，似閻羅置酒，『敬候台光』。」

這也是最後一句，視死如宴，達觀得使人發笑。

第三首：「舊病重來，依樣葫蘆，地覆天翻。怪非觀珍寶，眼球震顫，未逢國色，魂魄拘攣。鄭重要求，『病魔足下：可否虛衷聽一言？親愛的，你何時與我，永斷牽纏』。

「多蒙好友相憐，勸努力精心治一番：只南行半里，首都醫院，縱無特效，姑且周旋。奇事驚人，大夫高叫：『現有磷酸組織胺。別害怕，雖藥稱劇毒，管保平安。」』

「眼球震顫」，「魂魄拘攣」，活活寫出了病狀。「奇事驚人，大夫高叫」，活活畫出了醫院的診治過程，使人既感歎，又想笑，卻又笑不出來。

啟功一次「為友作書，偶然暈倒」，事後以《痼疾》一首紀事，這「痼疾」可能還是美爾尼綜合症。「一纓痼疾幾經秋，腦似空瓢檀木球。

看去天旋兼地轉，後來幡動復橋流。隨時筆債償還有，來信吾生此便休。多少名醫相蹙額，斯人大患在其頭。」末句又是使人禁不住要笑的。

又有一首《千秋傲·就醫》：「天旋地轉，這次真完蛋。毛孔內，滋涼汗。倒翻腸與肚，坐臥周身顫。頭至腳，細胞個個交相戰。往日從頭算，成事無一件。六十歲，空吃飯。只餘酸氣在，好句沉吟。清平調，莫非八寶山頭見。」也是一派滑稽，一片打油。

還有一首《西江月·就醫》：「七節頸椎生刺，六斤鐵餅拴牢，長繩牽繫兩三條，頭上幾根活套。雖不輕鬆愉快，略同鍛煉晨操，《洗冤錄》裏每篇瞧，不見這般上弔。」把頸部牽引的治療法，説成上弔，使人感到作者是個老頑童。

另一首五古也是詠這件事的，其中有句：「頭拴鐵秤錘，中間繫長練，每日兩番牽，只當家常飯。……頸牽一丈長，腿仍二尺半，有皮而無毛，能爛不能絢，萬一再教書，怎往講台站……」居然想自己將要成長頸鹿，難於再上講台為人師表了。這哪裏像個大學教授願意寫出的詩篇？把絢爛拆開而成「能爛不能絢」，真是妙句！

他不僅自我嘲弄，更嘲弄千秋萬代的歷史。有《賀新郎·詠史》作如此的嬉笑：「古史從頭看。幾千年，興亡成敗，眼花繚亂。多少王

侯多少賊，早已全都完蛋。盡成了，灰塵一片。大半糊塗流水賬，
電子機，難得從頭算。竟自有，若干卷。書中人物千千萬。細分
來，壽終天命，少於一半。試問其餘哪裏去？脖子被人切斷。還使
勁，齒齒爭辯。簷下飛蚊自生滅，不曾知，何故團團轉。誰參透，
這公案。」歷史就是王侯與賊的糊塗賬，千萬人物一半以上是脖子
被切斷的（砍頭），像飛蚊的自生自滅，這嘲笑得多麼厲害！

啟功並不是只對歷史作嘲諷，他也有諷刺現實之作：《鷓鴣天‧乘公
共交通汽車》。到過北京，擠過北京的公共汽車的人，讀了他這些
詞，不免要搖頭而有啼笑皆非之感。

「乘客紛紛一字排，巴頭探腦費疑猜。東西南北車多少，不靠咱們這
站台。 坐不上，我活該，願知究竟幾時來。有人說得真精確，零點
之前總會開。」車子並非沒有，就是不停你這站台，等吧，耐心地
等待，從白天等到黑夜，從一點等到零點，車總會來了吧。整首詞
明白如話，末一句畫龍點睛。

「遠見車來一串連，從頭到尾距離寬。車門無數齊開閉，百米飛奔去
復還。 原地站，靠標杆，手招口喊嗓音乾。司機心似車門鐵，手
把輪盤眼望天。」北方人有「鐵了心」的說法，下定決心之意。司
機的鐵石心腸還是你這站不停。「這次車來更可愁，窗中人比站前
稠。階梯一露剛伸腳，門扇雙門已碰頭。

長歎息，小勾留，他車未卜此車休。明朝誓練飛毛腿，紙馬風輪任意遊。」「他車未卜此車休」，和「他生未卜此生休」一樣，一樣的情何以堪！

「鐵打車箱肉作身，上班散會最艱辛。有窮彈力無窮擠，一寸空間一寸金。　頭屢動，手頻伸，可憐無補費精神。當時我是孫行者，變個驢皮影戲人。」前一首是擠不上，這一首是上了擠，擠成了只是一層皮那麼薄，可以做皮影戲了。

「擠進車門勇莫當，前呼後擁甚堂皇。身成板鴨乾而扁，可惜無人下箸嘗。　頭尾嵌，四邊鑲，千衝萬撞不曾傷。並非鐵肋銅筋骨，匣裹磁瓶厚布囊。」仍舊是詠擠，擠成乾而扁的板鴨，只是可惜無人動筷子享受。虧他有這心情！

「車站分明路旁，車中腹背變城牆。心雄志壯鑽空隙，舌弊唇焦喊借光。　下不去，莫慌張，再呆兩站又何妨，這回好比籠中鳥，誓作番邦楊四郎」。這是詠下車，擠得下不了車，這和擠得上不去車同樣是使人心焦的事。

「入站之前擠到門，前回經驗要重溫。誰知背後彪形漢，直撞橫衝往外奔。　門有縫，腳無跟，四肢着地眼全昏。行人問我尋何物，近視先生看草根。」這是擠下車了，不過是倒下去的，頭也着地，解

301

嘲説低頭看草根,沒事!

「昨日牆邊有站牌,今朝移向哪方栽。皺眉瞪眼搜尋遍,地北天南不易猜。 開步走,別徘徊,至多下站兩相挨。居然到了新車站,火箭航天又一回。」北京的公交汽車站常常不聲不響地變換,叫外地來客摸不着頭腦,好像在尋搭客開心,故意和你捉迷藏。

八首《鷓鴣天》,嬉笑怒罵,淋漓盡致,真是關心「世道」的動人作品。

不要看啟功愛作打油詩,就以為他是一味打油,其實不然。隨便舉一首《臨池》吧:「顛張醉素擅臨池,草至能狂聖可知。力控剛柔驚舞女,機參觸背勝禪師。常將動氣發瘋手,寫到翻雲覆雨時。萬語千言歸一刷,莫矜點畫墜書癡。」這就嚴肅得很。

他的另一些寫情的詩,又真是老嫗能解。如《痛心篇二十首》,是追悼夫人章佳寶琛的,兩人共同生活了四十年,感情深厚。她比他大兩歲,一九七五年去世,啟功一改平日的幽默為沉痛,寫出了這樣的詩篇:「今日你先死,此事壞亦好。免得我死時,把你急壞了。」

「病床盼得表姑來,執手叮嚀託幾回:『為我殷勤勸元白,教他不要太悲哀。』」

「婦病已經難保,氣弱如絲微裊。執我手腕低言:『把你折騰瘦
了。」』

「把你折騰瘦了,看你實在可憐。快去好好休息,又願在我身邊。」
(病中屢作此言)

「只有肉心一顆,每日尖刀碎割。難逢司命天神,懇求我死她活。」

「爹爹久已長眠,姐姐今又千古。未知我骨成灰,能否共斯抔土。」

這裏的「爹爹」是女性,啟功説他「自幼呼胞姑為爹」,妻子的骨
灰就埋在這「爹爹」墓旁。

這些明白如話的悼亡詩,都是至情至性之作。不知道這些詩的作者
的人,很少會想得到是出於大學者之手的吧。

啟功有他風趣幽默的一面,也有他嚴肅深情的一面。他的詩有很多
幽默的篇章,也有嚴肅而格律謹嚴的作品,還有如白話詩的作品。
也許可以用流行的話來説明吧,這是多元化。

啟功有《年來肥而喜睡,朋友見嘲,賦此答之》的詩,他面團團,
笑容可掬,因此而有了「熊貓」的外號。他不以為忤,每每向人津

津樂道。這也是他風趣的表現。

一次和某一位畫家上樓，兩人一前一後走在梯級上，年輕一點的畫家笑他走得慢，他只是平平淡淡地回了一句：「我們是龜兔賽跑。」隔了一陣，那畫家才悟了過來，知道上了當，被笑話成兔子了。說給旁人聽，也都笑起來，讚啟功的機智和幽默。龜兔賽跑，在前面跑得快的是兔子，而兔子在北方話中是「相公」，也就是以男性而充當女性的同性戀者。烏龜雖然有時也是罵詞，但比兔子還是好的，而有時又是讚詞，龜壽龜年就是。為了把兔子讓給旁人，啟功也就不辭龜壽了。類似這樣的風趣他是常有的。

但是，他也還是有做兔子的時候，而且毫不諱言其事。

啟功住在北師大的小紅樓，是許多人都知道的，常有人登門求他寫字（幸好知道他能畫的人較少，求畫就更麻煩了），而且不少還是根本不認識的人。為了避免這無端的騷擾，先是多裝一個電話，一般的電話他不接，少數人知道的「熱線電話」，聽就無妨。這只能減少電話騷擾，登門的就無法避免。

黃苗子在《人民日報》上發表了長詩《保護稀有活人歌》，希望像保護稀有動物如熊貓一樣，也保護保護啟功這稀有活人，這國寶。騷擾者已經不限於求墨寶，還有登門求他鑒定書畫古董的，圈子是

更擴大了。而他老人家年歲也漸增,健康又更壞。「保護」似乎還不夠,需要「搶救」,「搶救」他這特級的「熊貓」。

學校倒是照顧的。在他的住處樓下,另給他房間做書房,他可以在那裏工作——寫字、寫文章,近年他已很少畫畫。而這書房是保密的,只有他願意讓知道的人是例外。

但一些時日以後,不知道怎麼走漏風聲的,秘密外洩,保密失效,又有不少人敲書房之門,作風雅的騷擾(仿性騷擾的例,創這風雅的詞,或者也可以乾脆說是「附庸風雅的騷擾」吧)。

學校於是進一步作了照顧,又在校園的另一處地方,撥出一個房間,做他掩蔽之所的「桃花源」。

他這時自我幽默地說,我這是狡兔三窟。說的時候像平常一樣,春風滿面。他似乎忘記了他用龜兔賽跑的寓言,去調笑那個梯級上走在他前面的朋友是兔子的事了。他雖然沒有明言自己是兔子,卻也沒有諱言自己是兔子。

啟功並不是不願把自己的書畫送人,而是需索的太多,許多又要得太沒有道理。有時候,你可能要認為他太容易接受人家的要求,寫得太多了。行走在北京街頭,有些地方,三五步就可以看到他寫的

305

招牌，許多並不是什麼大店、名店，只是普通的小店，他一樣寫。他如果不是北京城裏招牌寫得最多的人，至少是最多者之一吧。

去年八十大壽，他完成了一次壯舉。通過在北京和在香港的書畫展覽，他籌集了一百三十多萬元，全數都拿出來做獎學金，不是「啟功獎學金」，而是「勵耘獎學金」。勵耘是陳垣的別號，陳垣就是新會陳援庵，做過輔仁大學和北京師範大學的校長，著名的歷史學家，也是啟功的老師。啟功決定用這不容易籌得的一百多萬元（在他來説是鉅款了，他雖是清朝王室中人，卻沒有有權勢的父親，使他隨隨便便塗抹的字畫也可以一幅就賣到幾十萬），設獎學金紀念勵耘老人，而不是往自己臉上貼金，儘管他就是以自己的名字安在獎學金上也是正當的義舉。

文學大師的驚歎

沈從文在咸寧勞改期間，忽動詩興，拿起了擱下幾十年的詩筆，寫下了《喜新晴》、《雙溪大雪》、《擬詠懷詩》這些詩篇。

在《喜新晴》中，他以「老驥伏櫪久」的心情説：「閒作勝驤夢，偶爾一嘶鳴，萬馬齊暗久，聞聲轉相驚！」但又説：「不懷遲暮歎，還喜長庚明。」而且更進一步表示：「獨輪車雖小，不倒永向前！」顯出還是有千里之志的。

在《雙溪大雪》中，他的自白是：「今有鄉曲士，身心俱凡庸。白髮如絲素，皤然一老翁。時變啟深思，經春履歷冬。五色易迷目，五音耳失聰。三月猶雨雪，彳亍泥塗中。時懷履冰戒，還懼猛將衝。夜眠易警覺，驚弓類孤鴻。『何不辭辛苦？』『舉世皆尚同？』」在泥塗，履薄冰，懼怕衝擊，夜晚睡覺也時時如驚弓之鳥，這就是他這一個文學大師的心情！

接下去他說:「彷彿聞啟示:『習史宜會通⋯⋯大癢三十載,錯大實少功。誤人兼誤己,自省必反躬,為不識時務,難免傷路窮!』此事難言說,蘭艾將毋同,亦宜若有人,應世巧為客,乘時忽鵲起,終『舉鼎絕臏』。亦宜若有人,拙誠如老農,廿載錐處囊,澹然忘窮通。偶逢機緣巧,附風即凌空。亦宜若有人,才質凡鳥同,善自飾毛羽,展翅成大鵬。一舉高沖天,飛飛入雲中,高高上無極,天路焉可窮?金風殺草木,時序迫嚴冬。孤蓬轉自征,去住長隨風,如欲不自棄,何敢惜微躬?不期萬夫雄,還應預『三同』。登高望曠野,雨雪渺濛濛⋯⋯」他被批評為錯大功少。有人則乘時鵲起,有人則附風凌空,有人善自飾毛羽,成了大鵬,更加高高在上。他自歎只如孤蓬。

他在《擬詠懷詩——七十歲生日感事》中,也自歎「身輕類飛蓬」,忽然觸艎,忽然墮瓦,「浮沉半世紀,生存亦偶然」。他冷眼觀看:「還多羽林郎,早據要路律。諂諛累層台,天才無比倫。鷹隼擅搏擊,射干巧中人。青蛙能兩棲,蝙蝠難定型。不乏中山狼,玲瓏九竅新。蚩尤興妖霧,目迷行路人。」最後還是不免「蛾子撲燈火,玩火終自焚。動植冬潛駭,驚隨冰山崩」。寫這詩時,林彪已經折戟沉沙了,指的也可能就是這回事。

第二年他回到北京,有《七二年冬過北海後門感事》,不知所感何事?「依依官牆柳,默默識慶興,不語明得失,搖落感深秋。日月轉

雙丸，倏忽萬千迎。盈虧尋常事，驚飆徒自驚。」看來還是有「感」
於林彪的「事」。

最有意思的還是「文革」的狂飆開始鋪天捲地而來時他的一篇奇文。

這篇奇文是一張「大字報」，寫在二十七年前的七月，到今天忽然
又有了新聞性。由於這張大字報牽涉到一位新聞人物，就是「私奔」
三年後最近搔首搖尾、吟詩歸國的畫家范曾。

「文革」以前，沈從文早就被放逐出文藝界，被剝奪了從事文藝創
作的權利，只讓他到博物館裏，和「歷史」為伍，做一個研究員。
他選擇了歷史服飾做對象。是金子放到哪裏都會閃光，他終於完成
了一部研究中國歷代服飾的開創之作，流傳後世，可期不朽。這且
不說。

要說的是「文革」既起，大字報一時佔領了人間。歷史博物館當然
不能例外。你貼我，我貼你，或者在被別人貼了以後自己貼自己，
被別人糟蹋又糟蹋了以後，自己再把自己糟蹋了又糟蹋。沈從文
當然也是不能例外的。一九六六年七月，他貼出了這樣一張大字
報——「我是上月中旬和館中幾個領導同志一同調去集訓的，因身
體關係，上星期被調回來參加學習。回來後，看過三個半天大字
報，才明白館中文化大革命運動，在中央派來的工作組正確領導

下，已搞得熱火朝天（孚按：『正確領導』云云，有『臣罪當誅，天王聖明』之意）。像我這麼一個微不足道的人，諸同志好意來幫助我思想改造，就為特闢專欄，寫了幾大張大字報，列舉了幾百條嚴重錯誤，我應當表示深深的感謝（孚按：一個人，一個專欄，幾十張，幾百條，要看它三個半天，多乎哉？不多也）。因為首先想到的是，一切批評總在治病救人（孚按：『救人』往往是『治人』的代名詞，整治的治）。我若是真是牛鬼蛇神，自然是應當加以掃除的。」

「但自然也感到十分痛苦，巨大震動，因為揭發我最多的是范曾（孚按：原來此人也在歷史博物館混過），到我家前後不會過十次，有幾回還是和他愛人同來的（孚按：當然並非楠莉，是他多年來一心要休之的老婆）。過去老話說，十大罪狀已夠置人於死地，范曾一下子竟寫出幾百條（孚按：多產作家，老子天下第一？）若果主要目的是使我在群眾中威風掃地，可以說是完全做到了。事實上我本來就在群眾中並無什麼威風，也不善於爭取任何威風，只想在毛主席領導的新中國，平平實實做一個文物工作者。前十年，我的工作主要是在陳列室和庫房裏，就是最好的證明。痛苦的是若照毛主席所說，凡事應當『實事求是』，來作一點解釋，我的神經和心臟實在不可許可。因為目前低壓總在一一〇──一二〇，高壓一九〇──二〇〇左右。我說這個數字，年輕同志目下是不會明白的，因為缺少實踐經驗，到將來衰老時就會明白我的意思。」這以下，就是精彩的部分了。

「我只舉一個例就夠了，即范曾揭發我對群眾最有煽動性的一事，說是丁玲、蕭乾、黃苗子等，是我家中經常座上客，來即奏爵士音樂，儼然是一個小型裴多菲俱樂部。這未免太抬舉了我。事實上丁玲已去東北八九年，且從來不到過我家中。客人也十分稀少，除了三兩家親戚，根本就少和人往來。來的次數最多大致便是范曾夫婦，向我借書主要也只有你夫婦（孚按：這裏『你』本應作『他』，作『你』也可以理解，且顯得氣憤之餘，直接指斥的味道，以下就是直接質問了）。你怎麼知道丁玲常來我家中？這究竟是怎麼回事？別的我就不提了。（孚按：可惜、可惜！）即使如此，我還是對范曾同志十分感謝，因為他教育了我，懂事一點，什麼是『損人利己』。可説是收穫之一（孚按：我們今天也很感謝范曾，原來他二十七年前就已經『證明』了自己）。」

這張大字報本來抄到這裏就可以了。使人意外感到興趣的主要就是范曾這一「揭發」而自我揭發，他揭發沈從文，不料卻成了揭發自己，使人們因而懂事一點，懂得什麼是「欲損人反損己」。但為了難得看到一張大字報，何況又是沈從文寫的大字報，不如繼續抄下去，抄完它，也好「睇我睇全套」。

「至於其他同志對我的種種揭發批評，我在此再次表示誠懇的感謝。説得對的，都要一一加以虛心考慮，堅決改正。有不對的也值得我深深警惕，要照毛主席的指示，善於對待批評和自我批評。（孚按：

為什麼毛主席又常常不照自己的指示，善於對待批評和自我批評？）
我們在一處共事，雖說相處已十多年，表面相熟，事實上並不相
熟。主觀上我已夠小心謹慎，非常怕做錯事，總還難免會犯或大或
小的錯誤，以至於比諸同志所説嚴重得多的錯誤，我深信是能一一
改正過來的（孚按：套話，但不得不説）。」

「至於對館中的事情，領導上面的矛盾問題，我歷來是不大明白
的……（略）同時也讓像我們這種從舊社會來的臭知識份子，假專
家，假裏手，把靈魂深處一切髒、醜、臭東西，全部挖出來，得到
更徹底改造（孚按：臭、假、髒、醜，四頂帽子，不得不自己糟蹋
自己）。在這個大革命時代，個人實在十分渺小，實在不足道！求世
界觀的根本改造，一定要好好學習毛主席著作，在『用』字上狠下
功夫，個人一點點知識，也才會有使用機會，（孚按：為什麼毛主席
自己又不好好學習自己的著作，學而狠『用』？）且不至於像三十
年前從事文學創作時那麼害人，誤己！（孚按：曾經『誤己』是真，
何時『害人』待考。）」

大字報不免有官樣文章，如上。家書就又不同了。

「文革」後，沈從文就在北京挨鬥，到了一九七〇年，一心以為鬥、
批、改差不多了，可以得到「解放」時，忽然和許多人像趕鴨子似
的被下放到湖北的「五七幹校」，勞動改造，兩年後才又回到北京。

到了一九七六年，又為了躲地震而被疏散到南京去了一陣子，不久就是「劇變」來臨，毛澤東去世，江青等「四人幫」被抓，「文革」過去了，一切大災難過去了。

他原來住在北京東城區的東堂子胡同，「文革」後被壓縮成一間房。從湖北幹校回去後，夫人張兆和只好住到小羊宜賓胡同另一處地方。小羊宜賓者，小羊尾巴是也。胡同原叫小羊尾巴，不雅，才改名為小羊宜賓（北京人口中的尾巴音近宜賓）。沈從文每天走兩里多路，到張兆和那裏吃中飯，再把晚飯和第二天的早餐帶回東堂子，到時熱了來吃。當然是極其簡單的殘羹剩飯。

大兒子龍朱、二兒子虎雛兩對小夫婦，一對在四川，一對在江蘇。沈從文給他們寫家信，談北京的情況，有時寫得很長。有一次還說，他沒有什麼遺產留給他們，叫他們就把這些信保留下，算是一點遺產吧。因此，有些話已經寫下來了，可能怕惹麻煩，又把他們塗改了去。好在並沒有惹什麼麻煩，而塗改的地方又還可以看得出。

信倒並不寫得激烈。只是些平常的老實話，老實話當然也就說出了一些實情。其中之一就是，他自己有時簡直就要發精神病了。這當然是自己挨鬥，又見別人挨鬥，久了就受不了的緣故。他在一封信中說：「我在這裏……但不大健全（的）神經，一到失眠，即不免會有些錯覺產生，近於神經分裂症的前期徵兆。有時上街見生人即害

怕，小孩子在院中叫嚷即害怕，甚至於媽媽（孚按：指張兆和）說話即害怕。心裏空虛軟弱之至⋯⋯」《浮生六記》的作者是沈三白，他這時卻成了「沈三怕」了。用此時此地的流行語法，那就是「三害怕」。一個人居然被弄成了這個樣子！

當然，他並沒有真正發神經（據說反而是五十年代初期，他一度有些不止近於簡直就是進入了發神經的境地，那是他被郭沫若痛斥為「反動派」，被放逐出文藝界的時候）。家信中的意見是清醒的。

一九六七年三月他就說了：「原本聽說除黨內當權派外，即知分（孚按：知識份子）自從劉、鄧、朱、賀、彭、楊、陸、羅事件半公開或公開化後，三家村中吳晗也成了小角色，各部長也無什麼鬥頭，引不起群眾注意，教授專家權威相形之下，自然更不足道了。所以到分別鬥批改時，或不至於去年那麼興奮。」

「興奮」二字，可圈可點，前面一個字更是大可注意的。這就是一個「朱」字。這就說明了，朱德原來和劉少奇、鄧小平、賀龍、彭真、楊尚昆、陸定一、羅瑞卿他們一樣，也是要挨鬥臭、鬥垮的。不過後來有了改變，掛在一旁，不去動他，得免奇禍罷了。

沈從文寫到張兆和時說：「媽媽依舊忙些，不是開會，即外出串連看大字報，也出外賣報。」賣的是小字報。張兆和當年在《人民文學》

雜誌當編輯，雜誌停了，無事可幹，一部分時間就上街去賣「文革」小報，那是她們自己出的。後來這「出的報刊已改由『文藝口』負責，辦得文縐縐的，失去了原來的活潑，她們自己也不大愛看了」。所謂「文藝口」，就是總管文藝的最高級部門。張兆和被派管些雜事，成了「逍遙公」（這是從一般所謂「逍遙派」產生出來的，沒有「逍遙婆」，大約因為「逍遙公」像個官銜，而且在公侯伯子男的爵位中還居於數位的緣故吧）。

沈從文自歎如井蛙，儘管沒有用這個詞。「全國事太複雜，我們什麼都不知道。特別是現在在隔離中的『知識份子』，真符合了主席說的『極端無知』。所以想要積極一些，也不知從何措手！正因為無知而脫離社會鬥爭，脫離群眾，甚至於許多文章也看不懂了！」他還提到幾個「長得如一個成年人」一樣的中學生，連報刊也看不懂。

房子被佔，很多人家壓縮在一兩間中，得在屋簷下做飯，下雨時，就要「扛着雨傘炒菜」，也是一景。院子，過道垃圾處處，掃了又有：沈從文初時還不理解，後來才明白，小將們長期不停地「武鬥」，「隨手從垃圾箱取了些應用武器，煤球和菜根，凡是可以使用而又不致傷人的，統統用得上」。至於大人們的大武鬥，談起來就怕，有人看過北邊的長春大武鬥，也有人看過南邊長沙大武鬥，都感到「畏怯」了。

沈從文還談到他被抓的一點感受。「讓二十來歲的年輕人……有的甚至於從來也未看過我一個集子，短篇內容也還看不懂，即來批判我的文藝思想，豈不是無可奈何的悲劇？」

以上是在北京。後來他們到了湖北，先去咸寧，後轉丹江。夫婦兩人先是分開的。張兆和要步行二十里，再坐一小時的公共汽車，才看得到沈從文。沈從文「有次血壓升級到二百多，幸她趕來及時，轉車去縣裏醫院住了卅天，得天保佑，幾乎報廢又不報廢了。」後來是兩人行十里路轉到丹江才住在一起的。去丹江前，張兆和在咸寧挑糞種菜，成了熟手。到菜地得走十里八里，路上「經常會發現二米長大蛇迎面向人昂頭噴氣」。

在大字報和教書以外，沈從文在一九六八年底寫了一個檢查稿，說明他為什麼始終不離開歷史博物館，寧願做陳列室的看護員、講解員甚至勤雜工。他說，他為的不是名、利、權位，只是為了「補過贖罪」。什麼「過」？什麼「罪」？用他自己的話來說，就是「吃了幾十年剝削飯，寫了許多壞文章」。

怎麼補、贖呢？用他在文物工作中摸索出來的經驗，來「破」文物鑒定工作中的傳統迷信和傳統權威。他說：「破四舊中的『破』，破除對舊文化中特別是由於帝王名人、專家權威、狡詐商人共同造成的對於許多舊文物的價值迷信，一味是什麼『國寶』的許許多多東

西，並不是一把火燒掉或搗毀，而是用一種歷史科學新方法，破除對於這些東西的盲目迷信，還它一個本來面目。」他認為，所謂「國寶」中，可能有上千種根本不是那回事，而只是處理品或參考品。

他舉了幾個例——

傳世有名的東晉顧愷之的《洛神賦圖》，從沒有人敢於懷疑。「其實若果其中有個人肯學學服裝，有點歷史常識，一看曹植身邊侍從穿戴，全是北朝時人制度；兩個船夫，也是北朝時勞動人民穿着；二駙馬騎士，戴典型北朝漆紗籠冠。那個洛神雙鬟髻，則史志上經常提起出於東晉末年，盛行於齊梁。到唐代，則繪龍女、天女還使用。從這些物證一加核對，則《洛神賦圖》最早不出（隋代）展子虔等手筆，比顧愷之晚許多年，哪宜舉例為顧的代表作？」

又如有名的展子虔的《遊春圖》，「故宮以前花了幾百兩黃金，收了幅乾隆題詩認為展子虔手跡，既經過鑒定，又精印出來，世界流傳，寫美術史的自然也一例奉為『國寶』。其實若懂得點歷代服裝冠巾衍變，馬匹裝備衍變，只從這佔畫不到一寸大的地位上，即可提出不同懷疑，衣冠似晚唐，馬似晚唐，不大可能出自展子虔之手」。

再如有名的《簪花仕女圖》、《韓滉五牛圖》，沈從文認為都有可疑處，都可以提出物證，重新估價。他說：「過去若肯聽聽我這個對於

字畫算是『純粹外行』提出的幾點懷疑，可能就根本不必花費那以百兩計的黃金和十萬計的人民幣了。其中關鍵處就是『專家知識』有時沒有『常識輔助』，結果就走不通。而常識若善於應用，就遠比專家得力。」

又如歷史博物館建館時買進了一部北宋原裝原拓《聖教序》，但「封面小花錦是十八世紀中期典型錦」，怎麼可能是北宋原裝？

又如東北博物館藏的一批刻絲，被說得天花亂墜，其中說是宋代珍品的天宮刻絲相，衣上的花紋其實是典型的乾隆樣式；雍正都不到。其他許多作品多是把清代當宋代。

最後一個又如，故宮花了不少錢買了一個宋代天鹿錦卷子，有乾隆題詩，還能不真？沈從文一看，就知道那只是朝代衣上的一片殘繡，既非錦，也非宋代之物。後來證明果然是明代的殘料。

沈從文就是想用實踐中摸索出來的這一類土方法，來打破一些文物工作中的迷信，對國寶和專家的迷信。

他在這個檢查稿上最後說：「人老了，要求簡單十分，吃幾頓飯軟和一點菜，能在晚上睡五六小時的覺，不至於在失眠中弄得頭腦昏沉亂重，白天不至於忽然受意外衝擊，血壓高時頭不至於過分感覺

沉重，心臟痛不過於劇烈，次數少些，就很好很好了。至於有許多
預期為國家為本館可望進行、可望完成的工作，事實上大致多出於
個人主觀願望，不大會得到社會客觀需要所許可，因為社會變化太
大，這幾年來我和這個空前劇烈變化的社會完全隔絕，什麼也不懂
了。即館中事，我也什麼都不懂了。」

是的，他是「什麼也不懂」的，在「文革」中而提出這一類重新鑒
定國寶的建議，就是不識時務，當時上邊的人誰還理你這些？爭權
已經來不及。至於他希望吃飯能軟和一點，覺可以多睡一點，頭可
以清醒一點，心可以少痛一點，回答他的是一年多以後放逐到湖北
鄉下去勞動改造。那滋味現在人們是比較難以知道的了。

檢查稿還有一段：「正因為對世事極端無知，我十分害怕說錯話。寫
這個材料出來，究竟是不是會犯大錯誤，是不是給你們看了還可請
求將來轉給中央文革，當成一個附帶材料？因為若不寫出來，即或
我家中也不大懂得我這十多年在博物館，究竟為什麼而學，學的一
切又還有什麼用？」

後來這個檢查稿是發還給他本人了，既沒有因此惹禍，也沒有被轉
送中央文革，其實轉送去也不會有人理睬。

歷史博物館初時設在故宮的午門城樓和兩廊。沈從文說：「當時的

我呢？天不亮即出門，在北新橋買個烤白薯暖手，坐電車到天安門時，門還不開，即坐下來看天空星月，開了門再進去。晚上回家，有時大雨，披個破麻袋。」辦公地午門城樓呢？「記得當時冬天比較冷，午門樓上穿堂風吹動，經常是在零下十度以下，上面是不許烤火的（孚按：當然更沒有暖氣）。在上面轉來轉去學習為人民服務，是要有較大耐心和持久熱情的！」

他的熱情之所以能持久，據他自己說，是由於毛澤東的一句話。毛澤東當着他的面，前後對他說過兩句使他久而難忘的話。

一九五三年，午門樓上舉行全國文物展，沈從文是說明員，閉幕前毛澤東看過兩次，表示滿意，還問陪他的人：「有些什麼人在這裏搞研究？」左右回答：「有沈從文……」毛澤東說：「這也很好嘛……」這是一句。

沈從文十三年後在「文革」中說：「就是這一句話，我活到現在，即或血壓到了二百三十，心臟一天要痛二小時，還是要想努力學下去，把待完成的《絲綢簡史》、《漆工藝簡史》、《陶瓷工藝簡史》、《金屬加工簡史》一一完成。」

也是一九五三年，沈從文參加了在懷仁堂舉行的全國文代會第二次大會，毛澤東、周恩來接見了部分代表，沈從文有份。茅盾以文化

部部長身份，一一介紹代表。毛澤東問了沈從文今年多大啦，然後又說：「年紀還不老，再寫幾年小說吧……」沈從文興奮感激，兩眼發潮，激動得說不出話來。

他回去後也沒有對家人說起這事，只是自己一個人左考慮右考慮，終於還是決定，繼續搞文物工作，不再寫小說。

五十年代之初，就有過領導人向他表示過，不要再寫什麼小說了。而在一些安排上，更等於把他逐出了文藝界。他曾經動過念頭，求助於故人如丁玲，但得到的是冷冰冰的反應。

另一方面，也還是有人鼓勵他繼續創作，再寫小說的。解放之初，他原在北大國文系教書，學校裏有人貼出了郭沫若在香港發表的文章，批他寫黃色小說，甘心與反動派為伍，使他大受刺激。後來他就離開北大，進了歷史博物館。不久去政治學院學習一年，有大半年時間是下廚鍛煉。但上級表示還是希望他回到作家隊伍去。又有幾位過去和他不熟的作家看望過他，也鼓勵他再寫作。他試寫《炊事員》，無法完成。館方為了照顧他的情緒，又讓他去輔仁大學教散文習作。不久又讓他去四川參加土改，希望他能寫出一個中篇甚至長篇，但他因只去了幾個月，實在無法着手。後來輔仁大學合併於北京師範大學，正式聘他做國文系教授，他還是拒絕了，儘管學校的工資比博物館要高出一倍。經過這一些，他就心安理得地決定

幹文物工作到底了。

由這些情況可以看出，一方面是有人逐之於文藝界以外，但也有人希望他繼續致力文學創作。兩種人都有，並非一面倒。不過文藝界的領導方面屬於前一類。因此促發毛澤東也鼓勵他重新寫小說，他還是敬謝不敏了。

他算是思想搞通了的，從此安心於文物工作，而且在古代服飾的研究上有了很大的成就，成了這方面的專家、權威。

作家、教授、文物專家，這就是沈從文的一生。

新中國建立後，他一直在歷史博物館工作，雖然有過機會可以重操舊筆，寫他的小說，他還是痛下決心，和文藝告別。「文革」中去湖北勞改了兩年。「文革」後才重新以作家的姿態重見於世，先外後內，美國請他去講學，美國人為他寫傳。廣州和香港合作出他的文集。

他的待遇也終於逐漸得到改善。原先住在東堂子胡同，一間小房，連一張正式的桌子也沒有，一張茶桌，就是書桌，一天當中，夫婦兩人分段利用。他在寫給巴金的信上說：「因住處只一張桌子，目前為我趕校那兩份選集，上午她（孚按：指張兆和）三點即起床，六

點出門上街取牛奶,把桌子讓我工作。下午我睡,桌子再讓她使用到下午六點,她做飯,再讓我使用書桌。」巴金感慨萬分地說:「這事實應大書、特書,讓人們知道中國一位大作家、一位高級知識份子就是在這種條件下工作。」後來他喬遷於前門大街,情況好了一些,但房間還是很小,和他這樣一位大作家還是不相稱。最後再喬遷於崇文門大街的高樓上,大廳大房,房間也多了,居住條件才算是得到了改善,但不久,他也就去世了。

我有幸到過崇文門大街沈家,有幸見到中風後在康復中的他。

他是一九八八年去世的。時間是五月十日。十二日,香港、台灣的報紙刊載了消息。十四日,《人民日報》海外版才有報道。十九日,《人民日報》國內版才報道了遺體火化、親友告別的消息(一直沒有單獨報道死訊,從簡了)。我實在忍不住,寫了一篇短短的雜感寄給《人民日報》的副刊《大地》,刊登了出來。題目是《深感於沈從文之逝世》。從台灣、香港的重視談到北京的冷漠,開頭的一段說:「沈從文先生的去世,幾乎要使人以為他是一位台灣作家。」末尾的一段說:「沈從文是在北京去世的,但有些事情卻幾乎使人要以為那是發生在海峽另一邊的事。」中間在敍述了一些事實後略抒感慨:「這使人想起:等級森嚴的『死人規格』,目光短淺的實用主義,莫名其妙的清規戒律……」

《人民日報》的《新聞戰線》後來承認，有人對《人民日報》有微詞，他們認為是公正的。但新華社的一位副總編輯卻為他們的遲發消息辯護，說就是今後，類似的「遲發或漏發在所難免」，這就使人很難理解、很難接受了。

尤其不能接受的，是這位先生居然歪曲了我的文意，把事情拉扯到似乎是我在不滿意費彝民去世消息的報道受到重視。作為新聞工作的同業，他當然知道我和費彝民有過什麼樣的關係。

新華社這位副總編輯為他們自己辯護的文章居然有這麼一段：「有的批評文章中提到，沈從文先生逝世後八天新華社才發消息，而在香港的一位全國人大常委逝世卻當天就發了消息。這位全國人大常委，無疑是指香港《大公報》社長費彝民先生。我認為，費先生逝世新華社當天作報道是正常的。只要沒有失誤，能搶的消息，理應及時發表。總不能因為沈先生逝世的消息遲發了，費先生逝世的消息也必須經過八天才發吧！」

他所說的「有的批評文章」，指的就是我那篇短文。我是怎麼說的呢？我只是說：「同一天《人民日報》海外版刊出『告別沈從文』中新社電訊時，旁邊就刊有一位人大常委頭一天在香港病逝的新華社電訊。這是人死當天的即日報道。但沈從文這位政協常委卻在瞑目八天以後新華社才有報導發出。」這哪裏有「費先生逝世的消息也

必須經過八天才發」之意呢？不能不使人有「欲加之罪何患無辭」
之感了。

我在這後面提到了「死人規格」、實用主義、清規戒律等等，倒是私
下把兩人作了一番比較的。共產黨提倡消滅階級，但做起事情來，
卻比誰更講究階級，不同的一級有不同的待遇，輕易不容混淆。如
一個活動有部長級的人物到場，電視台就必須報道，香港一位女作
家在北京為她的書作首發式，因「摯友」關係而港澳辦主任魯平出
席，這一來，就勢所必至地成為北京電視台必播的節目了。費彝民
和沈從文同是常委級，但一個是人大代表，一個是政協委員，政協
低於人大，在等級森嚴的「死人規格」中也就不免要低。沈從文的
利用價值在某些人看來，顯然是不及費彝民的，這是目光短淺的實
用主義。費彝民五十年代以來一帆風順，沈從文是屢處逆境，一直
到最後十年才算是逐漸得到了合理的待遇，在某些人處理有關他們
的事情時，莫名其妙的清規戒律要發揮作用，也是很自然的吧。談
到「死人規格」，代表父親去北京參加沈從文遺體告別儀式的巴金
女兒李小林，回上海對他父親說，「她從未參加過這樣感動人的告別
儀式。她說沒有達官貴人，告別的只是些親朋好友。廳子裏播放死
者生前喜愛的樂曲。老人躺在那裏，十分平靜，彷彿在沉睡，四周
幾籃鮮花，幾盆綠樹。每個人手中拿一朵月季，走到老人跟前，行
了禮，將花放在他身邊。沒有哭泣沒有呼喚，也沒有噪音驚醒他。
人們就這樣安靜地同他告別，他就這樣坦然地遠去。小林說不出這

是什麼規格的一種儀式，她只感覺到莊嚴和真誠。」我此刻在抄下巴金的這一節文字時，彷彿也置身其間，泫然欲涕。

苦雨齋訪周作人

一九五六年一月，中共中央召開了關於知識份子問題的會議，改善了一些知識份子的待遇。這一年又是讓知識份子鳴放之年。九月間，周作人被安排和王古魯、錢稻孫西安之遊，原來有意回紹興一行的，有關方面顧慮還不好向周作人的家鄉交代，就還是決定以西遊代南遊。十月間舉行魯迅逝世二十周年紀念會，周作人也被邀參加。這是他多年來沒有的公開活動，而新華社還在報道中把他寫了進去，頗有一點「昭告天下」的味道。他的參加雖然沒有什麼突出之處，但在這一段時間，《人民日報》等幾十家報刊上，先後發表了他寫魯迅的近二十篇文章，這卻是顯得突出的。

這時候，他就不僅是譯，又是既譯且寫了。有人把一九五六年到一九五八年稱為他在新中國建國以後第二次的寫作高潮。一九五一到一九五三那幾年是第一次。

這時候，他還被拉出來接待外賓，會見訪問中國的日本作家。

一九五七年「反右」以後，是「大躍進」，是大困難——經濟上的三年困難時期。

周作人同樣陷於困難當中。文章難賣，由於發表無地，日子難過。他迫不得已，向中共高層訴苦，終於得到照顧。他在給曹聚仁的一封信中說到：「政府對於弟是夠優厚得了，六〇年今天因了友人的指示，曾向中央一委員訴苦，於是人民文學社派人來說，每月需要若干。事實上同顧頡剛一樣，需要五百一月，但是不好要的太多，所以只說四百。以後就照數付給……因為負擔太重太大，所以支出太巨，每月要不足百元以上，這是我拮据之實情，論理是不應該的」。因為原來在人民文學出版社只是每月拿兩百，四百已是加了成倍，他就不好意思開口要五百了。當然，如果一般稿子還有銷路，還可彌補彌補。周作人說的「中央一委員」，是指康生，他寫信給康生，康生交給周揚辦，周揚和人民文學出版社研究後，解決了這個問題。

一九五六年九月，曹聚仁從香港到了北京，參加魯迅逝世二十周年的紀念活動。實際上，是應邀北上，進行他的新聞採訪工作，而更重要的，是周恩來要見他，和他談統戰以後對台工作的問題。曹聚仁和魯迅有交往，和周作人也有，不過不如和魯迅的多，但也是算有三十多年歷史的老相識。他在周作人去作西安遊以前，去看望過

周。從此為周的文章在香港和海外打開了一條出路。

周作人在得到每月二百變四百的預付稿費以後，在曹聚仁的鼓勵之下，這年年底開始動手寫他的最後一部傳世之作《知堂回想錄》。這就開始了他的第三次寫作高潮。

香港的《熱風》、《鄉土》、《文藝世紀》、《新晚報》、《大公報》、《文匯報》，都刊出了他的散文和詩。

但就是在香港，周作人的文章也不是那麼能大張旗鼓刊出的。左派報刊用它，多少有些試探的性質，只要上邊不來過問，也就繼續刊載下去。但由於香港報刊所要求的，不是以往「京派」，也不是「海派」，而是「港派」的趣味，知堂文章是格調高的，不可能佔的篇幅太多，因此也就有了一個不涉政治只是趣味的「自律」，自動限制用他的稿件的數量，不想曲高和寡，為一般讀者所不喜，因此來稿雖多，刊出的數量就不一定多。

這時候正是三年困難時期，周作人沒有那麼多收入買生活上的必需品，主要是食物；就是有了外匯稿費，也未必買得到東西。

周作人的譯稿都由人民文學出版社包了，他的生活卻由文聯照顧，文聯指定了佟韋照顧他，也就是陪他和王古魯、錢稻孫等作西安之

遊的人，這時周作人就向他訴苦。他的苦處在於收入支出相差太多，因為他一個人要養三代人。他夫婦年老多病，醫藥費用就不少。他兒子豐一本來是工程師，被打成「右派」，停了工資，後來帽子雖摘，工資卻未恢復，也要靠他補貼，這就包括了第三代。後來總算由他直接寫信給康生，加「薪」一倍，二百成四百。

生活上，周作人夫婦習慣吃米，一九六二年時每人每月供應大米一斤。這怎麼夠吃？文聯不便發給他一般知識份子的副食品乙級補助證，只好由文聯的總務科替他去買一些，逢年過節又送一些，這實際上不能解決問題。好在他在香港的朋友曹聚仁、鮑耀明等人幫了他的忙，郵寄包裹給他；他的港幣稿費也使他得到了米油和一些食物。在曹、鮑兩人當年接到周作人的信中，有不少都是談到這些事的。

如：「匯下港幣四百元，至為欣慰。副食品難保，須求黑市，雞蛋九十個六十三元，雞二隻三十四元，肉三斤二十一元，均人民幣，雖暫得享用，則窮困如昔。」又如：「本月中未知能有款匯到否？來信說有林君寄出油糖，迄未收到，此本來人家惠顧之物，為此詢問似乎可笑。」又如：「得書逾月，拙稿出版否？收到版稅，乞並一總匯下，近有涸轍，不無小補也。」又如：「無日不盼港匯，真是望眼欲穿，不得已再催。」又如：「托購糯米，意在新年包粽子用，竹葉難得，內人臥病，請予撤銷。另乞寄砂糖一、二公斤。」又如：「承

月寄豬油二次，深屬過分。下月起，食油又將減少，亦或不給，糖亦將減少，得此補充，甚為豐富矣。」又如：「購寄食物，鯨魚沙丁魚都是好的。」又如：「港幣寄出，外甥女膳費有着了。」諸如此類，不忍卒讀。

諸如此類向大陸的家人親友寄糖油罐頭的事情，在六十年代開始的那兩三年，在香港是很平常的，只是當時身為左派的我，不去幹就是了，因為這影響不好，在我的左派報紙上，是不刊登大陸上鬧饑荒、餓死人的消息的，新華社不提供這樣的新聞，我們當做沒有這樣一回事，寄食物包裹是落後的表現，共產黨員是不許去寄的。久而久之，如果內地的家人親友不來訴苦求助，就似乎那邊並沒有發生饑荒，平安無事一樣，聽若不聞了。麻木一至於此！我自己就曾經這樣，沒有向故鄉的家人寄東西，他們也咬緊牙關沒有向我要東西。至今回想起來，不免覺得愧對他們！

但是，我卻給周作人寄過包裹。我自己是記不清了，有看過周作人日記的朋友抄給我，一九六二年三月二十五日的日記上，記有一條：「得羅承勳十五日信，由公司托運油糖等物，華僑社通知。」七月二十八日只有一條：「從華僑服務社取來羅君所寄油六公斤、糖九公斤、奶粉四罐、煉乳二罐。」一九六三年八月六日：「得郵電局匯百元通知，蓋是羅承勳來者，錢數所入相同，而不能得僑匯供應，未免可惜耳。」

我這才記起，當時是我托同事去代辦的，匯款是這樣，寄包裹也是這樣。由於是寄給作者，而不是寄給自己的家人，是公不是私，自己也就心安理得了。能對那樣的大饑荒心安理得，現在想來，豈止慚愧！

這也是朋友從周作人日記上抄來的，一九六三年十一月十七日：「潘際坰、羅承勳來訪。」二十七日：「下午潘際坰來，送來幣一四〇元，又羅君贈綠茶一罐半斤。」

我這才又記起去八道灣看望周作人的事。記憶裏是有這回事的，但我往往記成似乎是五十年代。六十年代的上半期，我們幾乎每年都有機會上北京開會，討論工作問題，一住十天半月或更長。日記中有關的事一隔十日，就是這個道理。潘際坰就是《東華小記》的作者唐瓊，是老同事。當時負責香港《大公報》北京辦事處的工作，辦事處原有另一負責人朱啟平，這時已經打成「右派」，充軍到張家口、洛陽，在部隊中做英文教員了。

我一直愛讀周作人的散文，這時既在用他的文章，有機會到北京，當然想去看看這位苦雨齋老人。潘際坰由於約稿、轉稿，和老人相熟，當然就是不可推卸的引見人。

周作人這時已經寫完了他的《知堂回想錄》一年之久，而又原定在

《新晚報》首先連載的，這一次會面卻似乎完全沒有談到這回事，也真是怪事。

我不但記不清去八道灣看周作人時，是不是談過他已完成，並且已把稿子寄到香港的《知堂回想錄》，而且也記不得談過別的什麼，一點都記不得。

回憶中八道灣周家進門有一個院子，院子中有一兩株高大的老樹。那天是陰天，院子顯得陰暗，進了屋，屋子裏更陰暗。老人穿的是短衣，不是長衫，不是「不將袍子換袈裟」的袍子。賓主都客客氣氣。原來就沒帶着什麼學術性的問題去，只不過為了滿足多年讀其文想見其人的一點願望而已。老人又是問一句答一句，沒有滔滔不絕。這樣也就不可能坐得太久，半個鐘頭左右就告辭出來了。

去的時候是空手的，事後才覺得不妥，於是在賓館裏買了一罐龍井茶托潘際坰送去，算是補回了一點失禮，老人幾個月後就滿七十八大壽，我那時還是四十二歲左右的人，在他眼中，我恐怕是一個不大懂事的後生小子。

當時對北京城的情況並不怎麼熟悉，八道灣到底在什麼地方也不清楚。北京十年蟄居，魯迅故居倒是去過，由於那是魯迅紀念館，八道灣卻一直沒有再去，因為想來那邊已經沒有什麼知堂遺跡留存。

回香港後，偶然翻出老人給我的信件，信封上蓋有「北京新街口八道灣十一號周啟明」的印記。這才恍然，原來就在新街口，這本來是我常去的地方，徐悲鴻紀念館就在那一帶，老舍投湖自盡的太平湖積水潭也在那裏。我有一點自責，為什麼十年之久居然沒有動念到那邊憑弔一番？

我訪過苦雨齋不到一年以後，《知堂回想錄》就在一九六四年八月在《新晚報》上連載，老人的興奮之情是可想而知的，儘管他在日記和書信中都沒有流露出來。寫了近兩年，記下了一生不少經歷過的人和事，又等待了也近兩年，經過波折，好不容易才刊登出來，又怎麼可能沒有一點歡喜呢？不過老人卻是作出很不在乎的樣子，只是淡淡地在給香港朋友的信中說：「回想錄在繼續登載，但或者因事關瑣屑，中途會被廢棄，亦未可知。」

《知堂回想錄》是八月開始登的，九月一日人民文學出版社的編輯文潔若（蕭乾夫人）和另一同事就到周家，通知周作人，每月預支的稿費四百元。要減半，打回原狀，重新月支二百元。是官方不滿意他的《知堂回想錄》在香港首先發表呢？還是別的原因？不過，文潔若七月底已經去過八道灣，提過要減少預支的事了。如有不滿，應是總的有所不滿，即不僅僅對《知堂回想錄》。「文革」突起，這預支四百元的事就受到批判，是不是這時黨內已經有了什麼先見、先聲，人民文學出版社奉命要及時有所收手？他沒想到，馬上就又

有禍不單行的事。

《知堂回想錄》在《新晚報》上連載了才不過一個多月，就奉命腰斬了。那是中宣部通知香港的領導，不能繼續這樣刊登周作人的文章。這時北京的氣氛已經有些不對，好像已經提出「裴多菲俱樂部」的問題了。而周作人的散文集《木片集》更早在天津連三校都看過了，還是不免於毀版禁印的命運，他只好把它們寄到香港，分篇發表，沒想到干預的手也伸到了香港，把《知堂回想錄》扼殺在初生的搖籃中。它又由曹聚仁送到《南洋商報》重新連載，北京鞭長莫及，管不了那麼遠，才算平安無恙地登完。然後回頭再在香港出書，這時北京已經陷於「文化大革命」的大亂之中，自顧不暇，也就是管不到香港左派外圍的出版界。要不然，這部書在香港的出版恐怕又要推遲十年八年。

周作人說的《知堂回想錄》「中途會被（《新晚報》）廢棄亦未可知」，這時成了事實，只是原因不是他自謙說的「事關瑣屑」，而實在是為了茲事體大的政治。他只有無可奈何地在給鮑耀明的信中表示：「關於回想錄的預言乃不幸而言中了，至於為什麼則為人不得而知了。」我是把情況告訴了曹聚仁的，他怎麼向周作人交代，周作人反應如何，我已不敢多問。事後多年才知道，曹聚仁並沒有即時把真相告訴周作人，周作人是從別人的信中知道這事的。直到一九六六年十一月，曹聚仁在給周作人的信中才提到，「等到《新晚報》決定連

載，京中的文藝方針又變了，即時要面對工農兵，連夏兄都受批判了，而海外讀者又趣味越來越低，高一點的都不要，於是中輟了。」這已是兩年以後的事了。這裏的「夏兄」，是指夏衍。

這當中，我們曾經準備在籌辦中的《海光文藝》上連載它，但因為是月刊，一期連載一點，不知道要拖到什麼時候才能登完，因此有些躊躇。《海光文藝》一九六六年創刊，只出了十三期，一九六七年一月以後就停刊了。這個願望，又已成空。

曹聚仁繼續努力，在這一年秋天，終於爭取到新加坡的《南洋商報》把它連載十個月登完，而用稿費的收入來支持出書（部分還是全部收入用在這上面，我不大清楚）。等到書出版時，知堂老人已經離開人世好幾年了，他終於不能看到它的出版問世。

《知堂回想錄》完成以後，周作人在他的餘年還完成了他的一大心願，譯完了五十萬字的希臘路喀阿諾斯的對話錄。這是他四十五年來一直有的心願。他在給徐訏的信中說：「我好久想翻譯的書如今才能實現，即如希臘路喀阿諾斯的對話二十篇……這乃是我四十年來的心願，在去年總算完成了。……對於那位後漢末年的希臘作家，也已盡了介紹之職了。」又在日記中記下，這是「五十年來的心願」。

農村的消失

香港是沒有農民的，因為香港並沒有農業，有的只是種菜的菜農、種花的花農，沒有種田的農夫——最根本意義的農民。這已是多年來的事了。當時農民紛紛出走，到英國去，把這裏的田地丟下不管了。

現在卻將要變得沒有農村了。農村正在被都市吞食，新界和離島正在被香港吞食。

沙田景色似江南，一直是遊人週末遊逛的勝地，更是攝影家尋找曉色晨霧的好去處。現在卻是舉目有河山之異，馬場搬來，帶來了城市的建築，城市的商場搬來，帶來了逛店舖成癖的遊客，使人有彷彿就在港島市區的感覺。

對岸馬鞍山一帶也是高樓聳立，使人感到就像是在柴灣或香港仔。

現在就只是馬鞍山通往西貢那一帶的山光水色沒有受到開發的光顧了。

沙田往北，是大埔，大埔也有市區似的商場。再往北，是粉嶺、上水，同樣是沙田式的商場，你可以買到原來在港島市區才買得到的物品。

從上水轉一個方向，那是天水圍，已經成了嘉湖山莊，那本來是荒僻的地區，現在也是高樓聳立，商場和超級市場、餐廳、酒家，應有盡有。

新界連着離島。大嶼山上的東涌，一樣是商場、超級市場、餐廳、酒家一應俱全，以前那一帶本來只是漁村。還有那愉景灣，不必海上行，從東涌有車直達，也是高樓聳立，有如市區。

大嶼山這離島有些不像是離島了。它正被港島吞食。

大嶼山正開發中，它比港島還大，正在市區化、香港化？

大嶼山有比沙田、西貢更多的多彩多姿的自然景色，不能不使人感

到一場場對風景的殺伐又要開始。

香港需要繼續發展，也就是市區要向農村繼續吞食。是不是總有一天農村將要完全消失？農村的景色將成為美麗的回憶？

米埔將不再是鳥雀的樂園，元朗的池塘將填平而失去養鳥養魚的場所⋯⋯還有些什麼人們不希望見到的將會出現？

香港將是沒有農村的城市，這恐怕是地球上絕無僅有吧。

用不着說：「再會了，我們的農村！」這不是我們需要說的。要真正實現沒有農村的局面，是遙遠的將來的事。

但看來這一天是免不了的。